Un bad boy sous le charme

Sensuels souvenirs

JOANNE ROCK

Un bad boy sous le charme

Traduction française de
MORGANE FROGERE

PASSIONS

HARLEQUIN

Collection : PASSIONS

Titre original :
RODEO REBEL

HARPERCOLLINS FRANCE
83-85, boulevard Vincent-Auriol, 75646 PARIS CEDEX 13
Service Clients — www.harlequin.fr
ISBN 978-2-2804-8817-4 — ISSN 1950-2761

Édité par HarperCollins France.
Composition et mise en pages Nord Compo.
Imprimé en février 2024 par CPI Black Print (Barcelone)
en utilisant 100% d'électricité renouvelable.
Dépôt légal : mars 2024.

FSC
www.fsc.org
MIXTE
Papier issu de sources responsables
FSC® C159065

Pour limiter l'empreinte environnementale de ses livres, HarperCollins France s'engage à n'utiliser que du papier fabriqué à partir de bois provenant de forêts gérées durablement et de manière responsable.

Prologue

— Tu étais au courant, et tu n'as rien dit..., fulmina Gavin Kingsley en faisant ses valises à la hâte.

Il était en appel vidéo avec Levi Kingsley, son demi-frère aîné. Le visage de celui-ci était encadré par l'écran de la tablette, elle-même posée sur une étagère entre la boîte de rangement de montres et la station de charge des appareils électroniques. Cela faisait deux ans qu'il vivait dans cette maison construite sur plan près de Kingsland Ranch dans l'ouest du Montana, où il avait grandi. Ses demi-frères avaient réussi à le convaincre de superviser le haras en pleine croissance de Kingsland, même si leur père – Duke Kingsley – avait toujours marqué une préférence pour ses deux aînés nés de son premier mariage.

Bêtement, Gavin avait pensé que ses différends avec son père se régleraient et que Duke l'accueillerait à nouveau dans le giron familial afin qu'ils puissent travailler ensemble et vivre les uns près des uns.

Tout cela, pour finalement être déshérité de façon inattendue.

Le souvenir de ce moment – quand il avait réalisé n'avoir été qu'un intrus dans la vie de son père, et que celui-ci ne l'avait pas trouvé digne d'être un Kingsley – faillit le rendre à nouveau fou.

La voix de Levi le ramena au présent :

— Gavin, j'ignorais complètement que papa avait l'intention de tout laisser à Quinton et moi.

Peu intéressé par les explications de son frère, Gavin sortit des

T-shirts d'un tiroir et les fourra dans son sac de voyage. Il vendrait la maison dès que possible. Pour l'instant, il devait prendre le premier vol au départ du Montana.

Loin de Kingsland Ranch.

— Tu te fous de moi ?

Il ouvrit d'un coup sec un tiroir rempli de vêtements de sport et les ajouta à son sac.

— Tu étais un des administrateurs de ses biens. Tu l'as forcément vu en signant le fidéicommis...

— Ce n'est pas parce que j'étais administrateur que je connaissais les dernières volontés de papa avant la lecture du testament cet après-midi, contesta Levi dont le teint mat rougissait légèrement à mesure qu'il s'enflammait.

Il était dans son bureau de la grande demeure Kingsland, cette même maison où Duke était décédé d'une crise cardiaque deux semaines auparavant. Derrière Levi, on voyait le panneau en bois sur lequel étaient dessinés des fers à cheval imbriqués qui constituaient le logo du ranch.

— S'il a créé ce fidéicommis, c'était uniquement pour des raisons pratiques.

Gavin sortit une housse pour ses chemises et ses costumes.

— J'ai du mal à y croire, compte tenu de toutes les réunions privées que vous teniez à ce sujet et de ses projets pour Kingsland.

C'était bien assez blessant que son frère lui ait menti par omission durant toutes ces années et qu'il lui ait fait croire qu'il serait copropriétaire du ranch, mais que son propre père ait pensé qu'il ne méritait même pas une ligne au bas de son testament...

Duke avait longtemps considéré Gavin comme un moins que rien. Ses deux fils aînés, Levi et Quinton, étaient nés d'un mariage d'amour avec Adele Boudreaux, la fille d'un des plus grands éleveurs de chevaux du Texas. Après la mort subite de celle-ci des suites d'une chute de cheval, Duke s'était remarié pour des raisons pratiques avec Isla Mitchell, la gouvernante qui s'occupait temporairement des garçons. Mais la mère de Gavin n'avait jamais pu se défaire du regard négatif de son riche mari par rapport à ses origines domestiques. Après leur divorce, cinq ans plus tard, Gavin avait continué à jouir de ses privilèges au ranch, mais il avait passé la majeure partie de sa jeunesse à tenter d'obtenir l'approbation de son père. Chose difficile quand il ne vivait plus à Kingsland où il se sentait parfois plus comme un visiteur que comme chez lui. Plus tard, il avait cessé de rechercher cette approbation et s'était rebellé en pratiquant le rodéo de taureaux. Tous les moyens étaient bons pour attiser la colère de Duke, et attirer par la même occasion son attention. Mais Gavin s'était racheté une conduite depuis plusieurs années, et avait cru pouvoir faire partie de l'entreprise familiale.

Il y avait tellement cru qu'il avait même laissé Levi le convaincre de construire sa maison près de la propriété Kingsley.

— Eh bien, crois-le, rétorqua Levi en passant une main dans ses cheveux noirs hérités de sa mère créole. Tu ne peux pas t'en aller maintenant alors qu'on est sur le point d'ouvrir le haras. On ne peut pas faire ça sans toi...

— Tant mieux. Je ne vais pas nier que je suis ravi de l'entendre, rétorqua Gavin. Après ce que je viens de vivre – et ne parlons pas du fils illégitime de papa, qui s'est encore plus fait avoir que moi – l'idée que cette nouvelle entreprise échoue lamentablement sans moi me fait très plaisir.

Il avait pourtant travaillé d'arrache-pied pour que ça fonctionne et pour trouver les bons chevaux, allant même jusqu'à y investir ses propres fonds. À présent, il regrettait amèrement de ne pas s'être lancé à son compte. Il fallait qu'il consulte d'urgence un avocat afin de voir comment récupérer son argent.

— Gav, la soirée de lancement est dans quelques semaines, et nous avons déjà promis à Lauryn Hamilton qu'on parrainerait ses enchères de célibataires au profit de son refuge pour chevaux.

Levi se renfrogna avant de poursuivre :

— Tu ne vas quand même pas la laisser tomber après tout le mal qu'elle s'est donné pour nous convaincre ?

La main de Gavin se figea sur la fermeture Éclair de son sac en imaginant le visage déçu – et magnifique – de Lauryn. Il avait été son interlocuteur principal à Kingsland, allant même jusqu'à lui promettre de monter sur l'estrade en tant que célibataire à vendre. Chose qu'il n'aurait faite pour personne d'autre que cette femme qui le fascinait depuis tant d'années mais qui le tenait à distance après la réputation qu'il s'était forgée durant ses années de rodéo.

C'était peut-être aussi parce que Gavin avait eu maille à partir avec le père adoptif de Lauryn, qui était également le shérif de la ville. Il existait une inimitié de longue date entre le shérif Hamilton et lui après que Gavin avait saccagé son champ de maïs nouvellement planté en roulant dessus à quinze ans. De toute évidence, l'homme ne croyait pas à la rédemption, même si Gavin avait personnellement replanté son champ. Il n'avait cessé de lui chercher des noises depuis.

Mais le shérif n'était peut-être pas l'unique raison de la froideur de Lauryn. Après ses études, elle avait travaillé durant deux ans pour Duke Kingsley en tant qu'assistante administrative, afin de gagner de quoi ouvrir son refuge pour chevaux.

Sabots et Cœurs était situé à quelques kilomètres de Kingsland, dans la petite ville de Silent Spring. Étant donné qu'elle avait travaillé en étroite collaboration avec son père, il se demanda si son attitude hautaine – à part lors de l'organisation de la soirée Étalons à Vendre – ne venait pas des choses négatives que Duke aurait pu lui raconter à son sujet.

Il se demanda même… si elle n'était pas au courant du projet de Duke ?

Serrant les dents, il leva son sac sur son épaule et essaya de se ressaisir afin de répondre calmement :

— Ce n'est pas moi qui laisse tomber Lauryn. Si la soirée de lancement n'a pas lieu, c'est la faute de ton père, pas la mienne.

S'il n'avait été question que d'argent, ça n'aurait pas été un si grand problème : Gavin était capable de réussir par lui-même, sans la fortune Kingsley.

Mais il avait été écarté du ranch : son foyer, sa source de revenus. Toutes ces choses qu'il croyait lui revenir de droit en tant que Kingsley. Une nouvelle vague de fureur menaça de l'envahir et il dut faire appel à tout son sang-froid pour se maîtriser.

Levi s'apprêtait à lui répondre, mais Gavin éteignit l'appareil. Il était trop en colère pour ça. Sa douleur était trop vive, et le ressentiment dévorant. Son père n'avait même pas pris la peine de se justifier de les avoir écartés, lui et Clayton Reynolds – son fils d'une ancienne maîtresse.

Il avait besoin de temps pour digérer ce qui s'était passé et trouver une autre voie. Une voie sans rapport avec Kingsland Ranch.

Il savait que travailler avec Quinton et Levi lui manquerait. Ce n'était pas leur faute s'il avait été déshérité. Ils avaient tant travaillé pour le lancement de ce haras dont ils étaient si fiers.

Mais il n'allait pas pour autant laisser le fruit de son labeur à ses frères. Le haras ne pouvait démarrer au nom de Kingsland sans Gavin. Ils allaient donc devoir séparer leurs actifs.

Une sorte de divorce avec sa propre famille.

Pourtant, alors qu'il traversait le salon de son immense maison surplombant la rivière Madison qui serpentait le long des pâturages et créait une frontière entre sa propriété et celle de sa famille, Gavin fut surpris de réaliser que, malgré le drame qu'il venait de vivre, il ne pensait qu'à la déception de Lauryn Hamilton. Mais même ses yeux noisette ou son rire profond qui lui donnait un air malicieux ne pouvaient le convaincre de rester là où il n'était pas reconnu à sa juste valeur.

Il fantasmait sur Lauryn depuis des années, donc elle n'avait qu'à rester au fond de ses pensées puisque la dernière chose dont il avait besoin était d'un quelconque attachement dans cet endroit maudit.

1

Furieuse, Lauryn Hamilton dirigea son pick-up le long de la rivière Madison, en direction du célèbre ranch du Montana où elle avait travaillé durant deux ans. Mais Kingsland, avec son logo en forme de fers à cheval imbriqués et son infinie superficie, n'était pas sa destination finale : aujourd'hui, elle se rendait chez l'homme qui venait de lui faire faux bond.

Cependant, la route pavée l'empêchait de soulever un nuage de poussière et de graviers comme elle l'aurait voulu. Parce que ce niveau de colère nécessitait une sorte d'exutoire physique. Puisqu'elle ne pouvait soulever de la poussière, elle allait devoir se contenter de jeter son bloc-notes au visage de Gavin Kingsley.

Elle appuya sur l'accélérateur, déterminée à affronter le *bad boy* charismatique de Silent Spring. Cela faisait des années qu'il la draguait et lui tournait autour, alors que dans le même temps il sortait avec toutes les femmes à des kilomètres à la ronde. Et la seule fois où elle avait vraiment besoin de lui – pour l'aider à organiser le gala Étalons à Vendre – il ne prenait même pas la peine de venir ?

C'était pourtant lui qui avait choisi l'heure et la date de la réunion. Il avait accepté de parrainer la vente aux enchères qui devait se tenir à Kingsland Ranch, et il avait même semblé excité à ce sujet. N'avait-il donc aucun sens des responsabilités ?

Le ranch apparut un instant plus tard, mais Lauryn contourna la gigantesque propriété et se dirigea vers la maison de Gavin. Elle n'y était jamais allée, mais en elle avait entendu parler à l'époque de sa construction, il y a deux ans. En effet, l'ancien champion de rodéo était au centre de tous les commérages à Silent Spring. Entre son physique avantageux et sa réputation de mauvais garçon, il n'y avait pas moyen d'échapper aux récits de ses aventures, et cela durait depuis ses douze ans, âge auquel elle avait été adoptée, un mois après le grand traumatisme de sa vie.

Lauryn passa une main sur son épaule, là où les cicatrices lui étaient restées de cette époque, et se souvint de la première fois où elle avait entendu parler de Gavin, lorsqu'il avait roulé à travers les champs de son père à minuit. Au début, elle s'était imaginé un garçon semblable à elle – quelqu'un vivant dans une famille d'accueil et ayant eu un début de vie difficile. Quand elle avait appris que c'était le fils de l'homme le plus riche de la ville, un Kingsley pourri gâté, il ne l'avait plus du tout intéressée.

Ils avaient toujours été très différents, depuis leurs débuts dans la vie, jusqu'à la façon dont Gavin faisait un pied de nez au monde entier alors qu'elle s'efforçait toujours de se faire aimer. Mais quand Gavin avait accepté de l'aider pour organiser la soirée Étalons à Vendre, elle avait cru qu'il avait changé.

Quelle erreur.

Un instant plus tard, la maison nouvellement construite apparut. Plus petite que la résidence principale mais néanmoins impressionnante, la maison sur deux étages était bâtie en forme de L autour d'une large allée en briques rouges avec des pavés plus foncés et disposés en forme de fer à cheval. Lauryn gara son pick-up et sauta à terre.

Elle vérifia sa montre et nota qu'il était 12 h 30, avant de monter les marches du perron et lever le poing pour frapper à la porte.

— Gavin, l'appela-t-elle en martelant rapidement la porte en bois. C'est Lauryn. Je dois te parler.

Aucune réponse, aucun bruit ou mouvement. La porte resta fermée, et la maison silencieuse.

Où pouvait-il être ? Il savait à quel point la soirée Étalons à

Vendre était importante pour elle. Son refuge avait désespérément besoin de l'argent que les enchères apporteraient. Elle avait pour projet d'étendre son activité à l'équithérapie – une cause chère à son cœur, car elle n'oubliait pas à quel point cela l'avait aidée à se remettre du traumatisme de son enfance.

Elle avait même tout planifié afin que ses sponsors n'aient plus qu'à faire un chèque. Mais Gavin avait insisté pour jouer un rôle plus important car ce gala coïncidait avec le lancement du haras Kingsland ; ses enchères de célibataires braqueraient pas mal de projecteurs sur le domaine. Cela n'avait donc aucun sens qu'il l'abandonne maintenant.

Jetant un coup d'œil à la petite cour avant paisible, elle aperçut des bancs en bois disposés au milieu d'arbres nains, de buissons de cerisiers de Virginie et de fleurs de bitterroot roses couvrant les roches. Tout était parfaitement bien entretenu.

Mais pas de Gavin en vue. Comme elle lui avait déjà laissé deux messages mécontents, elle n'avait pas vu l'intérêt de le rappeler.

Elle prit son téléphone et décida cette fois d'envoyer un SMS à Quinton, le frère de Gavin, qui avait accepté d'être l'un des célibataires mis aux enchères. Son entreprise de technologie le démarquait de ses frères, et elle espérait que sa renommée dans le monde numérique attirerait encore plus d'enchérisseuses à la soirée.

Cependant son gros lot restait Gavin. Sa renommée de monteur de taureaux lui avait valu un grand nombre de fans qui seraient ravies de pouvoir enchérir sur lui. Elle se dirigea vers un banc près du buisson de cerisier et s'assit sous le soleil printanier pour taper son message.

Sais-tu où est Gavin ? Il n'est pas venu à la réunion pour la vente aux enchères.

Elle leva les yeux du téléphone, espérant toujours voir un signe de Gavin. En train de rentrer des champs en tracteur, peut-être ? Ou à cheval ? Mais le seul son qui lui parvint fut son téléphone bipant à l'arrivée d'un SMS.

Je n'ai plus de nouvelles depuis qu'il est parti après la lecture du testament. Notre père ne lui a rien laissé.

Il lui fallut un moment pour assimiler l'information. Lauryn savait que Duke Kingsley était mort deux semaines auparavant. Elle avait travaillé pour lui dans le passé, mais ils n'avaient jamais été proches. Par respect, elle avait assisté à la veillée funèbre avec sa mère et avait présenté ses condoléances aux trois fils Kingsley présents. Mais elle ignorait tout du testament.

Gavin était « parti » ? Son estomac se noua à ce que cela impliquerait pour son gala.

Ne sachant pas quoi répondre, ses doigts hésitèrent au-dessus de son téléphone. Mais, avant qu'elle puisse se décider, un autre SMS de Quinton arriva :

Je ne suis pas sûr qu'on puisse toujours parrainer ta vente aux enchères, Lauryn, car sans Gav il n'y aura pas de haras. Mais tu restes la bienvenue pour organiser ton gala à Kingsland.

Les choses allaient de mal en pis. Le gala était prévu pour dans trois semaines. Elle remercia Quinton pour l'information et lui dit qu'elle le recontacterait.

La nouvelle de l'éviction de Gavin du testament calma sa colère et sa frustration. Il devait être dévasté. Peu importe à quel point Gavin avait pu l'énerver dans le passé, elle détestait que son père lui ait joué un tour pareil.

Tout en chassant une abeille qui bourdonnait à ses oreilles et réfléchissant à ses options, elle s'apprêtait à remonter dans son pick-up quand elle entendit le grondement d'un moteur au loin.

Un son qui s'amplifiait, comme s'il se rapprochait.

La route du ranch passait devant la maison de Gavin et continuait vers les pâturages inférieurs. Cela pouvait être un employé du ranch qui partait travailler sur les clôtures ou surveiller les animaux dans les champs.

Pourtant ses sens se mirent en alerte en lui chatouillant la nuque, comme une prémonition. Un sentiment qui se confirma un instant plus tard lorsqu'un grand pick-up noir et familier apparut : celui de Gavin.

Les battements de son cœur s'accélérèrent alors que les contours du visage de Gavin se précisaient à mesure qu'il approchait. Portant comme toujours son stetson, il semblait la tenir dans sa ligne de mire avec ses yeux bruns.

Inexplicablement, le cœur de la jeune femme manqua un battement avant d'accélérer à nouveau.

Le mouton noir de Kingsland Ranch était de retour.

Pour ce qui était d'un retour discret à Silent Spring, c'était raté.

Gavin croisa le regard noisette et empli de défi de la femme la plus séduisante de la ville alors qu'il rentrait chez lui. Lauryn Hamilton se tenait au centre de son allée, les bras croisés et le menton relevé. Elle portait une tenue simple et fonctionnelle ; une robe bleu marine moulante à manches courtes qui se boutonnait sur le devant et s'arrêtait au niveau de ses bottes à talons. Ses longues boucles brunes étaient détachées et ses lèvres pincées dans une moue de mécontentement.

Étant donné que ce n'était pas la première fois qu'il surprenait cette expression sur son visage quand elle le regardait, il aurait dû y être habitué. D'autant plus que cette moue la rendait terriblement désirable. Mais Gavin était incapable de profiter de la vue de ces lèvres roses et pulpeuses sachant qu'il allait la décevoir en lui apprenant qu'il ne participerait pas à la vente aux enchères.

Derrière lui, les battements de queue de son rottweiler lui rappelèrent qu'il n'était pas le seul à avoir repéré leur invitée.

— Peut-être que tu pourrais essayer de la faire sourire, Rocco ? dit-il en garant son pick-up à côté du sien. J'aurais bien besoin d'un coup de main, sinon je vais déguster.

Il descendit du véhicule avant d'ouvrir la portière de la cabine et détacher le mousqueton du harnais de l'animal. Alors que Rocco bondissait hors du pick-up, Gavin plaqua un sourire poli sur son visage, ayant appris d'expérience qu'un comportement charmeur ou dragueur ne ferait qu'attiser le mépris de la responsable du refuge pour chevaux.

— Bonjour, Lauryn. Que me vaut ce plaisir ?

Il sortit une valise vide de l'arrière du pick-up tandis que Rocco s'approchait de Lauryn en remuant la queue.

Au moins, Rocco réussit à obtenir un peu d'affection : Lauryn gratta l'arrière des oreilles du croisé rottweiler husky en lui assurant qu'il était un bon garçon.

Un sentiment qu'elle n'éprouvait sûrement pas pour lui, pensa-t-il.

Pendant que Rocco accaparait l'attention, Gavin transporta la valise dans l'allée en réfléchissant à ce qu'il allait faire.

Sept jours sur une plage au Mexique – certains plus sobres que d'autres – n'avaient pas suffi à le calmer d'avoir été déshérité. Mais, après avoir fait le deuil de son ancienne vie, il était prêt à prendre un nouveau départ, loin des Kingsley.

— Le plaisir ?

Lauryn cessa de caresser le chien, qui partit en trottinant vers la grange, et suivit Gavin vers la maison.

— Ce n'est pas un plaisir pour moi, Gavin, parce que j'ai perdu ma matinée à t'attendre. Inutile de préciser que tu m'as plantée.

Ah, merde.

Il s'arrêta en plein milieu de la saisie de son code de sécurité, empli de remords.

— C'était aujourd'hui ? J'aurais dû t'envoyer un message.

Il y avait pensé à plusieurs reprises durant sa semaine de beuverie pour tenter d'oublier son père et tous ses espoirs déchus d'une vie dans le Montana aux côtés de ses frères. Mais à chaque fois, soit il n'avait pas son téléphone à portée de main, soit ça ne captait pas, soit il se mettait à songer à Lauryn d'une manière pas professionnelle du tout...

— J'aurais apprécié, acquiesça-t-elle en s'arrêtant sous le porche comme s'il y avait là une frontière invisible qu'elle refusait de franchir. Mieux encore, tu aurais pu te joindre à nous puisque

Kingsland est mon plus gros sponsor. J'ai fait exprès de choisir cette date pour que ça coïncide avec le lancement de votre haras.

Il ne décelait pas de reproche dans son ton, sûrement parce qu'elle le croyait encore puissant et influent au sein de Kingsland.

À quelle vitesse son comportement changerait-il quand elle découvrirait qu'il ne participerait pas à l'événement ?

Il savait qu'elle s'était toujours méfiée de lui. Son attitude froide depuis son arrivée à Silent Spring, après son adoption par le shérif, était la preuve qu'elle ne le tenait pas en grande estime. Mais il pensait l'avoir fait changer d'avis durant leurs deux dernières réunions.

Il réfléchit rapidement à une solution. Il aurait dû y penser la semaine dernière, mais il n'était vraiment pas en état.

Gavin termina de taper le code et ouvrit la porte pour pousser sa valise dans l'entrée. Puis il sortit à nouveau pour terminer leur conversation.

— Je suis désolé, Lauryn.

Mal à l'aise à l'idée de parler d'un sujet qu'il aurait préféré oublier à jamais, et encore plus avec une femme qui n'avait jamais eu une bonne opinion de lui, il hésita sur le choix de ses mots :

— J'étais sous le choc après avoir appris que mon père m'avait déshérité.

Il étudia attentivement sa réaction, cherchant le moindre indice indiquant qu'elle aurait pu avoir connaissance des intentions de son père.

Un coup de langue nerveux sur sa lèvre supérieure fut sa seule réponse. Elle ne parut pas surprise. Seulement… mal à l'aise ?

Les soupçons de Gavin augmentèrent. Non seulement elle en savait peut-être plus que ce qu'elle disait, mais elle aurait également pu avoir joué un rôle en médisant sur lui auprès de Duke.

— C'est à mon tour de m'excuser, Gavin.

Elle baissa les yeux avant de se décider à affronter son regard en protégeant ses yeux du soleil.

— Quinton m'a dit pour le testament quand je l'ai appelé tout à l'heure, et je ne peux imaginer à quel point tu as dû être contrarié ces dernières semaines.

Cela expliquait qu'elle ne soit pas surprise. Pourtant son calme lui laissait encore des doutes. Prenant conscience du soleil qui lui chauffait les épaules, il indiqua une zone ombragée à l'autre bout de la maison et lui fit signe de le suivre.

— « Contrarié » est un euphémisme. C'est plus comme si on m'avait coupé les jambes.

Puis, réalisant qu'il donnait peut-être l'impression de s'apitoyer sur lui-même, il s'arrêta dans la zone ombragée qui surplombait la rivière Madison et changea de sujet :

— C'est pour ça que j'ai complètement oublié la réunion d'aujourd'hui. J'ai réfléchi à ce que je devais faire, et il me paraît évident que je ne peux pas rester ici.

Lauryn, qui l'avait suivi, fit un pas en arrière et faillit perdre l'équilibre en se heurtant à un fauteuil à bascule.

— Comment ça ? Tu ne peux plus rester chez toi ? demanda-t-elle confuse. Quinton a dit que tu étais parti…

— Je veux dire que je ne peux plus vivre près de Kingsland. Je ne compte même pas rester dans le Montana. Donc je ne pourrai malheureusement pas représenter Kingsland à la vente aux enchères de célibataires.

En constatant qu'elle avait le souffle coupé, il s'empressa d'ajouter :

— Je ferai un don de la même valeur, bien sûr. Donne-moi la somme approximative que tu estimes pour un célibataire, et je ferai un chèque.

2

Que le ciel lui vienne en aide !

Même après avoir été déshérité, Gavin Kingsley pensait pouvoir résoudre tous les problèmes en faisant un chèque.

Comme s'il ne venait pas de donner un coup de pied dans un événement qu'elle planifiait depuis des mois.

Lauryn le regarda retirer son stetson et le poser sur la table du patio. Il portait un jean délavé et un T-shirt vert olive à manches longues qui mettait en valeur ses bras et ses épaules musclés. Bien qu'étant plus grand que la plupart des monteurs de taureaux, Gavin s'était forgé un nom dans cette discipline et avait remporté de nombreux prix que même son cynique de père n'avait pu faire autrement que reconnaître. Mais Duke Kingsley ne s'était jamais montré impressionné et avait dit à Lauryn que Gavin faisait du rodéo pour éviter de travailler.

Un sentiment que son shérif de père partageait sûrement. Ce dernier lui avait d'ailleurs demandé de bien réfléchir à sa décision de faire participer Gavin à la vente aux enchères. Elle voyait bien que le shérif Caleb Hamilton ne portait pas le mouton noir de la famille Kingsley en grande estime. L'homme de loi de Silent Spring avait souvent dû répondre à des coups de fil lorsque le jeune Gavin se faufilait dans les pâturages du voisinage pour s'entraîner à monter des taureaux. Ou quand il organisait des courses de dragsters près de la rivière durant les week-ends d'été, mettant sa vie en danger pour le plaisir de ressentir l'adrénaline.

C'était du moins ce qu'elle avait entendu.

Ses amis qui avaient assisté à ces courses parlaient avec admiration de l'audace et de la maîtrise de Gavin au volant. En ce qui la concernait, elle n'avait jamais assisté à ces rencontres clandestines.

Mais il ne faisait plus ce genre de choses depuis des années. Depuis qu'il avait abandonné sa carrière de rodéo pour aider ses frères à Kingsland. Lauryn était trop occupée à démarrer son refuge à l'époque pour prêter attention à son retour, mais il avait fait tourner les têtes de toutes ses amies. Et même s'il avait continué à fréquenter pas mal de femmes, son éthique professionnelle semblait admirable. En fait, jusqu'à la réunion manquée d'aujourd'hui, Lauryn avait été impressionnée par son engagement envers son gala. Il n'avait même pas essayé de la draguer ou de faire des remarques grivoises lorsqu'elle avait suggéré le nom Étalons à Vendre. Au contraire, il avait fait preuve d'un esprit positif et avait lancé plusieurs idées pour que la soirée se déroule au mieux. Il l'avait également mise en contact avec deux autres célibataires susceptibles de faire monter les enchères.

Elle avait cru qu'il avait changé. Mais aujourd'hui il lui avait fait faux bond à l'occasion d'une réunion importante et il lui proposait de l'argent pour se libérer de ses engagements.

Gavin passa une main dans ses longs cheveux bruns. Il ne s'était pas rasé depuis plusieurs jours, ce qui ne faisait qu'ajouter à son sex-appeal.

Enfin, il aurait fallu qu'elle soit le genre de femme attirée par les séducteurs, ce qui était loin d'être le cas. Gavin Kingsley traversait peut-être une période difficile, mais ce n'était pas pour autant qu'elle baisserait sa garde face à un homme aussi désinvolte vis-à-vis des règles – ou des femmes.

Ce petit rappel lui fit perdre l'envie de le consoler de la perte de son père.

— Gavin.

Son nom paraissait trop intime sur ses lèvres. Était-ce à

cause des pensées qu'elle nourrissait à son égard ? Elle inspira un parfum de bruyère et de cataire venant du parterre de fleurs entourant le patio.

— Je te remercie pour ton offre, mais ce dont ce gala a vraiment besoin, c'est de toi, de tes contacts et de ta participation.

— Tu veux dire les contacts d'un Kingsley ? demanda-t-il avec un petit sourire.

À ce moment, son chien revint vers eux en trottinant et l'expression de Gavin s'adoucit. Il siffla le croisé rottweiler qui accéléra le pas pour les rejoindre.

— Peut-être que Levi ou Quinton pourraient...

— Non, c'est de toi dont j'ai besoin, rétorqua-t-elle avec emphase avant de réaliser l'impression que cela pouvait donner.

Ses joues se réchauffèrent et elle fut ravie que l'arrivée de Rocco lui donne un prétexte pour détourner le visage. Elle lui gratta les oreilles comme il aimait, ayant appris à bien le connaître à l'époque où elle travaillait pour Duke, puisque Gavin était souvent là-bas.

— C'est-à-dire que tu apportes quelque chose de différent par rapport à tes frères. Tu es...

Elle s'efforça de trouver une manière élégante de dire que certaines femmes étaient prêtes à se déplacer depuis l'autre bout de l'État dans l'espoir de gagner le célibataire le plus convoité.

— ... très populaire.

— Alors je trouverai quelqu'un pour prendre ma place, répondit-il avec exaspération.

Rocco poussa un gémissement de contentement et quitta Lauryn pour s'asseoir à côté de son propriétaire.

— Lauryn, je ne peux pas participer à ça. Kingsland, c'est fini pour moi.

L'anxiété la gagna en réalisant qu'il était sérieux. Allait-il vraiment lui faire fond bond à la dernière minute ?

Son visage à l'accueil du site web de l'événement. Un blog Internet populaire sur la vie des cow-girls avait même écrit un article à ce sujet. Deux publications nationales sur les chevaux couvraient la collecte de fonds, chose qui à l'époque avait séduit Gavin étant donné que le lancement du haras devait coïncider avec les enchères de célibataires.

— Alors participe au nom de ton propre ranch. N'y va pas en tant que Kingsland, mais L'Éperon Brisé, suggéra-t-elle en indiquant le panneau en bois sur l'ancien silo près de la rivière.

Contrairement au logo en fer à cheval classe et élégant de Kingsland, le panneau l'Éperon Brisé était fait à partir d'un véritable éperon rouillé qui dépassait de la plaque en bois.

— Tu plaisantes ? Ce n'est même pas moi qui ai choisi le nom. J'en ai juste hérité quand j'ai acheté cet endroit, rétorqua Gavin en se penchant pour récupérer un jouet en corde et l'agiter devant Rocco avant de le lancer sur la pelouse. Je ne compte même pas travailler ici…

— Alors tu vas laisser le haras à tes frères ? insista-t-elle.

Elle avait conscience d'essayer de sauver son gala en piquant la fierté de Gavin, mais son refuge méritait qu'elle tente le tout pour le tout. Elle avait investi trop de temps dans ces enchères pour renoncer à la manne financière que cela pourrait représenter. Lauryn se souvenait encore du moment où son âme avait commencé à guérir grâce à l'équithérapie. Elle devait tant aux chevaux, et elle avait bien l'intention d'aider à son tour les autres.

— Bien sûr que non !

Une émotion passa dans ses yeux marron quand il se tourna vers elle. Colère ? Ressentiment ?

— Mais je ne suis pas encore en mesure de démarrer ma propre affaire. Il faut déjà qu'on sépare nos actifs.

Ils se tenaient bien trop près l'un de l'autre. En sentant son parfum de musc et de cuir, Lauryn eut envie de s'approcher davantage. Puis le regard de Gavin descendit et s'attarda sur sa bouche. Un frisson la parcourut et sa peau la picota. Mais en se souvenant à qui elle parlait et à quel point elle ne voulait pas être la prochaine femme à tomber sous son charme, Lauryn recula à nouveau.

— Qu'est-ce qu'il faudrait faire pour que tu changes d'avis ?

Ressentant le besoin de mettre de la distance entre eux pour se détourner de l'attraction qu'il exerçait sur elle, Lauryn se pencha pour prendre le jouet à mâcher que Rocco leur avait fièrement rapporté.

Lorsqu'elle le jeta sur la pelouse, elle sentit les yeux de Gavin posés sur elle.

— Ma présence compte tant que ça pour toi ?

Le timbre de sa voix rauque et douce lui donna un frisson. Elle repoussa la sensation, et se morigéna en se disant que cette conversation devait rester professionnelle.

Le refuge Sabots et Cœurs avait trop besoin des revenus de cet événement pour qu'elle se laisse entraîner dans les jeux que Gavin aimait jouer avec les femmes.

Des jeux dans lesquels elle le soupçonnait d'exceller.

— Les invitations sont déjà parties, expliqua-t-elle en chassant toute image d'interlude sensuel.

D'où lui venaient ces pensées ? Si seulement sa conscience pouvait se réveiller et lui expliquer qu'un adulte responsable tiendrait parole en participant à la collecte de fonds.

— Les invités ont confirmé leurs présences. Ils pensent tous que tu seras là.

Elle vit les muscles de sa mâchoire tressauter alors qu'il semblait ruminer l'idée. Une fois de plus, il la parcourut du regard, de ses bottes jusqu'à ses seins.

Elle rougit et ne put s'empêcher de glisser une main dans ses cheveux pour soulever la masse trop chaude de son cou.

Puis, réalisant son geste, elle s'arrêta et laissa retomber ses bras le long de ses flancs, tandis qu'elle se rendait compte que le regard indéchiffrable de Gavin était à nouveau fixé sur son visage.

— Si je fais ça, ça ne sera absolument pas pour les invités.

Ses paroles éveillèrent sa méfiance, alors même que l'espoir renaissait.

— Ça veut dire que tu pourrais venir ? demanda-t-elle en fouillant dans ses yeux bruns pour y chercher le piège.

— À une condition.

Elle sentit un défi venir, mais elle avait trop besoin de sa participation pour s'en soucier.

— Dis-moi.

Rocco se plaça entre eux et se frotta contre elle dans l'espoir qu'elle lui relance le jouet. Mais elle n'osait pas détourner le regard de Gavin. Dans sa tête, elle le suppliait d'accepter.

Comme si elle pouvait lui imposer sa volonté en le fixant.

— Accepte un rendez-vous avec moi.

Elle n'aurait pas été plus surprise s'il lui avait demandé de faire une course de voitures avec lui.

Dans le silence qui suivit, elle entendit un tracteur au loin. Le moteur vrombissait en chœur avec les cloches d'avertissement qui tintaient dans son cerveau.

— Excuse-moi ?

Elle l'avait très bien entendu, mais quelque chose lui échappait car il ne lui avait jamais fait d'avances.

Elle croyait que les regards brûlants qu'il lui lançait de temps en temps étaient une sorte de réaction instinctive, un réflexe de séducteur, et qu'il n'y avait là rien de personnel.

Sans doute flirtait-il ainsi avec tout le monde.

— C'est une simple demande, Lauryn. J'aimerais – juste une fois – t'inviter quelque part.

Sans la quitter du regard, il gratouilla la tête de Rocco et lui fit comprendre par une sorte de communication non verbale que le jeu était terminé. Ou c'est ce qu'elle s'imagina, car Rocco apporta son jouet sur un tapis près de la porte arrière et s'allongea, la tête entre les pattes, avec un long soupir de chien.

Rocco semblait comprendre cet homme bien mieux qu'elle.

— Je ne comprends pas. Pourquoi ?

Elle savait déjà qu'elle accepterait. Évidemment qu'elle dirait oui dans l'intérêt de ce gala caritatif.

Ce n'était pas sans raison que cet homme était si convoité et que les femmes se jetaient sur lui. Ses relations avaient beau être toujours passagères, Lauryn n'avait jamais entendu la moindre plainte de la part de ses partenaires, sauf qu'elles étaient tristes que leur histoire avec Gavin soit terminée.

Ce qui était une sorte de compliment implicite.

Mais elle voulait savoir pourquoi Gavin lui faisait cette proposition, alors que des dizaines de candidates ne demandaient qu'à passer une nuit avec lui.

L'ébauche d'un sourire charmeur se dessina sur son visage.

— Pas besoin d'avoir l'air si surprise, déclara-t-il.

Détendu, il appuya une épaule musclée contre le poteau du patio comme s'il comptait parler de la pluie et du beau temps, alors qu'il venait de la plonger dans un tourbillon de confusion.

— Je ne pense pas avoir besoin de te dire que tu es une femme fascinante.

Troublée, elle secoua la tête.

— Ne sois pas ridicule. Je ne cherche pas les compliments, Gavin. Mais je ne comprends pas comment un rendez-vous avec moi t'aidera à supporter un événement que tu sembles vouloir éviter.

Soudain, elle fut prise d'une affreuse pensée.

— C'est à cause de mon père ? Tu cherches à le provoquer ?

Toute trace de sourire s'évanouit.

— Quelle piètre opinion tu as de moi, observa-t-il avec ironie. Mais étrangement, et bien que tu m'offenses, tu réussis à mettre le doigt sur une des raisons pour lesquelles je veux ce rendez-vous.

L'impatience raidit le dos de Lauryn et lui crispa les épaules.

— Tu parles par énigme. Peux-tu être franc avec moi, s'il te plaît ?

— Bien sûr, dit-il en haussant un sourcil moqueur. Je n'apprécie pas que tu penses le pire de moi. Et après la façon dont mon propre père m'a rayé de la famille, ça m'énerve de voir des gens déterminés à se débarrasser de moi.

L'accusation la frappa avec une précision extrême. Elle avait beau penser que Gavin méritait sa réputation, une part d'elle se sentit piquée par cette déclaration. Elle pinça les lèvres, ne sachant pas quoi répondre.

Mais il lui évita l'effort de chercher en poursuivant :

— Si on doit collaborer pour ce gala, j'apprécierais que tu prennes le temps de me connaître. Accepte mon invitation, Lauryn.

Son sourire charismatique, une arme puissante dans son arsenal de séducteur, réapparut à pleine puissance.

— Découvre par toi-même si je suis aussi mauvais que tout le monde le dit, ajouta-t-il à voix basse.

3

Gavin savait que Lauryn ne refuserait pas.

Pourtant, avoir la reine des glaces de Silent Spring à sa merci ne lui procura pas la satisfaction escomptée. Peut-être parce qu'il avait toutes les raisons de la soupçonner d'avoir joué un rôle dans sa disgrâce auprès de son père ? Ce sentiment le laissait plus amer que vengeur car rien ne pouvait changer le fait que Duke Kingsley était mort en imaginant le pire de son fils.

— C'est d'accord, déclara Lauryn en tendant la main pour sceller le marché. Une invitation en échange de ta participation à la vente aux enchères de célibataires, à la fois en tant que célibataire et sponsor.

Il nota qu'elle avait pris soin de tout énoncer avec précision. Une femme d'affaires intelligente.

Pourtant, ce geste prouvait une fois de plus qu'elle ne le jugeait pas honorable, ce qui le rendait doublement heureux d'avoir inventé ce plan pour en apprendre davantage sur son rôle dans cette histoire.

— Nous sommes d'accord, lui assura-t-il en prenant ses doigts délicats dans les siens.

Sous son pouce, il sentit les battements de son pouls. Un battement qui s'accéléra quand il lui donna une petite caresse hésitante.

Pendant un instant le regard noisette de Lauryn s'agrandit de surprise avant qu'elle libère sa main.

— Alors convenons également d'une date pour passer en revue

tout ce qu'on devait voir ce matin, murmura-t-elle en croisant les bras sur sa poitrine.

Non pas qu'il laissât son regard s'attarder sur cet endroit. Son but n'était pas de la séduire, mais de la faire parler de sa relation avec son père. Tout de même... ça ne lui aurait pas déplu d'entendre Lauryn Hamilton reconnaître que l'alchimie entre eux n'était pas à sens unique.

— Que penses-tu d'après-demain ?

Il lui faudrait réorganiser son emploi du temps car il avait déjà accepté de rencontrer un agent immobilier ce jour-là afin de visiter des ranchs dans le Wyoming. Son séjour dans le Montana allait devoir se prolonger d'au moins quelques semaines, jusqu'à la vente aux enchères.

— Il faudrait que ce soit dans l'après-midi, répondit-elle sans même consulter son agenda. Je me rends à Twin Bridges le matin pour livrer une jument de quatre ans à une famille qui est tombée amoureuse d'elle après avoir visité le refuge.

La chaleur dans sa voix et l'éclat de son visage à la mention des animaux dont elle s'occupait montraient son engagement envers sa cause. Quoi que Gavin apprenne à son sujet, il pourrait difficilement regretter d'accorder son temps et son argent à quelqu'un d'aussi dévoué aux chevaux.

— Ça me va, dit-il en faisant un geste vers l'allée où leurs voitures étaient garées.

Il avait de nouveaux plans à établir pour ses jours restants à Silent Spring.

— Si tu as du retard, envoie-moi un SMS. On pourra se retrouver plus tard, si nécessaire.

Alors qu'ils quittaient le patio, Rocco se leva pour les suivre en remuant la queue d'un air endormi. Afin de détourner son attention du balancement séduisant des hanches de Lauryn, Gavin reporta son regard sur la maison qu'il avait passé tant de temps à concevoir – du garage séparé avec cuisine et chambres pour les invités, au bois de construction utilisé pour la maison, et à la vue saisissante sur le fleuve. Cet endroit lui manquerait, mais ce travail avec Lauryn le retiendrait ici un peu plus longtemps.

Elle repoussa ses cheveux sur son épaule, et quelques mèches soyeuses effleurèrent le bras de Gavin.

— Merci, mais je ne prévois aucun empêchement. L'adoptante est une cavalière expérimentée qui achète la jument pour son adolescente. Je sais qu'elle a préparé le box et le pâturage, et qu'elle a payé d'avance l'équivalent d'un an de foin.

— Ça me paraît la cliente idéale, observa Gavin alors qu'ils arrivaient à son pick-up. Où voudrais-tu qu'on se rencontre ?

En la voyant se mordiller la lèvre en réfléchissant, Gavin se détourna de sa bouche et saisit la poignée de la portière côté conducteur.

— Ça te dérangerait qu'on travaille ici ? Ta maison est sur le chemin du retour de Twin Bridges.

Une vague brûlante de désir le parcourut à la pensée de l'avoir à nouveau pour lui tout seul. Il essaya d'ignorer ce sentiment, heureux d'avoir quelques jours pour trouver comment passer ce moment agréablement.

Parce qu'il aurait juré que l'alchimie entre eux était devenue plus puissante cet après-midi. Bien qu'il ait toujours ressenti une attirance entre eux, il avait vu un soupçon de réaction de sa part aujourd'hui.

— Bien sûr. Et si tu m'envoyais tes notes de réunion à l'avance pour que je voie ça de mon côté ?

Il avait fait cette offre surtout pour pouvoir consacrer plus de temps à discuter avec elle : il fallait qu'il la fasse parler sur les années où elle avait travaillé pour son père.

Pourtant, à la voir si heureuse de sa proposition, il se sentit presque coupable de ses arrière-pensées.

— Ce serait fantastique, déclara-t-elle le regard illuminé. Je te les enverrai dès que je serai à la maison.

Alors qu'il lui tenait la portière le temps qu'elle monte sur le marchepied de son pick-up sportif rouge, Gavin ne put s'empêcher de voir un bout de ses jambes alors que sa robe fourreau remontait un peu.

Rocco choisit ce moment pour aboyer en les regardant tour à tour.

Un au revoir amical à leur invitée, ou un rappel à Gavin de ne pas rester bouche bée ?

Devinant que c'était la deuxième option, il serra les dents tandis que le regard de Lauryn se tournait vers le chien.

— J'étais contente de te voir aussi, Rocco, dit-elle gentiment en se penchant pour lui gratter la tête avant de remettre sa robe en place. Je serai de retour avant même que tu t'en rendes compte.

Gavin savait que c'était idiot d'envier son animal de compagnie, mais la grosse bête poilue avait une sacrée chance d'être caressée par les longs doigts de Lauryn. Rien d'étonnant à ce qu'il remue la queue avec autant d'enthousiasme.

— À plus tard, dit Gavin la gorge sèche en refermant la portière derrière elle.

Puis il recula avec un signe de la main et la regarda sortir de l'allée.

Même s'il réussissait à découvrir ce que Lauryn savait des plans de son père et le rôle qu'elle y avait joué, Gavin ne put s'empêcher de penser qu'il mettait les pieds dans quelque chose de bien plus compliqué que ce qu'il s'imaginait.

Deux jours plus tard, Lauryn était à Twin Bridges, appuyée contre la barrière en bois derrière la spacieuse maison de sa cliente, et elle regardait Toffee découvrir son nouvel environnement. La jument à la robe baie flaira une botte de paille fraîche derrière l'écurie avant de s'avancer lentement vers une épinette noire qui fournirait une ombre agréable en été.

— Elle semble déjà chez elle, tu ne trouves pas ? demanda une voix féminine derrière elle.

Lauryn se retourna et croisa le regard bienveillant d'Ellen Crawford, son ancien parent d'accueil avant que les Hamilton l'adoptent à l'âge de douze ans. La femme n'avait pas changé. Peut-être que quelques mèches échappées de sa queue-de-cheval blonde étaient plus grises, mais ses yeux bleus perçants étaient toujours aussi chaleureux, et sa démarche pleine de vigueur. Ellen et son mari Chip accueillaient encore des enfants il y a quelques mois, avant d'adopter leur fille, Zara, à présent heureuse propriétaire de la jument baie.

— Toffee va adorer cet endroit.

Elle ouvrit les bras et serra la grande femme austère contre elle en humant son odeur de terre et d'herbes provenant des serres où les Crawford vendaient des plantes et des arbres.

— Mais il faut dire que tu as un don pour que tout le monde se sente chez soi ici.

Ellen sourit de plaisir et rejoignit Lauryn à la clôture.

— Ça sera une bonne compagnie pour Zara. Je me souviens comme les chevaux t'ont aidée à revenir à la vie.

Les souvenirs lui revinrent en un instant, telle une intrusion soudaine et inconfortable du passé. Ellen Crawford était la seule personne dans l'entourage de Lauryn à pouvoir parler aussi ouvertement de l'horreur qu'elle avait vécue dans son ancien foyer d'accueil.

Non pas qu'elle ait été maltraitée. Sa famille de l'époque était plutôt gentille, quoiqu'un peu dépassée par le nombre d'enfants qu'elle accueillait. Ils habitaient une ancienne ferme qui ne manquait pas de place, avec des recoins amusants à explorer. Un grenier, une cave, des granges et des dépendances. Une grande partie était hors d'usage, mais Lauryn et Jamie, sa sœur adoptive préférée, qui avait treize ans, écoutaient rarement les consignes de la famille d'accueil de ne pas s'approcher des anciens bâtiments. Elles aimaient s'installer dans leurs « cachettes » et y glisser des livres pour échapper aux corvées ou éviter leurs frères.

Elles étaient toutes deux si enthousiastes d'avoir trouvé une sœur et une meilleure amie, et si heureuses de passer du temps ensemble à partager leurs secrets en se tressant les cheveux et en rêvant de vivre côte à côte une fois qu'elles seraient en âge de quitter la famille d'accueil.

Un rêve qui ne s'était jamais réalisé pour Jamie.

Lauryn ne se souvenait pas de grand-chose entre l'accident et son arrivée chez les Crawford, avant qu'Ellen l'initie à l'équithérapie. Durant les mois qui avaient suivi, Lauryn avait trouvé un nouveau meilleur ami dans le hongre quarter horse couleur champagne au regard compréhensif.

— Champy a été une bénédiction, admit Lauryn d'une voix chargée de souvenir.

Un des inconvénients de son adoption par les Hamilton avait été leur insistance pour qu'elle ne rende plus visite à son ami Champy – ou quiconque de son passé –, croyant qu'un nouveau départ lui serait bénéfique. Elle ne s'en était pas plainte, car entre son âge avancé de douze ans et son passé traumatisant elle savait qu'elle était bien chanceuse de trouver une famille pour toujours.

— J'avais oublié son nom, rétorqua Ellen en gloussant doucement à sa manière décontractée.

Elles regardèrent Toffee renifler les aiguilles de l'épinette noire et hennir de désapprobation avant de reculer.

— Champy. Quel bon cheval, dit Ellen.

Elles repensèrent un instant au hongre dans un silence complice. C'était précisément cette facilité avec laquelle Ellen savait parler des sujets inconfortables qui avait poussé Lauryn à la contacter après l'université. La jeune femme adorait ses parents adoptifs, mais ils avaient du mal à parler de son passé, et n'aimaient pas non plus qu'elle le fasse. Personne à Silent Spring ne connaissait sa véritable histoire car les Hamilton avaient dit qu'ils adoptaient la fille d'un parent.

Le passé de Lauryn avait été balayé sous un tapis.

Mais Jamie, tout comme Champy, méritaient qu'on se souvienne d'eux.

Un instant plus tard, la voix d'Ellen la ramena au présent.

— Nous avons reçu ton invitation à la vente aux enchères. J'ai l'impression que ça va être formidable.

Non loin de là, Chip sortit de l'écurie et leur fit un signe de la main en se dirigeant vers Toffee avec une pomme.

Lauryn en profita pour réfléchir à sa réponse. Sa réunion avec Gavin était prévue pour dans une heure, et la pensée de le revoir occupait beaucoup trop de place dans son esprit depuis deux jours.

— Je l'espère. Ça m'a demandé beaucoup de travail, mais ça en vaudra largement la peine si ça peut me permettre de récolter de quoi démarrer mon projet d'équithérapie.

Elle en rêvait depuis des années, mais jamais elle n'aurait imaginé que Gavin jouerait un rôle si important dans la concrétisation de ce projet.

— J'ai été surprise de voir Gavin Kingsley sur la liste de célibataires, émit Ellen d'un ton taquin en lui lançant un regard malicieux. Je pensais que c'était le dernier homme de Silent Spring avec qui tu voulais avoir à faire.

— J'ai dit ça ? dit Lauryn en se redressant et en tirant sur un fil du bouton de sa chemise en flanelle.

Cela ressemblait fortement à quelque chose qu'elle aurait dit, mais elle ne se souvenait pas d'avoir parlé de Gavin à Ellen.

— C'était il y a longtemps, quand tu venais d'être embauchée par Duke Kingsley, lui rappela gentiment Ellen. Je t'ai fait remarquer qu'il pourrait te permettre d'étoffer ton carnet de contacts, étant donné que tu voulais déjà travailler avec les chevaux. Mais tu m'as clairement dit que tu ne l'appréciais pas.

Pas étonnant qu'il ait insisté pour qu'elle apprenne à mieux le connaître si elle parlait de lui en ces termes.

— Il est possible que j'aie porté un jugement hâtif sur lui, admit-elle en redressant les épaules.

Si elle voulait que les gens enchérissent sur le *bad boy* de Silent Spring, elle avait intérêt à ne rien dire de négatif sur lui. Même si elle n'avait pas pour autant changé d'avis.

— Il a peut-être plus de qualités que je ne pensais, à présent qu'il est adulte.

Ellen la raccompagna alors à son pick-up et à sa remorque à chevaux garés sur la pelouse. Chip avait tenu à ce qu'elle fasse descendre Toffee le plus près possible du pâturage au cas où l'animal serait effrayé par le nouvel environnement.

— Le shérif ne partage pas ton avis, déclara Ellen en sortant une paire de gants de travail de la poche arrière de son jean. Je me souviens avoir doublé le pick-up de Gavin l'an dernier, un jour où j'étais en retard à un rendez-vous. Ensuite j'ai vu dans mon rétroviseur ton père sortir de derrière un radar pour lui demander de s'arrêter.

L'histoire mit Lauryn mal à l'aise car elle avait déjà entendu ses amies dire que son père avait une dent contre Gavin. Mais elle avait l'avantage de connaître l'histoire du point de vue de son père ; les anciennes farces et tout le reste.

— Ils ne s'entendent pas du tout, reconnut-elle.

Elle espérait néanmoins qu'ils seraient cordiaux durant le gala. Elle était sûre que ses parents viendraient la soutenir, même si elle n'avait pas encore reçu leur confirmation.

— Le plus drôle, c'est que Gavin n'allait même pas vite. Je me sentais tellement coupable que j'ai appelé le poste de police pour leur expliquer qu'ils s'étaient trompés de véhicule, et que c'était moi qui roulais comme une folle. Mais ton père a été catégorique : il avait une bonne raison d'arrêter Gavin.

La jeune femme ressentit le besoin de défendre son père.

— Et je suis sûre que c'était le cas.

Elle essaya de le dire avec légèreté, mais le commentaire tomba à plat quand elle croisa le regard bleu d'Ellen.

Après le moment de gêne qui suivit, elle fit un geste vers son véhicule et ajouta :

— Je vais y aller. Je vous suis très reconnaissante, à toi et Chip, de vous être donné autant de mal pour mettre Toffee à l'aise.

Le visage d'Ellen s'éclaircit alors qu'elle hochait la tête.

— C'est avec plaisir. Et j'ai hâte de sortir mes souliers de danse pour le gala. Le groupe que tu as engagé est l'un des préférés de Chip.

Elles échangèrent encore quelques plaisanteries, puis Lauryn monta dans son pick-up et se rendit chez Gavin.

Alors qu'elle conduisait en direction du sud à travers les magnifiques paysages caractéristiques de cette partie de l'autoroute 287, Lauryn ressassait les paroles d'Ellen dans sa tête.

Ce n'était pas seulement ce qu'elle avait dit, mais la façon dont elle l'avait dit. Parce qu'Ellen Crawford n'était pas une femme à mâcher ses mots ou à parler pour ne rien dire.

De toute évidence l'incident l'avait suffisamment marquée pour qu'elle ressente le besoin d'en parler, ce qui ne faisait qu'augmenter les sentiments incertains de Lauryn envers Gavin. Durant ses années en familles d'accueil, elle avait appris à analyser et déchiffrer rapidement les situations et les gens, au point que c'en était devenu une seconde nature.

C'était peut-être ce qu'elle faisait en ce moment d'ailleurs en tentant de démêler des fils inexistants.

Sans la présence du cheval dans la remorque, la voiture roulait à toute allure. Pourtant, elle vérifia l'heure sur son tableau de bord.

Juste à ce moment, le Bluetooth de son pick-up tinta pour indiquer l'arrivée d'un message de la part de Gavin Kingsley sur son téléphone. Le système fut même assez poli pour lui demander si elle voulait que le message lui soit lu afin que ses yeux puissent rester sur la route.

Puis la voix désincarnée de sa messagerie retentit dans les haut-parleurs :

« Salut, c'est Gavin. C'était juste pour voir si c'est toujours bon pour cet après-midi. Je ne bouge pas de la journée, alors ne te presse pas. »

Le pouls de Lauryn s'accéléra en songeant à la façon dont Gavin l'avait touchée l'avant-veille lorsqu'ils s'étaient serré la main. À la pression infinitésimale de son pouce sur sa main, la chaleur était montée en flèche en elle. Son estomac se noua en songeant qu'elle allait le revoir et qu'ils allaient travailler ensemble sur son gala.

Était-ce un sentiment de malaise qu'elle ressentait ? De l'anxiété ?

C'était son idée de lui demander de participer à cette vente aux enchères, alors elle ne pouvait s'en prendre qu'à elle si l'idée de passer des heures avec lui la faisait frissonner. Elle pouvait blâmer Gavin pour tout un tas de choses, mais pas pour ça.

Avait-elle cru que les histoires de son père ou les remarques désobligeantes de Duke Kingsley au sujet de son fils l'immuniseraient contre son charme ?

Un seul contact hier avait fait disparaître toute illusion de ce genre.

Mal à l'aise, elle se remémora qu'elle ne pouvait plus faire marche arrière, que ce soit pour la participation de Gavin à la vente aux enchères, ou son aide. C'était quelqu'un de sociable, un fêtard même, contrairement à elle. Sa participation était cruciale à bien des niveaux.

Quelle importance qu'ils n'aient jamais été bons amis ? Durant leurs réunions de travail, elle avait réalisé qu'être un Kingsley lui donnait une grande expérience des collectes de fonds et des galas. Le fait que son père l'ait déshérité n'annulait pas par magie ses compétences en la matière.

Il était doué dans ce domaine, et elle avait besoin de lui.

Lauryn se racla la gorge et s'adressa à la messagerie vocale via son Bluetooth :

— Envoie un message à Gavin Kingsley.

Elle attendit le bip avant de commencer à parler :

— La réunion est maintenue. Je suis en route.

Elle attendit que le message lui soit relu et confirma l'envoi en ignorant les drôles de sensations dans son ventre.

Ce n'était que de la nervosité, bien sûr.

Puisque le centre d'équithérapie qu'elle comptait dédier à la mémoire de sa sœur adoptive serait financé par Étalons à Vendre, Lauryn comptait bien faire son possible pour ne plus penser à son attirance pour l'étalon le plus célèbre des environs.

4

Ce n'est pas un rencard, se répéta Gavin en mettant la table dans le patio près de son quai privé.

Il s'était donné du mal pour rendre cette rencontre agréable et avait même fait préparer un déjeuner pour le cas où Lauryn n'aurait pas mangé. Mais quand il examina le résultat, entre les plantes en bacs et la pergola ombragée grâce au lierre qui poussait entre les lattes en bois du toit, il se demanda si la fille pragmatique du shérif ne penserait pas qu'il en avait trop fait.

D'autant plus que cette rencontre n'était pas un rencard, bon sang !

Mais il voulait qu'elle soit détendue, et après avoir passé en revue les notes qu'elle lui avait envoyées la nuit dernière, il savait qu'ils avaient encore du pain sur la planche. Après cela, il comptait prolonger la conversation. Peut-être en orientant la discussion sur l'époque où elle avait travaillé pour son père ?

Chose qu'il ne pourrait pas faire si elle s'en allait rapidement.

Mais il n'eut pas le temps de s'interroger plus longtemps, car un nuage de poussière sur la route menant à son allée l'informa de l'arrivée de Lauryn. Gavin s'éloigna du quai pour aller à sa rencontre et s'efforça de se rappeler que le but de tout cela était de découvrir ce qu'elle savait sur le testament.

Pourtant, en la voyant descendre de son pick-up, vêtue d'un jean noir moulant, de bottes et d'une chemise en flanelle rose et gris qui révélait une taille fine, il eut du mal à se souvenir de ses plans.

Bien qu'elle soit vêtue de manière décontractée, sans maquillage, coiffée d'une simple queue-de-cheval, et portant un classeur qui devait sûrement contenir toutes les tâches à accomplir, Gavin ne put s'empêcher de la trouver appétissante.

À déguster de préférence avec lenteur.

— Bonjour, Gavin, dit-elle en le saluant d'un signe de la main avant de remettre en place une chaîne de sécurité de la remorque. Je suis surprise que Rocco ne soit pas venu me dire bonjour.

Il lui fit signe de la suivre vers l'étang à truites.

— S'il avait été ici, je suis sûr qu'il m'aurait devancé. Mais le contremaître l'a emmené conduire les chevaux aux pâturages. Les juments sont toutes faciles et d'humeur égale, mais Rocco aime travailler.

— Ça doit être une période chargée pour votre haras, fit-elle remarquer en tournant son regard vers la pergola. On va travailler à l'extérieur ?

— C'était l'idée.

Le printemps n'était pas très chaud, mais comme elle travaillait souvent à l'extérieur – tout comme lui –, il s'était dit qu'elle était probablement habituée à la température.

— Mais on peut rentrer…

— Non. C'est parfait.

Un sourire se posa au coin de ses lèvres alors qu'elle recommençait à marcher vers l'étang.

— Je ne m'attendais pas à quelque chose d'aussi charmant. Quelle arrière-cour idéale !

— J'ai passé beaucoup de temps à l'aménager.

Il sentit monter une vague d'amertume à l'idée de quitter Silent Spring, sa maison et ses terres. Mais ce n'était pas encore le moment d'aborder le sujet.

— Alors l'adoption de ce matin s'est bien passée ? Je sais que les chevaux peuvent parfois mettre du temps à se calmer après un trajet en remorque.

Il lui fit signe de passer devant, alors qu'ils atteignaient un chemin pavé au bout duquel elle aperçut un brasero, puis le quai près de l'étang. La table sous la pergola se trouvait près d'un hangar où il rangeait son matériel de pêche et de jardinage. Sur le pont, deux chaises Adirondack étaient placées côte à côte et face à l'étang.

— Toffee ne pourrait pas être plus heureux, déclara-t-elle.

Elle passa une main sur la clématite en fleur qui s'enroulait autour de l'un des poteaux de la pergola, et en huma le doux parfum.

— Elle a géré le voyage comme une championne, et elle est entre de bonnes mains dans sa nouvelle maison.

Une fois devant la table où il avait disposé les couverts, il lui tira une chaise du côté inoccupé de la table.

— Qu'en penses-tu ? Je me suis dit qu'on pourrait s'y mettre tout de suite, et déjeuner rapidement si on n'a pas terminé d'ici une heure.

Il étudia son visage alors qu'elle observait les détails : les serviettes en lin, la porcelaine blanche sur des sets en paille, les verres à eau en cristal et les tournesols dans la cruche en étain au centre de la table en fer. Au moins, il avait eu la prévoyance de laisser sa tablette et un bloc-notes à côté pour lui montrer qu'il comptait vraiment travailler.

Quand elle tourna son regard vers lui, son expression était réservée et son ton égal bien que légèrement froid.

— C'est très attentionné de ta part. Merci.

Elle prit place sur la chaise et posa le dossier en papier kraft sur la table.

— Si on reste concentrés, je suis sûre qu'on pourra finir rapidement, comme ça, je ne te dérangerai pas longtemps.

Il s'assit à côté d'elle et alluma la tablette, plus que prêt à se mettre au travail, mais pour des raisons différentes des siennes.

Ce n'est qu'une réunion de travail, se remémora Lauryn en sélectionnant une framboise sur le petit plateau qu'une employée de Gavin avait apporté après un déjeuner léger. Le repas avait été servi après environ une heure et demie de travail. Elle avait envisagé de refuser l'invitation et de s'éclipser, mais ça lui avait finalement paru inutilement grossier alors que Gavin lui avait consacré autant de son temps.

Elle s'était donc empressée d'avaler un délicieux sandwich poulet-crudités choisi sur un plateau bien fourni que la gouvernante avait apporté une demi-heure plus tôt, en se disant qu'elle partirait tout de suite après. Mais, en voyant la petite planche à desserts quelques instants plus tard – chargée de fruits, chocolats et macarons –, Lauryn eut peur de s'être aventurée sur un terrain trop amical avec un homme face à qui elle devait rester sur ses gardes.

Elle savoura donc la framboise en essayant de réfléchir à ce qu'elle allait faire.

— C'est tellement décadent. Si c'est à ça que ressemblent tes réunions de travail, je n'imagine même pas tes rendez-vous amoureux.

Gavin haussa un sourcil alors qu'il dégustait un carré de chocolat noir.

— Ça ressemble à une femme qui cherche des indices sur notre prochain rendez-vous.

— Pas du tout, rétorqua Lauryn agacée et le visage brûlant alors qu'elle prenait un macaron. Je fais simplement remarquer qu'il n'est pas surprenant que les femmes fassent la queue pour sortir avec toi quand tu es si prévenant… euh, en tant qu'hôte.

— Sauf toi, Lauryn. Depuis que je te connais, tu prends soin de m'éviter.

Adossé à sa chaise, Gavin croisa ses longues jambes au niveau des chevilles et l'observa.

— Je ne pense pas que tu sois sensible à ce genre de choses.

— Peut-être que je préfère le fond à la forme, le taquina-t-elle en sentant sa peau la picoter partout où les yeux bruns de Gavin se posaient.

Elle savait que les frissons qui la parcouraient étaient dus au regard brûlant de Gavin et non à la brise printanière. Mais mordre dans le macaron n'apaisa pas non plus la faim qu'elle ressentait.

— Je pense qu'il y a plus que ça, argua-t-il en choisissant une fraise. Tu t'es montrée hostile envers moi depuis ton premier jour à Silent Spring.

Un épandeur bruyant lui donna un moment supplémentaire pour réfléchir à sa réponse.

— C'est tout à fait faux.

Elle n'avait appris l'existence de Gavin que plusieurs mois après son arrivée chez les Hamilton.

— Vraiment ? dit-il avec une expression amusée qui creusa une fossette dans sa joue et anima son regard d'une lueur malicieuse. Alors comment expliques-tu la façon dont tu t'es sauvée de cette réunion du club 4-H à ton arrivée ?

À la mention du club 4-H, un bourdonnement commença à l'arrière du crâne de Lauryn. Elle y avait eu une mauvaise expérience la seule et unique fois où elle avait participé à une réunion.

Elle rendait visite aux Hamilton avant que son adoption soit finalisée, et Mme Hamilton qui était alors l'une des responsables des associations locales l'avait emmenée avec elle.

— Lauryn ?

Gavin se redressa, l'expression assombrie.

— Qu'est-ce qui ne va pas ? demanda-t-il en posant une main sur son bras.

Le bourdonnement dans ses oreilles s'amplifia. Elle baissa les yeux sur les doigts de Gavin qui tenaient son poignet. C'était le seul endroit de son corps qui ne lui paraissait pas soudain glacé.

— Rien, dit-elle en secouant la tête et ne voulant pas repenser à cette période de sa vie. Je vais bien.

— Tu es blanche comme un linge. Tu veux que j'appelle quelqu'un ? Un médecin ou...

— Non, s'exclama-t-elle en serrant sa main à l'endroit où il la touchait. Ce n'est rien.

Pourtant elle savait d'expérience que plus elle nierait ce qui lui arrivait, plus cela empirerait. Elle n'avait pas eu de grosse crise de panique depuis des années, mais elle se rappelait à quel point elles étaient terrifiantes et semblables à une crise cardiaque.

Le bruit dans ses oreilles monta à plein volume, noyant tout ce que Gavin lui disait. Elle regarda ses lèvres bouger et comprit qu'il s'inquiétait pour elle. Soudain ce fut comme si cette inquiétude visible dans son regard la touchait et l'aidait à ne pas paniquer davantage.

Gardant son regard rivé au sien, elle essaya de se souvenir des étapes que son ancien thérapeute lui avait enseignées.

Ne combats pas l'attaque. Surmonte-la. Essaye de rester dans le présent.

Le simple fait de repenser à ces conseils commença à détendre l'étau qui pesait sur sa poitrine.

— C'est juste une crise de panique, réussit-elle à articuler alors qu'elle prenait conscience de la chaleur et de la force de la main de Gavin.

— Comment puis-je t'aider ? demanda-t-il en s'accroupissant près de sa chaise afin de passer son autre bras autour de ses épaules.

La chaleur de ce contact la pénétra, chassant davantage le froid qui s'était installé en elle.

— Tu m'aides déjà, lui assura-t-elle entre de longues et profondes respirations.

Dans sa tête, elle comptait les inspirations pour s'assurer qu'elles duraient assez longtemps. Puis elle compta également les expirations.

Quelques instants plus tard, le son dans sa tête se tut. Son rythme cardiaque ralentit et elle prit conscience de la main de Gavin qui massait doucement ses épaules. La sensation n'aurait pas dû être si agréable, mais toute aide l'aidant à surmonter cette crise était la bienvenue.

— Tu te sens mieux ? demanda-t-il un instant plus tard en l'étudiant attentivement. Tu as un peu retrouvé tes couleurs.

— Ça s'atténue.

Elle lutta contre l'envie de se pencher davantage sur lui et de respirer sa force et sa chaleur. Se réfugier dans ses bras puissants.

— Peut-être que je devrais boire un verre d'eau.

Au moins cela la détournerait du plaisir qu'elle prenait à ses caresses.

Gavin saisit le pichet d'eau et remplit son verre.

— Tiens.

Il se rassit et, comme il avait rapproché sa chaise de la sienne, leurs genoux se touchèrent.

— J'espère que ce n'est pas moi qui ai provoqué ce qui vient de se passer.

Comment lui dire ?

Elle se souvint qu'elle devait affronter ses peurs. La méthode avait bien fonctionné dans le passé. Elle n'allait donc pas se mettre à nier ce qui la bouleversait, quitte à devoir partager cette partie de son histoire avec Gavin.

— Tu ne pouvais pas le savoir.

Ses pensées revinrent à cet incident enfoui au plus profond de son subconscient et survenu il y a bien longtemps. Le souvenir venait tout juste de faire surface, une relique oubliée d'une époque qu'elle avait tant essayé d'oublier.

— Je ne me souvenais pas que c'était toi dans la tente ce jour-là.

Les yeux de Gavin s'agrandirent de surprise.

— Tu plaisantes, j'espère ? Pendant tout ce temps, j'ai cru que j'avais fait quelque chose de mal qui t'avait offensée...

Elle secoua vigoureusement la tête alors que des flashs de cette journée lui revenaient en mémoire. Elle était vaguement consciente de la brise printanière contre ses cheveux humides de sueur, et de Gavin qui tenait ses doigts tandis que la petite fontaine au milieu de l'étang faisait gicler de l'eau dans toutes les directions. Ce doux bruissement la berça et l'aida à faire un bond de treize ans en arrière.

— C'était ma première attaque de panique, dit-elle finalement en se forçant à croiser son regard. Je ne le savais pas à l'époque. J'ai juste senti ce poids écrasant sur ma poitrine et je me suis mise à courir.

Elle ne se rappelait même pas l'endroit où elle était allée, mais elle se souvenait s'être retrouvée dans un lit chez les Hamilton par la suite, terrifiée à l'idée qu'ils ne l'adoptent pas en voyant qu'elle était sujette à des crises de panique.

Mais ils l'avaient mise au lit avec des mots doux en disant que tout irait bien et qu'elle était en sécurité.

— Je ne comprends pas, déclara Gavin en lui prenant doucement le menton et l'étudiant comme si ça pouvait l'aider à mieux la déchiffrer. Si je ne t'ai pas contrariée, qu'est-ce qui s'est passé ? Une minute, on débattait de la composition d'un échantillon de terre pour déterminer le rendement du fourrager d'un pâturage, et la minute suivante, tu déchirais les murs de cette tente pour trouver la sortie.

Le pouls de Lauryn s'accéléra à nouveau en se souvenant d'avoir eu l'impression d'être prise au piège et incapable de bouger, d'avoir senti ses voies respiratoires s'obstruer.

Elle inspira en se répétant qu'elle était libre et en sécurité.

— On faisait un exercice au club 4-H ce soir-là, se souvint-elle, consciente qu'elle devait affronter l'événement qui venait de déclencher sa première crise de panique depuis des années.

Même si elle comprenait la curiosité de Gavin, sa priorité absolue devait être de se calmer. Ce n'était qu'à cette condition qu'elle pourrait lui expliquer.

— Les plus jeunes et les plus âgés étaient mélangés car les responsables étaient absents.

— C'est vrai, dit-il en hochant lentement la tête et laissant retomber sa main de sa joue. À l'époque, on se réunissait encore au grand chalet de l'ancien terrain de camping des scouts, près du Twin Lakes.

— Je me souviens des cabanes.

Elle ferma les yeux et revit tout cela. Le petit lac alpin des montagnes Greenhorn, l'enseigne décrochée à l'entrée du camp, les chalets rustiques, et quelques tentes plantées par les plus grands dans le cadre d'un exercice en début de semaine.

— Il y avait une grande tente verte qui, selon l'un des garçons, était la plus solide de toutes.

Gavin éclata de rire.

— Ça devait être moi. C'était bien mon genre de me vanter pour impressionner la nouvelle arrivante.

Lauryn n'en revenait pas d'avoir tout oublié.

C'était sa première rencontre avec des enfants qu'elle avait ensuite fréquentés à l'école, et pourtant personne ne lui en avait reparlé durant toutes ces années ? Mais le club 4-H était essentiellement composé d'enfants de la ville voisine, car Gavin et elle vivaient à la frontière de leur ville. Peut-être qu'elle n'avait pas revu ces enfants après son adoption ?

— On avait fini par se retrouver sous cette tente, se souvint-elle.

Une vision d'eux, assis les jambes croisées sous le toit en toile, lui revint en mémoire.

— Jusqu'à ce que quelques garçons commencent à secouer les poteaux.

Un frisson involontaire la parcourut. Elle avait été prise de panique à l'idée que la tente s'effondre et qu'elle soit piégée.

Tout comme Jamie avait été piégée la nuit où Lauryn avait tenté de la sauver. Un autre éclair de panique la transperça.

Ou était-ce le chagrin cette fois ?

Sa main se posa sur son ventre et le serra, comme si elle pouvait contenir ses sentiments à l'intérieur.

— Mes copains avaient décidé de contredire ma théorie selon laquelle c'était la tente la plus solide, expliqua Gavin d'une voix basse et égale, la main toujours sur la sienne. Ils voulaient me ridiculiser devant toi.

Lauryn entendit l'explication et en comprit la logique, mais elle continuait à voir la scène se dérouler à travers ses yeux terrifiés.

— Le toit semblait prêt à s'effondrer sur nous, dit-elle, la gorge sèche. Je ne me souviens de rien après ça, jusqu'à bien plus tard, quand j'étais à nouveau chez les Hamilton.

— Tu ne te souviens de rien ?

Les sourcils sombres de Gavin se froncèrent de confusion avant que son expression s'éclaircisse à nouveau.

— Tu veux que je te dise ce qui s'est passé ?

— Oui, s'il te plaît.

Elle se força à hocher la tête, même si elle ne voulait pas vraiment savoir. Parfois, il était plus facile de ne pas s'attarder sur les chapitres traumatisants du passé.

— Tu m'as regardé droit dans les yeux.

La voix ferme de Gavin l'ancrait dans le présent, autant que son toucher.

— Ton visage est devenu aussi blanc qu'aujourd'hui. Tes lèvres remuaient mais aucun son ne venait. Je me suis avancé vers toi parce que j'étais inquiet, mais tu as pris la fuite. Tu t'es débattue avec le rabat de la sortie et tu t'es pris les pieds dedans avant de te sauver.

Son front se plissa comme s'il revivait son inquiétude.

— J'ai cru depuis ce jour que tu me détestais, continua-t-il face à son silence. Plus tard, quand tu as emménagé à Silent Spring, ces mêmes amis qui étaient avec nous ce jour-là m'ont poussé à venir chez toi un soir pour voir si tu pensais vraiment que j'étais le diable incarné.

Elle se tourna alors vers lui, assemblant les morceaux du puzzle.

— La nuit où tu as roulé en quad à travers les champs de papa ?

Il leva les yeux au ciel.

— Ouais. Bon, ça c'était involontaire, mais c'était notre niveau d'intelligence à quinze ans.

Lauryn s'efforça de donner un sens aux événements après les explications de Gavin, revoyant leur passé sous un jour complètement différent. Non pas que cela ait vraiment eu de l'importance. Gavin restait un homme à femmes et un dragueur, quelqu'un habitué à ce qu'on tombe à ses pieds quoi qu'il fasse. Elle, en revanche, était une femme qui s'efforçait de se faire aimer des gens et de mériter l'amour de ses parents.

Pour compenser le fait de ne pas avoir pu sauver sa sœur.

— Lauryn ?

Le ton doux et intime de Gavin interrompit ses réflexions. Sa grande main tenait toujours la sienne avec une tendresse qui l'empêchait de rester sévère à son égard. Car, à présent que la panique s'était apaisée, elle ne pouvait s'empêcher d'imaginer ces mêmes paumes rugueuses effleurant son corps, ses hanches et ses cuisses.

— Je dois y aller.

Elle se leva et retira sa main avant de prendre son carnet et son stylo, la respiration courte, mais pour des raisons complètement différentes.

— Le déjeuner était délicieux, et je te remercie de ton aide... vraiment. Mais je dois y aller.

Gavin se leva également.

— Si tôt ? Tu es sûre de pouvoir conduire ? demanda-t-il en attrapant au vol le verre d'eau que Lauryn avait heurté de la main en passant.

Ressaisis-toi.

— Je vais bien, vraiment.

Elle savait que Gavin devait trouver son comportement aussi instable qu'une dizaine d'années plus tôt, lorsqu'elle s'était enfuie de cette tente. Mais elle avait eu assez d'émotions pour aujourd'hui et elle ne tenait pas à revivre son pire cauchemar. Ni à laisser sa libido se réveiller en voyant Gavin sous un jour trop séduisant.

— On en rediscutera. Je t'en parlerai une autre fois, d'accord ?

Reculant d'un pas, elle se redressa après avoir heurté sa chaise.

— Tu ne me dois aucune explication, Lauryn. Mais je ne pense pas que tu devrais conduire en étant si contrariée...

— Je ne suis pas contrariée, lui assura-t-elle en passant une main impatiente dans ses cheveux.

Tout ce qu'elle pensait savoir sur Gavin Kingsley venait d'être bouleversé par la révélation d'aujourd'hui. Elle avait besoin d'y réfléchir pour décider si cela aurait une incidence sur le regard qu'elle portait sur lui, ou s'il resterait dans la catégorie où elle l'avait toujours placé. Quant à l'attrait qu'elle ressentait pour lui, elle trouverait un moyen de l'étouffer d'une manière ou d'une autre.

— J'ai juste besoin d'être un peu seule pour me calmer. Je t'enverrai un message.

— Je vais au moins te raccompagner jusqu'à ta voiture, déclara-t-il d'un air contrarié en lui saisissant le coude alors qu'elle trébuchait sur une dalle de pierre. J'espère que tu voudras quand même bien me laisser me comporter comme un gentleman ?

— Bien sûr, murmura-t-elle doucement alors que la chaleur de son contact continuait à éveiller des sentiments qu'elle ne voulait pas éprouver envers lui. Je ne veux pas être grossière. Je suis juste…

Ne sachant pas quoi ajouter, elle se sentit soulagée d'arriver à sa voiture.

— Merci pour ton aide aujourd'hui.

Les yeux bruns de Gavin la transpercèrent profondément, emplis d'inquiétude et de quelque chose de plus. Quelque chose qu'elle n'arrivait pas à définir.

— Envoie-moi un message une fois chez toi, ou je vais m'inquiéter, ordonna-t-il.

Son ton sévère et intransigeant aurait pu la hérisser si elle n'avait pas apprécié l'intérêt qu'il portait à son bien-être.

— Je le ferai, déclara-t-elle en ouvrant la portière sans lui laisser le temps de le faire. Au revoir, Gavin.

Quelques instants plus tard, elle roulait en se repassant chaque instant de ce souvenir d'une époque qu'elle pensait avoir enfouie dans son subconscient.

Elle ne s'était pas attendue à devoir faire face à ce genre de flash-back aujourd'hui. Et, entre cela et son besoin d'être sur ses gardes en présence de Gavin, toutes ses défenses s'étaient en quelque sorte… effondrées.

Un peu comme cet accident survenu il y a longtemps qui avait emporté la personne qu'elle aimait le plus au monde.

Elle savait qu'appuyer sur l'accélérateur ne pourrait pas l'aider à mettre de la distance avec ses démons. Mais, juste pour cette fois, elle pouvait mettre un peu de distance avec la nouvelle menace qui pesait sur sa tranquillité d'esprit. Parce que, même si c'était un vieux souvenir qui l'avait bouleversée, c'était Gavin Kingsley qui l'avait aidée à le surmonter.

Gavin qui lui avait caressé le bras et l'avait ramenée à une réalité ferme et stable.

Gavin qui avait voulu savoir si elle allait bien.

Sa poitrine se serra en repensant à la facilité avec laquelle il s'était glissé dans le rôle du protecteur.

La prochaine fois, elle se maîtriserait mieux et se souviendrait qu'il ne se souciait pas vraiment d'elle, mais cherchait simplement à se montrer sous un beau jour. C'était certain.

Après une profonde inspiration, elle laissa échapper une longue et lente expiration alors qu'elle recouvrait ses esprits. Elle n'était probablement pas la première femme en détresse que Gavin réconfortait, et elle ne serait pas la dernière. Alors que ses pensées prenaient à nouveau un tour plus logique – et que les choses se remettaient à avoir un sens –, Lauryn repoussa toute idée de Gavin au fin fond de son esprit.

5

Trois jours après sa rencontre catastrophique avec Lauryn, Gavin reculait sa remorque à cheval vers les écuries de Kingsland Ranch, et se préparait pour une autre mission improbable : récupérer l'étalon alezan hautement classé qu'il avait acheté pour le haras Kingsland.

Figurant parmi les dix meilleurs chevaux de course Barrel durant ces deux dernières années, Streaking Saint aurait dû être la pierre angulaire de leur batterie d'étalons. Cheval athlétique au pedigree impressionnant et au tempérament agréable, Streaking promettait de faire la fortune de Kingsland.

Ou l'aurait fait.

Sauf que c'était Gavin lui-même qui avait mené les recherches et trouvé Streaking à un bon prix. Il n'allait pas renoncer à ce cheval parce que son père avait décidé qu'il n'était pas digne de l'héritage familial. Il avait passé trop d'années à faire des pieds et des mains pour essayer de gagner l'approbation de celui-ci, avant de tomber dans l'excès inverse et enchaîner les bêtises et les risques, dont le rodéo de taureaux.

Il ne laisserait plus son père prendre autant de place dans son esprit.

Mais, compte tenu du nombre d'employés qui travaillaient au ranch l'après-midi, Gavin doutait de pouvoir charger l'étalon sans que son frère le sache. Quinton laisserait faire car il semblait sincèrement en colère contre les agissements sournois de leur père, mais avec Levi ce serait une autre histoire.

En tant qu'aîné, Levi prenait très au sérieux ses responsabilités de chef de famille. De plus, il avait clairement indiqué qu'il voulait que la famille Kingsley reste unie sous la bannière du ranch Kingsland.

Chose qui n'avait aucune chance d'arriver.

Satisfait de l'emplacement de la remorque par rapport aux portes des écuries, Gavin freina et coupa le moteur avant de descendre du pick-up. Il s'était préparé à la possibilité que les choses tournent mal avec ses frères, mais s'était dit que ça ne pourrait pas être pire qu'avec Lauryn.

Après avoir ouvert la grande porte de l'écurie, Gavin desserra le loquet de sécurité de sa remorque et abaissa la rampe en songeant à l'énigmatique conversation qui avait pris une tournure bien différente de ce qu'il avait imaginé.

Ne se souvenait-elle vraiment plus de leur première rencontre au club 4-H ?

Pendant toutes ces années, il avait pensé avoir fait quelque chose qui l'avait mise en colère et qu'elle était fâchée contre lui pour le restant de ses jours. Bien que Silent Spring soit une petite ville et qu'ils n'aient qu'une faible différence d'âge, ils n'avaient jamais été amis. Elle avait toujours été distante avec lui.

Il avait envisagé plusieurs hypothèses, dont le fait qu'elle soit claustrophobe et qu'elle lui en ait voulu que la tente ait failli s'effondrer sur eux. Ou qu'elle l'ait considéré comme une brute qui avait encouragé ses amis à la faire paniquer. Comment savoir ? Ils n'étaient que des enfants.

Je ne me souvenais pas que c'était toi dans la tente ce jour-là.

Ses paroles avaient chamboulé tout ce qu'il pensait savoir sur Lauryn Hamilton. Quant à son plan pour la faire parler de son père… disons que ça ne s'était pas déroulé comme prévu. Il allait devoir redoubler d'efforts pour avoir les réponses qu'il cherchait.

Pourtant, une part de lui voulait simplement mieux la connaître et percer son mystère. Cela avait été très difficile de retirer ses mains quand il avait commencé à la toucher. Son envie de la réconforter avait éveillé quelque chose de plus profond. Il lui avait tenu la main et elle l'avait regardé avec de grands yeux noisette emplis de gratitude, presque comme si elle avait vu quelque chose de plus en lui.

Quelque chose d'important que d'autres n'avaient pas vu… en particulier son père.

Mais ce n'était probablement qu'un effet de son imagination. Si elle l'avait regardé ainsi, c'était uniquement parce qu'il l'avait aidée à traverser une crise de panique. Il ne devait pas l'oublier.

Après s'être ressaisi, il se morigéna de passer ses journées à rêver de la douce peau de Lauryn et à s'imaginer la prendre dans ses bras. Il était venu accomplir une mission, et plus vite il en finirait, mieux ce serait.

Il monta dans la remorque, ouvrit l'évent du toit et remit en place une lourde couverture qui aiderait l'étalon à se sentir mieux durant le trajet. Puis il récupéra un licol et une longe avant de se diriger vers l'écurie.

Une douce odeur de foin frais flotta vers lui. La grange était silencieuse car la plupart des animaux restaient dehors par ce beau temps printanier. Mais au fond de la grange, dans le dernier box à gauche, Gavin repéra Streaking Saint déjà installé pour la nuit. Afin de l'aider à mieux s'adapter aux nouveaux pâturages de Kingsland, le personnel avait décidé de le rentrer plus tôt pour limiter la quantité d'herbe qu'il pourrait manger le temps de s'habituer à son nouveau régime.

— Salut, mon pote, dit doucement Gavin en caressant le cou de l'alezan. Ça te dirait de faire un petit tour ce soir, juste toi et moi ?

L'étalon était élancé et bien musclé, avec l'allure d'un cheval de spectacle et la fougue d'un compétiteur. L'animal secoua la tête et hennit comme pour souligner qu'il méritait mieux que de passer la nuit dans un box.

Gavin s'esclaffa et entra dans le box pour lui passer le licou. Il fixa la sangle sans trop serrer afin que le cheval soit à l'aise durant le court trajet, puis rouvrit la porte du box et fit sortir Streaking, au moment où une grande silhouette se profilait à l'entrée de l'écurie.

— Tu vas quelque part ?

Stetson sur la tête, Levi le fixait comme les bandits d'antan en quête d'une bagarre de saloon.

Gavin poussa un long soupir. Il était fatigué des disputes avec sa famille.

— À ton avis ?

Il adopta un ton léger et s'efforça de ne pas se crisper sur la longe afin de ne pas perturber Streaking.

— Je dirais que tu te comportes comme un voleur de cheval, Gav, mais je suis sûr que même toi tu ne ferais pas quelque chose d'aussi irréfléchi.

Levi s'approcha en relevant le bord de son chapeau et constata la situation : la remorque et la longe entre les mains de son demi-frère.

— Tant mieux si tu as pu récupérer le siège encore chaud de notre enfoiré de paternel, rétorqua Gavin énervé et incapable de le cacher, même s'il savait qu'il allait perturber l'animal. Pas étonnant que tu te sentes lésé si tu as commodément oublié qui avait fait toutes les démarches pour trouver ce cheval et l'acheter.

À côté de lui, Streaking s'agita en ressentant sa tension.

— Je sais parfaitement qui a fait les démarches, rétorqua Levi en baissant la voix et s'arrêtant à quelques pas de lui. Mais tu as peut-être oublié qui en a payé la moitié ?

De près, Gavin vit les cernes sous les yeux de Levi. Son jean et sa chemise étaient plus froissés que d'habitude et il semblait fatigué. Avait-il perdu le sommeil avec ces histoires d'héritage ? Pendant un instant, Gavin se sentit tiraillé par l'empathie. De tous ses demi-frères, c'était lui qui avait le comportement le plus équitable. Même enfant, Levi veillait à ce que Gavin reçoive la même chose que ses frères.

Durant les deux Noëls qui avaient suivi le divorce de Duke, il avait renvoyé Gavin chez sa mère avec des jouets supplémentaires, arguant qu'il méritait plus de cadeaux puisqu'il ne vivait plus avec eux.

Ce souvenir soulagea légèrement la raideur dans la colonne vertébrale de Gavin.

— On a payé moitié-moitié sur au moins cinq autres chevaux, lui rappela-t-il. Mais je ne prends que celui-ci. C'est plus que juste.

Levi tendit la main pour caresser les naseaux de Streaking afin de l'apaiser.

— Je suis heureux que cette opportunité nous permette de discuter d'une solution équitable, mon frère, mais nous devons le faire dans le bureau de notre avocat. Pourquoi n'as-tu pas répondu à ses appels ?

Le rappel des messages et des lettres du cabinet d'avocats ne fit que l'énerver à nouveau.

— Ça ne m'intéresse pas de remplir les poches d'un avocat alors qu'on pourrait se mettre d'accord ensemble et sceller ça par une poignée de main, déclara-t-il, fâché de penser que Levi et Quinton ne lui faisaient pas confiance. Si tu penses que je ne suis pas capable de respecter un accord...

— Ce n'est pas aussi simple, répondit Levi avec un geste exaspéré. Comment pourrions-nous parvenir à un accord si on ne prend pas le temps de l'étudier sous tous les angles...

— Quels angles ? rétorqua Gavin en serrant les dents. La seule chose qui a changé, c'est que je ne fais plus partie de Kingsland. C'est aussi simple que ça. Alors rembourse-moi ce que j'ai investi dans l'entreprise familiale, et passons à autre chose.

C'était ce qu'il avait suggéré en découvrant qu'il avait été spolié. Avant de sortir de la pièce, il avait dit à Quinton et Levi qu'il comptait bien récupérer chaque centime investi dans le haras.

— Et pour ce qui est du reste ? On se contente de partager en trois, entre toi, Quinton et moi ? demanda Levi en croisant les bras, comme s'il le jaugeait.

— C'est ton problème, pas le mien.

— Eh bien, je ne peux pas faire ça puisque nous sommes

quatre à avoir des droits sur Kingsland, et non trois. Comment régler équitablement cette succession quand on ne sait même pas où habite Clayton, et encore moins comment le faire revenir pour en discuter ?

Jurant à voix basse, Gavin se sentit pris de culpabilité. Comment avait-il pu oublier son frère, même s'il ne l'avait vu que quelques étés ? Étant donné que Gavin ne vivait plus au ranch après le divorce de ses parents, il n'était pas toujours présent à Kingsland quand Clayton Reynolds y venait.

Quinton avait bien mentionné leur frère le jour de la lecture du testament, mais Gavin était tellement bouleversé qu'il n'avait pas vraiment réfléchi à l'injustice subie également par Clayton. Dans son esprit, Clayton avait au moins eu le bon sens de ne pas mêler ses finances au ranch, ce qui s'était avéré bien plus intelligent.

— Tu as raison, bien sûr, déclara Gavin en posant une main sur le cou de Streaking, cherchant plus à trouver du réconfort qu'à en donner. Je pensais que Quinton comptait engager un détective privé pour le localiser.

— Il l'a fait. Et il a trouvé sa dernière adresse connue dans une petite ville des îles Aléoutiennes. Mais nous ne sommes pas sûrs de ce qu'il faut faire.

Levi interrompit son explication pour désigner l'étalon d'un geste de la tête.

— Tu veux de l'aide pour le charger ?

Surpris que Levi renonce à discuter du cheval, Gavin hocha la tête.

— Ça serait gentil.

Il émit un son d'encouragement destiné à l'animal avant de le conduire hors de l'écurie. Quand le clip-clop régulier des sabots se déplaça vers la remorque, Gavin reprit leur discussion :

— Le détective ne peut pas lui dire qu'on cherche à le contacter pour régler la succession ?

— Si.

Levi monta dans la remorque deux places, sortit un paquet

de raisins secs de la poche de sa veste en toile et le secoua. Les oreilles de Streaking se dressèrent et il s'avança vers la friandise.

— Mais comme Clayton a clairement indiqué il y a cinq ans qu'il ne voulait plus rien avoir à faire avec papa, on hésite. Si l'enquêteur ne se montre pas convaincant, Clayton pourrait disparaître complètement sans laisser de trace.

Levi partagea la friandise avec Streaking tandis que Gavin sécurisait les liens qui stabiliseraient l'étalon durant le trajet.

— Et on ne sait toujours pas ce qui s'est passé entre Clayton et...

Il ne pouvait se résoudre à appeler Duke Kingsley « papa » ces jours-ci.

— ... ton père ?

Levi remit le paquet de raisins secs dans sa poche avant de sortir de la remorque pour aider Gavin à fermer la rampe et la porte arrière.

— Seul Clayton le sait, dit-il en remettant son stetson en place pendant que Gavin tournait le verrou. Quint propose d'aller lui parler en personne.

— Aux îles Aléoutiennes ?

Il ne cacha pas sa surprise à l'idée que Quinton abandonne Kingsland Ranch pour retrouver le demi-frère qui avait tourné le dos à la famille.

— Ça me semble un long trajet pour aller voir quelqu'un qui ne veut rien avoir à faire avec nous.

— Il fait toujours partie de la famille, et la famille est trop importante pour qu'on baisse les bras sans se battre.

Le ton de Levi était ferme et sans ambiguïté.

— Quint veut aussi des réponses au sujet de papa et de ses motivations pour avoir tenté de nous séparer les uns des autres. Il pense que Clayton saura peut-être nous éclairer.

Peut-être.

Mais peut-être que Lauryn aussi pourrait leur en apprendre davantage sur les motivations de leur père, et elle était beaucoup plus proche que les îles Aléoutiennes. Malgré ses soupçons à son sujet, Gavin ne pouvait nier qu'il avait hâte de la revoir.

Leur dernière rencontre avait modifié sa vision sur certains événements du passé. Il était moins sûr à présent qu'elle ait eu un compte à régler avec lui.

— Nous voulons tous des réponses, convint Gavin, prêt à partir à présent qu'il avait récupéré Streaking.

À l'intérieur de l'écurie, on entendait les employés ramener d'autres bêtes pour la nuit, et Gavin ne tenait pas à être interrogé sur ses projets d'avenir.

— Mais je doute que Clayton Reynolds sache pourquoi Duke m'a déshérité. Je suis certain que je n'ai rien à voir avec ce qui s'est passé entre eux.

Il fouilla dans sa poche pour trouver les clés du pick-up pendant que Levi le raccompagnait à la portière.

— Peut-être pas. Mais en attendant, veux-tu bien rappeler l'avocat ? Au moins lui indiquer la somme que tu as investie à Kingsland afin qu'on soit sûrs d'être équitables, à défaut de pouvoir te convaincre de rester à bord ?

— J'appellerai l'avocat.

Cependant, en ouvrant la portière, il songea à l'appel qu'il passerait en premier. Il fallait qu'il revoie Lauryn afin d'obtenir les réponses qu'elle n'avait pas voulu lui donner la dernière fois. Parce que, même s'il avait des questions sur l'époque où elle avait travaillé pour son père, il voulait avant tout découvrir ce qu'elle avait contre lui. Si ce n'était pas cette première rencontre, quand elle avait eu une crise de panique – dont elle ne se souvenait même plus –, alors qu'est-ce qui l'avait rendue si distante toutes ces années ? Quelque chose que Duke Kingsley lui aurait dit ?

— Merci, Gav. C'est important pour moi.

— Mais il est hors de question que je reste à Kingsland.

Il claqua sa portière, démarra le moteur et ajouta :

— Après la vente aux enchères, je quitterai le Montana et je ne reviendrai jamais.

Respirant le parfum printanier de la prairie derrière son refuge, Lauryn se détendait en passant du temps avec une nouvelle jument palomino de quatre ans, acquise la semaine précédente.

— Qu'en penses-tu, Marigold ? L'endroit te plaît ?

Marigold plongea le nez dans les trèfles en remuant sa queue blanche afin d'éloigner quelques taons.

Lauryn donna du mou à la longe et posa une main sur l'épaule de l'animal. Elle avait beaucoup apprécié cet exercice à l'époque où elle avait découvert l'équithérapie. On y encourageait les patients à choisir un cheval avec qui ils se sentaient à l'aise, puis à apprendre à le connaître en le toilettant et en étant attentifs à ses moindres réactions. Plus tard, on leur avait appris à emmener leurs animaux dans des pâturages calmes pour les laisser y brouter, ainsi qu'elle le faisait en ce moment avec Marigold.

Elle continuait à trouver l'activité thérapeutique et apaisante chaque fois que son esprit était préoccupé, comme depuis son déjeuner avec Gavin.

Elle lui avait promis de lui expliquer ses crises de panique, mais tenait-elle vraiment à se confier à un homme qui l'attirait follement mais en qui elle n'était pas certaine d'avoir confiance ? Oui, il avait été gentil durant sa crise et l'avait aidée à la surmonter d'une manière touchante. Mais cette gentillesse envers les femmes n'était-elle pas juste un réflexe pour lui ?

Elle ne devait pas oublier que si elle lui avait demandé de participer à ces enchères, c'était justement parce qu'il était un charmeur notoire.

Elle caressa la crinière blanche du cheval occupé à brouter.

— Que dois-je lui dire, Marigold ?

Elle entendit les oiseaux gazouiller et chanter dans le silence qui suivit sa question. Mais Marigold se contenta de manger.

Lauryn posa sa tête contre le flanc chaud de l'animal, et s'imprégna du calme et de la paix qui régnaient dans la prairie. En sentant une partie de son stress la quitter, elle se rendit compte à quel point elle avait eu besoin de ce moment.

Outre l'épisode avec Gavin, son père lui avait envoyé deux messages au cours des trois derniers jours, lui demandant de retirer Gavin de la liste des célibataires d'Étalons à Vendre. Elle avait été trop agacée pour pouvoir répondre gentiment et lui expliquer son choix, mais elle allait devoir le faire rapidement.

Lauryn était plongée dans ses pensées, quand son téléphone vibra dans sa poche arrière. Ce n'était pas le tintement d'un SMS mais le grondement plus long d'un appel entrant. Elle sortit l'appareil et jeta un coup d'œil à l'écran.

En voyant le nom de Gavin Kingsley, son souffle se bloqua et son rythme cardiaque s'accéléra.

Après une dernière caresse sur le dos du cheval, elle prit l'appel, consciente qu'elle allait bien devoir finir par lui parler.

— Bonjour, Gavin.

Ne sachant pas si elle pouvait faire confiance à Marigold, elle préféra ne pas lâcher la longe, même si le cheval semblait docile et avoir eu quelques bases de dressage. L'animal avait été récupéré auprès d'une femme âgée qui possédait trop d'animaux pour s'en occuper correctement. Lauryn était sûre que Marigold n'avait pas été ouvertement maltraitée, mais elle avait sûrement été sous-alimentée et mal soignée.

Une situation qu'elle connaissait bien et qui lui rappelait ses trois années dans le foyer où elle avait rencontré Jamie.

— Lauryn, je suis content que tu répondes.

Sa voix profonde et chaude eut un effet immédiat sur elle. Elle se souvint de son ton doux lors de sa crise, quand elle était piégée dans le passé.

— Bien sûr, dit-elle avec autant de légèreté que possible, par peur de révéler à quel point elle frissonnait juste en l'entendant.

Elle se pencha à nouveau vers Marigold, s'imprégnant de la présence réconfortante du cheval et se souvenant que, si elle parlait à Gavin, c'était justement pour sauver davantage de chevaux et étendre l'activité de son refuge à l'équithérapie afin d'aider encore plus de gens.

— Comme tu es resté pour ma vente aux enchères, je te dois bien ça.

— J'appelle à ce sujet justement, dit-il d'un ton également léger.

Peut-être qu'il avait pressenti son humeur et son désir de garder leur relation professionnelle et désinvolte ?

— J'écoute.

— J'ai une idée pour nous aider à promouvoir « Étalons à Vendre » sur les réseaux sociaux, et toucher plus de monde. Aurais-tu un peu de temps demain pour qu'on en discute ?

L'idée d'un peu plus de publicité et d'offres de dons était comme une musique à ses oreilles. Même si la pensée de le revoir lui nouait l'estomac, elle devait dire oui.

— Bien sûr. Où est-ce qu'on pourrait se voir cette fois ?

Elle n'était pas sûre de l'inviter au refuge car ses parents vivaient à quelques kilomètres de là. Pas besoin de s'imposer la pression supplémentaire de voir débarquer son père en plein milieu de sa réunion avec Gavin.

— Que dirais-tu de Kingsland Ranch ?

Choquée, elle faillit en lâcher son téléphone. Elle se souvenait du refus catégorique de Gavin de rester avec sa famille.

Mais, ayant travaillé au ranch durant deux ans, elle connaissait bien l'endroit.

— Ça me va. Où ça ?

Le ranch était immense, et comptait plusieurs maisons en plus du siège social de l'entreprise.

Elle sentit son cœur battre plus vite.

— Je t'attendrai devant l'entrée. J'ai un endroit en tête, mais je ne pense pas que tu le connaisses.

— Tu es plein de surprises. Mais je suis partante. On peut se retrouver plus tard dans la journée ? J'ai rendez-vous avec un entrepreneur pour le nouveau centre d'équithérapie.

Elle voulait que les devis soient prêts afin de pouvoir se lancer sitôt les fonds collectés.

— Est-ce que 15 heures te conviendrait ? demanda-t-elle.

— Parfaitement. À plus tard, répondit-il d'un ton professionnel avant de raccrocher.

Lauryn se sentit soulagée après cet appel. Malgré leur dernière rencontre gênante, Gavin n'avait pas mentionné l'incident, et il n'avait pas fait comme s'ils partageaient une nouvelle intimité basée sur ce moment partagé.

C'était une excellente nouvelle.

Pourtant, elle avait l'intuition que la réunion de demain allait lui créer des ennuis. Car plus elle passait du temps avec Gavin Kingsley, plus il surpassait ses attentes et lui prouvait qu'il n'avait rien à voir avec l'homme qu'elle s'était imaginé.

Et le pire, c'était que, malgré tout ce qu'elle savait – ou pensait savoir – sur lui, elle ne pouvait s'empêcher de vouloir le toucher à nouveau.

6

Aujourd'hui, il s'en tiendrait à son plan.

Gavin aurait visiblement eu besoin d'un rappel tatoué à l'intérieur de ses paupières car, à l'instant où il vit le pick-up de Lauryn, il s'imagina déjà à quoi elle ressemblerait, son odeur et les vêtements qu'elle porterait.

Des pensées qui allaient à l'encontre de son fichu plan pour la faire parler de l'époque où elle avait travaillé à Kingsland Ranch. Il ne pouvait se permettre d'être distrait en songeant à sa coiffure ou à la sensation de ses boucles brunes entre ses doigts ou couvrant son torse nu.

Pourtant, il luttait contre ce genre de pensées et d'images bien plus explicites depuis plusieurs jours.

Le temps qu'elle gare son pick-up rouge à côté du sien, Gavin s'était ressaisi. Quand elle descendit du véhicule, il nota qu'elle avait relâché ses cheveux. Il remarqua également sa silhouette féminine mise en valeur par son jean noir et sa chemise grise avec le logo Sabots et Cœurs. Mais il s'efforça de ne pas s'y attarder.

— Merci d'être venue.

Assis sur le hayon de son véhicule où il l'attendait depuis quelques minutes, il se leva et désigna la cabine de son pick-up.

— Ça ne te dérange pas de monter en voiture avec moi ? Ton véhicule ne gênera pas ici.

— Ça me va.

Elle appuya sur un bouton de son porte-clés et sa voiture émit un bip tandis que les feux clignotaient.

— Tout est verrouillé.

Il se dirigea vers le côté passager de son pick-up afin de lui tenir la portière. Alors qu'elle murmurait un remerciement et posait une botte sur le marchepied, Gavin sentit son doux parfum. Fleur d'oranger, peut-être ? Et quelque chose de plus épicé. Il se ressaisit avant d'être tenté de se pencher pour inspirer plus fortement.

Le parfum de Lauryn devait rester un mystère car il comptait bien s'en tenir à son plan. Quand elle fut installée, il referma la portière et fit le tour du véhicule. Lorsqu'il monta à son tour, sa ceinture était déjà bouclée et elle l'attendait, les jambes croisées et une de ses bottines noires rebondissant en rythme.

Était-elle nerveuse ?

Cette pensée refroidit ses ardeurs plus efficacement que n'importe quel discours moralisateur.

— Tu as dit que tu avais une idée pour promouvoir la vente aux enchères sur les réseaux sociaux ? déclara-t-elle en jetant un coup d'œil dans sa direction tandis qu'il conduisait le véhicule vers la route de Kingsland Ranch.

Il fut soulagé qu'elle cherche à garder leur relation professionnelle alors qu'il luttait contre le souvenir de l'avoir tenue dans ses bras. Elle n'avait plus quitté ses pensées depuis, et son désir pour elle en était presque lancinant. Pourtant, en la sentant si anxieuse, il ne pouvait accepter la perche qu'elle lui tendait. Il devait d'abord savoir comment elle allait étant donné la façon dont leur dernière rencontre s'était terminée. Lauryn avait eu une véritable crise de panique et s'était sauvée sans même lui dire pourquoi.

Il ne voulait pas risquer de la mettre à nouveau mal à l'aise.

— Oui. Mais d'abord, dis-moi comment tu vas.

Il lui lança un rapide coup d'œil avant de tourner sur un chemin de campagne juste après la grange à foin.

Elle ouvrit de grands yeux à la question, mais son pied rebondit encore plus vite, comme si ses orteils dirigeaient un orchestre invisible.

— Je vais bien et je suis impatiente de me mettre au travail.

Cependant, son ton était légèrement haut perché et hésitant. Peut-être s'en rendit-elle compte car elle plaqua un grand sourire sur son visage avant de poursuivre :

— Je suis juste très intriguée par ton invitation énigmatique.

— Je suis prêt à travailler aussi, assura-t-il en saluant de la main un employé qui réparait un tracteur à l'ombre d'un orme. Mais je voulais être sûr que ça ne te stressait pas.

Il termina sa phrase en posant une main sur son genou. Son pied s'immobilisa brusquement.

— Oh ! bien sûr que non, dit-elle en détournant ses yeux noisette tandis que ses joues viraient au rose pâle. J'ai conscience qu'on s'est quitté de façon gênante la dernière fois. J'espère que ce qui s'est passé ne va pas… interférer avec ce que nous essayons d'accomplir ?

Soulagé, Gavin sentit la tension quitter ses épaules. Au moins, ce n'était pas sa présence qui la rendait nerveuse.

— En ce qui me concerne, pas besoin de discuter de ta crise d'angoisse si ça te met mal à l'aise.

Il se força à retirer sa main du genou de Lauryn mais, avant cela, il lui donna une furtive pression rassurante.

Le léger halètement qu'elle étouffa aussitôt lui envoya un éclair de chaleur. Son cœur battit un peu plus rapidement, et il eut envie d'explorer d'autres façons de la faire haleter de plaisir. De sentir ce rapide souffle jaillir de ses lèvres et réchauffer sa peau…

— Je te remercie, dit-elle.

Ses paroles calmèrent ses pensées brûlantes, lui rappelant qu'il devait s'en tenir à son plan.

— Alors. Hum… Parle-moi de ton idée de publicité ? demanda-t-elle d'une voix légèrement incertaine.

Cette fois, Gavin comprit qu'il ne fallait pas ignorer sa tentative pour changer de sujet. Alors qu'ils poursuivaient leur court trajet jusqu'au belvédère, il se força à revenir au travail.

— Je pense qu'on devrait faire une grande campagne sur les réseaux sociaux, expliqua-t-il. Tous les trois jours, mettons en avant un des célibataires...

Il sentit Lauryn se détendre à mesure qu'il parlait. Nul doute qu'elle était tout aussi désireuse que lui d'ignorer l'alchimie entre eux.

Cependant, il aurait aimé que sa quête d'informations ne repose pas autant sur une conversation personnelle et le développement d'une relation, car chaque instant passé avec elle impliquait de lutter contre cette attirance de plus en plus puissante.

Deux heures plus tard, Lauryn passait en revue ce dont ils venaient de discuter. Elle avait ouvert une feuille de calcul et un calendrier éditorial sur son téléphone afin d'organiser la vente aux enchères sur les réseaux sociaux. Et, avec l'aide de Gavin, elle avait déjà programmé le premier célibataire à mettre en lumière.

Assise sur un banc en bois surplombant la face ouest de Madison Range, elle ne pouvait nier qu'il avait été d'une aide précieuse aujourd'hui. En arrivant et en remarquant la façon dont il la dévisageait, elle s'était demandé si son idée de publicité n'était pas un simple prétexte pour la revoir. Son pouls avait bondi à ce regard, et son attirance avait augmenté lorsqu'elle s'était assise près de lui pour se rendre au belvédère où ils travaillaient depuis deux heures.

Puis, quand il l'avait touchée, cela avait été comme si elle avait senti sa main partout...

Pourtant il avait seulement cherché à la rassurer. Elle avait été émue qu'il s'inquiète pour elle, et sa prévenance avait fait fondre ses défenses, lui montrant un aspect inattendu de lui.

À présent qu'elle avait créé le calendrier et que, grâce à Gavin, ils avaient contacté les célibataires participants pour planifier leurs passages sur le site d'Étalons à Vendre, elle était très satisfaite de ce qu'ils avaient accompli.

— C'est génial, annonça-t-elle en regardant la page Instagram de Sabots et Cœurs exploser de commentaires positifs après son post « Étalons à l'affiche ».

Tous les célibataires avaient accepté de republier l'annonce sur leur propre compte, ce qui augmenterait leur visibilité sur Internet.

— Merci infiniment d'avoir eu cette idée et de m'avoir aidée à la mettre en place aussi rapidement.

Elle soupira de contentement en regardant les montagnes sous le ciel printanier et sans nuages. La vue était unique, et Gavin avait eu raison de dire qu'elle n'y était jamais venue. C'était un endroit parfait pour travailler, même s'ils avaient dû utiliser un point d'accès Wi-Fi afin de rester connectés à Internet.

— Avec plaisir, répondit Gavin, la tête toujours penchée sur son téléphone où il tapotait quelques notes finales sur la page de questionnaire destinée aux célibataires.

Chacun s'était vu attribuer une journée sur le site web de la vente aux enchères et devait répondre aux questions qui seraient publiées le jour en question.

— J'ai siégé au conseil d'administration d'un organisme de bienfaisance pour les hôpitaux pédiatriques l'année dernière, et ils ont fait quelque chose de similaire pour mettre les enfants en vedette. Ça a vraiment aidé à humaniser leur cause.

— Tu as fait ça ?

Lauryn détourna le regard de la chaîne de montagnes et observa l'homme assis à côté d'elle en essayant de l'imaginer prendre de son temps afin de se consacrer à une cause aussi louable. Puis, alors qu'il levait la tête de son téléphone pour arquer un sourcil, elle se sentit gênée d'avoir parlé trop vite.

— Je veux dire, je ne savais pas que tu faisais partie d'autres associations caritatives. Je sais que le bénévolat demande beaucoup de temps et j'apprécie tout ce que tu fais pour Sabots et Cœurs.

Gavin secoua la tête et recommença à tapoter quelques derniers mots sur son téléphone.

— Contrairement à la croyance populaire, je ne passe pas mes journées à courir après les femmes et à donner du fil à retordre au shérif.

La pique était bien méritée et elle pouvait difficilement s'en offusquer, même si elle se demandait comment ils en étaient arrivés à parler de sa réputation.

— Dans ce cas, j'espère que ce gala aidera les gens à mieux te connaître.

Elle était curieuse de lire ses réponses au questionnaire destiné aux célibataires. Qu'y apprendrait-elle d'autre sur cet homme aux multiples facettes ?

— J'en doute.

Il termina ce qu'il écrivait avant de poser son téléphone sur le banc. Puis il retira son stetson et le posa également pour passer ses doigts dans ses cheveux châtain clair, laissant la brise jouer avec ses boucles.

— D'après mon expérience, les gens changent rarement d'avis sur leurs semblables une fois qu'ils se sont fait une opinion.

— C'est une vision bien cynique.

Pensait-il qu'elle l'avait sous-estimé ? Qu'elle l'avait catalogué dans la même catégorie que les autres ?

— Vraiment ?

Il croisa les bras sur son torse tandis qu'il observait la vallée verte qui s'étendait entre eux et la chaîne de montagnes. Derrière eux, un pivert martelait le grand tremble qui leur faisait de l'ombre.

— Même après cinq ans de mariage, mon père continuait à considérer ma mère comme une intruse dans son monde. Il n'a jamais pu la voir autrement que comme une domestique... une subalterne.

Son ton amer la prit au dépourvu. Elle croyait qu'il allait parler du nombre de fois où il avait lui-même été mal jugé : par elle, par le shérif, par son propre père. Mais qu'il cherche à défendre sa mère l'émut.

— J'imagine à quel point ça doit être douloureux d'avoir perdu ton père sans avoir pu régler toutes ces questions.

Elle se souvint que Duke Kingsley était un homme à la tête dure et au tempérament capricieux.

— Apparemment pour lui, c'était réglé, rétorqua Gavin en creusant le gravier autour du banc avec son talon. Il a rejeté ma mère il y a des années, et maintenant moi... Je ne devrais même pas en être surpris.

— Je suis désolée.

Sa gorge se noua en pensant à ce qu'il devait ressentir et à sa douleur en apprenant qu'il avait été déshérité. Tout son être la poussait à poser sa main sur la sienne afin de lui offrir le même réconfort que celui qu'il lui avait prodigué durant sa crise de panique.

Mais étant donné le nombre de fois où elle avait songé à le toucher cette semaine, elle ne voulait pas agir par pur désir. Elle glissa donc ses mains sous ses genoux afin de ne pas céder à la tentation.

— Il était sans indulgence et bien trop orgueilleux, déclara Gavin. Mais il y avait quand même des choses chez lui que j'admirais.

Cette confidence la rapprocha de lui. Encore une fois, elle eut envie de lui offrir plus.

Au lieu de céder à l'envie de le toucher, elle choisit de partager un pan de son passé, chose qu'elle faisait rarement.

— J'étais trop jeune pour me souvenir de mes parents biologiques. Ils m'ont laissée dans un centre pour sans-abri de la région de Billings. J'ai eu des amis dans mes foyers d'accueil qui ont mal vécu leur abandon. Je me souviens comme ils étaient emplis de regrets par rapport aux non-dits.

Un silence suivit son aveu. Elle lui lança un rapide regard et vit qu'il l'observait de manière intense, comme s'il pouvait voir à travers elle.

— J'ignorais que tu avais été en famille d'accueil, déclara-t-il finalement en se redressant sur le banc. Quand tu es arrivée à Silent Spring, le shérif a annoncé qu'ils adoptaient la fille d'un parent. Je pensais que tu étais peut-être sa nièce...

— Non.

Elle ne voulait pas repenser à l'insistance de son père pour cacher son passé auprès de ses nouveaux amis de Silent Spring.

— Il a estimé qu'il valait mieux que je prenne un nouveau départ. Je sais qu'il voulait bien faire, et qu'il espérait en quelque sorte qu'en faisant semblant d'oublier mon passé, il finirait par disparaître de mon esprit.

Mais elle avait gardé son histoire secrète durant bien assez longtemps. C'était peut-être pour cela qu'elle ressentait parfois le besoin de rendre visite à Ellen et Chip Crawford : des gens qui savaient qui elle était et qui n'avaient pas oublié son histoire.

Pourtant, même après lui en avoir autant dit, elle n'avait pas l'intention de lui parler de Jamie. La perte de sa sœur adoptive était une blessure profonde qu'elle préférait partager à un moment où elle l'aurait décidé.

— Et tu en penses quoi ? demanda Gavin en la ramenant au présent alors que le pivert reprenait son tap-tap contre l'arbre. Est-ce que ce nouveau départ t'a aidée ? Ou as-tu eu l'impression que le shérif essayait de te transformer en quelqu'un que tu n'étais pas ?

À son ton, elle se demanda s'il voulait vraiment une réponse à cette question, ou s'il cherchait une autre raison de ne pas aimer son père.

— Ce n'est pas une mauvaise personne, dit-elle en se levant du banc pour admirer le paysage qui les entourait.

Cette conversation la mettait mal à l'aise. Ses parents avaient été bons envers elle. Ils avaient été une bouée de sauvetage, lui permettant de se projeter dans un avenir où elle pourrait aider d'autres personnes traumatisées, grâce à l'équithérapie.

— Je n'ai pas dit ça, continua Gavin avec douceur tout en s'approchant d'elle. Je ne peux pas m'empêcher de faire le rapprochement avec mon père qui ne s'intéressait qu'à une version retouchée de sa progéniture.

La brise printanière agita les branches du tremble près d'eux, faisant voler quelques chatons duveteux contre le T-shirt Sabots et Cœurs de Lauryn. Au-dessus, les feuilles s'agitaient dans le vent, emplissant le silence.

Pendant tout ce temps, la tension monta en elle alors que Gavin s'approchait. Ses larges épaules étiraient son vieux T-shirt bleu, et la vue de ses bras musclés lui rappela la sensation d'avoir été dans ses bras la dernière fois qu'ils s'étaient vus.

— Ce n'est pas juste, Gavin, rétorqua-t-elle en posant une main sur son avant-bras. Ni pour ton père, ni pour le mien.

— Tu crois ?

Il désigna un chemin partant de la clairière où ils étaient assis. L'herbe y était légèrement écrasée et le sentier de terre descendait en bas d'une colline.

— Suis-moi, dit-il en la prenant doucement par le coude. Je ne t'ai pas encore montré pourquoi j'ai choisi cet endroit.

Intriguée, elle le suivit. L'air se rafraîchit quand ils pénétrèrent dans la zone ombragée pour descendre une série de marches faites de rochers plats qui menaient à une autre clairière ensoleillée.

— Mon père voulait juste ce qu'il y avait de mieux pour moi, expliqua-t-elle en espérant que ce soit vrai.

Parfois elle se demandait pourquoi il n'était pas aussi impliqué dans son refuge qu'elle l'avait espéré, et pourquoi ses parents n'avaient pas encore répondu à leur invitation au gala.

— Et mon père ? Tu as travaillé pour Duke Kingsley pendant deux ans. Crois-tu vraiment qu'il pensait du bien de moi ?

Arrivé à la dernière marche de pierre, Gavin se retourna pour la regarder. Sa question était sans équivoque. Un terrain miné sur lequel elle préférait ne pas s'aventurer.

— Ce n'est pas à moi de le dire, hésita-t-elle en se souvenant des tirades de son employeur à propos de son fils rebelle. J'étais une simple assistante, et nos rapports étaient professionnels…

Elle remarqua trop tard l'attention extrême avec laquelle il l'examinait.

— Tu n'as pas à le protéger, Lauryn. Tu ne serais pas la première personne à qui il aurait fait savoir à quel point j'étais une déception.

Gênée, les joues de Lauryn rougirent, mais elle ne le contredit pas. Elle s'arrêta sur la dernière marche, car Gavin lui bloquait le passage. Exigeait-il une réponse ?

Sa frustration augmenta.

— Ta relation avec lui était manifestement compliquée...

Gavin émit un rire méprisant. Elle l'ignora et poursuivit, sentant la colère la gagner.

— ... mais tu as toujours de bonnes relations avec tes demi-frères. Et à mon avis, la famille est trop importante pour lui tourner le dos au moindre problème.

Qu'est-ce qu'elle ne donnerait pas pour avoir toujours sa sœur adoptive auprès d'elle ? Avait-il la moindre idée de sa chance d'avoir autant de liens de sang autour de lui ?

Il lut peut-être la gravité dans son regard parce qu'il recula et lui laissa de la place pour descendre à ses côtés dans une autre clairière ensoleillée.

L'esprit de Lauryn resta concentré sur lui durant un long moment. Elle vit la tension qui faisait tressauter les muscles de sa mâchoire, ainsi que le profond sillon de son front alors qu'il réfléchissait à ses paroles. Ou peut-être qu'il pensait à sa prochaine réponse puisqu'il était déterminé à laisser Silent Spring et Kingsland derrière lui ?

De toute évidence, ils n'avaient pas la même notion de la famille.

— Ma mère aussi est ma famille, dit-il finalement, avec une expression adoucie. Et je suppose que c'est comme si, en me méprisant, mon père l'avait encore une fois méprisée.

Alors elle comprit. Ou du moins un peu mieux. Elle réfléchissait à ses propos – remarquant que Gavin défendait farouchement sa mère – quand il indiqua le terrain devant eux.

— C'est le jardin de ma mère, au fait, dit-il en balayant d'un geste large tout ce qui se trouvait devant eux.

Son autre main se posa au creux des reins de Lauryn afin de la rapprocher de lui.

— Elle adorait s'asseoir ici pour admirer les montagnes à l'époque de son mariage. Elle a planté le jardin l'année avant leur divorce, et les plantes vivaces continuent de fleurir année après année.

Pendant qu'il parlait, Lauryn essaya de ne pas penser au geste intime de sa main posée sur sa taille, et de se concentrer sur l'explosion de couleurs printanières à cinq mètres d'eux. Un nuage de papillons bleus et jaunes vola sur un assortiment de fleurs roses, bleues, rouges et blanches. Les marches de pierre les avaient conduits dans un jardin de rocaille complètement inattendu et sorti de nulle part.

Même à cette distance, elle voyait les minuscules fleurs de lys blanches de la vallée. Des arabis bleues et violettes poussaient entre les rochers et des ancolies bleues près des anémones magenta. Ici et là, des fleurs jaunes qu'elle pensait être de l'alyssum brisaient l'étalage de rose et de bleu.

— C'est si beau, dit-elle avec révérence, nerveuse de le sentir si près alors qu'elle savourait la sensation d'avoir pénétré dans un endroit enchanteur. Quelqu'un doit encore s'en occuper ?

La proximité de son corps puissant et viril fit s'accélérer son pouls. Sachant qu'elle devait mettre de la distance entre eux afin de se ressaisir, elle se dirigea vers un chemin de terre bordé de pierres lisses. Du reste, elle était impatiente de voir les fleurs de près.

— C'est moi, avoua-t-il en la suivant alors qu'un colibri passait près d'eux. Ou du moins, c'était moi. Je ne sais pas ce que ça deviendra une fois que je serai parti.

Un pied déjà sur le sentier, elle pivota vers lui, confuse et surprise.

Il était juste derrière elle. Son torse était à quelques centimètres et elle dut incliner la tête pour croiser son regard. Tous ses sens étaient en alerte.

— Tu abandonnerais vraiment ça après avoir passé des heures - des années - à t'en occuper ?

Il la fixa pendant un long moment.

La bouche de Lauryn s'assécha face à son silence, et son souffle se coupa lorsque les effluves de son parfum - sapin et épices - lui parvinrent.

— Ça reste un bout de terre, répondit-il enfin. Et qui ne m'appartient plus, qui plus est.

Elle détecta la douleur dans sa voix. Oh ! il la cachait sous un ton amer, mais elle commençait à mieux le connaître et à voir les brides de l'homme caché derrière le masque du charmeur.

Résistant au désir de poser une main sur son torse, elle se rappela qu'il fallait réfléchir avant d'agir. Elle choisit donc de prendre le chemin sinueux à travers le jardin. Ici et là, des rochers faisaient penser à des sculptures, et des rosiers poussaient le long du sentier. Elle ne pouvait qu'imaginer la beauté de cette oasis florale en plein été.

— Merci de m'avoir montré cet endroit, dit-elle en respirant le parfum des fleurs et en effleurant une roche grise sur laquelle avaient poussé des centaines de minuscules arabis violettes. Je comprends pourquoi ta mère aimait cet endroit.

Un léger sourire releva les coins des lèvres de Gavin tandis qu'un rouge-gorge chantait joyeusement sur une branche. Gavin arracha paresseusement une mauvaise herbe près de l'endroit où la main de Lauryn reposait sur le rocher.

— Après la façon dont les choses se sont passées la dernière fois, j'ai pensé que ce serait une bonne idée de se rencontrer dans l'endroit le plus apaisant que je connaisse.

Les souvenirs de leur dernière rencontre et la façon dont il l'avait réconfortée envahirent Lauryn.

Même maintenant, quand son coude frôla accidentellement le sien alors qu'il jetait les mauvaises herbes, la chaleur irradia les terminaisons nerveuses de Lauryn.

— Merci.

La brise souleva une de ses boucles pour lui chatouiller le menton tandis que Gavin se tournait vers elle. Ses yeux bruns se posèrent sur son visage, puis il tendit la main pour repousser la mèche importune. Lorsque son pouce effleura la lèvre inférieure de Lauryn, elle sentit son cœur s'emballer.

Il fallait qu'elle recule et réfléchisse avant de faire quelque chose d'irréversible qu'elle pourrait regretter.

Pourtant, quand il se pencha vers elle, les pieds de Lauryn la soulevèrent pour atteindre sa bouche. L'instant s'écoula lentement. Très lentement.

Il lui laissa tout le temps pour changer d'avis alors qu'il fixait ses lèvres. Mais entre son cœur qui battait la chamade, sa peau qui la picotait et sa respiration rapide, elle fut incapable de résister au désir de goûter Gavin Kingsley.

Finalement, ce fut elle qui le tira vers elle. Fermant les yeux, Lauryn se dit que c'était juste pour une fois, et elle l'embrassa.

7

Le baiser de Lauryn ne ressemblait en rien à ce qu'il avait déjà connu.

Il était doux et délicat, mais sous la caresse hésitante de ses lèvres, il sentait une explosion de passion et de sensualité qui ne demandait qu'à être explorée.

C'était un miracle qu'il arrive à se concentrer sur le baiser alors que sa tête lui criait que ça arrivait trop tôt. Lauryn s'attendait à ce qu'il soit un homme à femmes et qu'il distribue charme et baisers comme tout dragueur digne de ce nom. Ne voulait-il pas qu'elle apprenne à mieux le connaître ? Qu'elle comprenne qu'il n'était pas l'horrible personne que les gens croyaient ?

Il espérait juste que ce ne soit pas une sorte de test pour voir s'il était capable de résister à ses instincts primaires.

Alors même que la pensée lui traversait l'esprit – troublante au possible –, elle fit un petit bruit sexy, à mi-chemin entre halètement et gémissement, qui chassa toute pensée cohérente de sa tête. Car il en reconnut la signification : une supplication brûlante et emplie de désir qu'il ne pouvait ignorer.

Surtout avec ses délicats doigts s'enfonçant sous son T-shirt et ses seins ronds s'écrasant contre son torse. Gavin passa son bras autour d'elle et l'attira brusquement contre lui.

Rien qu'une fois, il fallait qu'il la tienne, qu'il découvre ses formes et la sensation de son corps offert. Il la souleva légèrement et gémit à l'unisson quand les hanches de Lauryn se plaquèrent contre les siennes.

Il se souvint alors qu'ils étaient au beau milieu du jardin de sa mère, et qu'il était censé lui montrer son côté honorable afin d'en apprendre davantage sur le rôle qu'elle avait tenu dans les projets de son père.

Il se força à rompre le baiser et ouvrit les yeux au moment où les cils de Lauryn se soulevaient lentement, comme si elle se réveillait d'un rêve.

Elle chercha son regard, les lèvres gonflées, les joues rouges, et il dut faire appel à toute sa volonté pour ne pas se remettre à l'embrasser.

— Qu'est-ce qu'il y a ? Pourquoi est-ce que tu t'arrêtes ? demanda-t-elle, confuse.

Il avait été un temps où, entre ce regard langoureux et ces paroles encourageantes, Gavin aurait foncé sans y réfléchir à deux fois. Mais Lauryn n'était pas n'importe quelle femme.

Après des années à être toujours sous-estimé, Gavin n'était plus cet homme. Il serra les dents sous l'effort et reposa Lauryn au sol.

— C'était un test ?

Son ton était plus dur qu'il ne l'aurait voulu, mais il s'était déjà bien assez retenu pendant cet après-midi. Il n'avait plus la force de faire preuve de tact.

— Excuse-moi ? demanda Lauryn, ses yeux lançant des flammes.

— Tu sais que j'essaye de te montrer une autre facette de moi, répondit-il en passant une main dans ses cheveux. M'as-tu embrassé pour voir si ma réputation de dépravé était toujours d'actualité ?

La bouche de la jeune femme forma un O de surprise. Puis elle se ressaisit et le foudroya du regard.

— Je ne joue pas à ce genre de jeux, lança-t-elle avec raideur.

Elle croisa les bras et recula d'un pas, cherchant soit à battre en retraite, soit à se ressaisir. Gavin se sentit complètement idiot d'avoir eu de telles pensées. Mais si le but de ce baiser n'était pas de lui prouver qu'il était toujours un dragueur invétéré… cela voulait donc dire qu'elle avait succombé à l'attirance qu'il avait toujours pressentie entre eux ?

Comprenant qu'il venait de gâcher ce moment, son cœur se mit à battre plus vite.

— Lauryn…

— Si ça te va, j'aimerais que tu me ramènes à ma voiture, dit-elle en se dirigeant vers les marches rocheuses menant au banc de tout à l'heure. Maintenant.

Ah, merde.

Il avait mal interprété ses intentions, ce qui le condamnait à ne probablement plus jamais goûter à ses lèvres.

Alors qu'il la suivait vers la première clairière, Gavin se rendit compte que l'idée de ne plus jamais l'embrasser le dérangeait davantage que d'avoir échoué dans sa mission aujourd'hui.

Heureusement pour lui, il lui restait toujours la promesse d'une sortie avec elle. Ce pourrait être sa dernière chance d'en apprendre plus sur les motivations de son père.

Mais le pire, c'était que cela pourrait également être sa dernière chance d'arranger les choses avec une femme dont il craignait que le baiser reste gravé à jamais dans son esprit.

Deux jours plus tard, Lauryn se gara dans l'allée de ses parents pour le dîner dominical, décidée à ne plus penser à Gavin Kingsley.

Elle aurait bien aimé pouvoir l'oublier carrément, mais après deux jours à essayer de le faire, elle savait que c'était impossible.

Elle se gara devant la deuxième place où se trouvait habituellement la petite voiture de sa mère, et vérifia son reflet dans le rétroviseur : il lui restait un peu de farine sur le visage après avoir préparé les biscuits du dessert. Soudain il lui vint à l'esprit que Gavin Kingsley quitterait sa vie pour de bon après la vente aux enchères.

Elle espérait que le souvenir du baiser qui l'avait consumée disparaîtrait avec lui, car elle se sentait mortifiée que ce qui avait bouleversé son monde ait pu signifier si peu pour lui. Avait-il vraiment cru qu'elle lui faisait passer un test ?

Jurant à voix basse, elle ramassa son sac à main et son assiette de biscuits, et ouvrit la portière. Son père sortait déjà sur le perron pour l'accueillir.

Elle se prépara intérieurement à l'idée d'une soirée avec lui, car même si elle l'adorait, elle ne comprenait pas son manque de soutien pour sa collecte de fonds. C'était déjà incompréhensible qu'il ne lui ait pas confirmé sa présence à la vente aux enchères, mais que sa seule réponse ait été un message lui demandant de ne pas inviter Gavin… ? Cela faisait mal.

Elle se sentait un peu nerveuse à ce sujet. Et légèrement blessée aussi. Ses sentiments combinés à ses inquiétudes suscitées par le récit d'Ellen Crawford sur le comportement du shérif envers Gavin, ainsi que sa récente crise de panique à propos d'un événement dont elle ne se souvenait plus avant que Gavin lui en parle, rendaient ce repas du dimanche plus chargé d'émotions que d'habitude.

Elle avait pas mal de questions à propos de tout cela.

— Pile à l'heure.

Le shérif Caleb Hamilton était un homme grand et robuste qui avait été élu à Silent Spring avant l'arrivée de Lauryn. Même sans uniforme il se comportait avec autorité. Ses regards sévères suffisaient à calmer les gamins de la ville et à faire ralentir les automobilistes sur Main Street.

— Laisse-moi t'aider, dit-il en la rejoignant en bas des marches du perron.

Il lui prit les biscuits avant de l'embrasser sur la joue.

— Merci. Et pourquoi suis-je « pile à l'heure » ? demanda-t-elle en le suivant à l'intérieur.

Une odeur de poulet rôti et de brûlé s'échappait de la cuisine, et on entendit un bruit de casseroles pendant que sa mère réprimandait bruyamment son four.

— Un accident de cuisine, je pense, émit son père en contournant la cuisine afin de ne pas y entrer. J'ai eu peur de poser la question.

Lauryn éclata de rire et lui reprit l'assiette de biscuits sans lui laisser le temps d'en piquer un avant le dîner.

— C'est vrai que maman est tellement intimidante, le taquina-t-elle. Mets la table et je m'occupe du reste.

Son père lui fit un salut militaire avant de la laisser. Son geste espiègle la projeta avec une telle force dans son enfance qu'elle ressentit un regain d'espoir au sujet de la conversation qu'elle comptait avoir avec lui : à savoir, assisterait-il à sa collecte de fonds ?

— Bonjour, maman. Je peux t'aider ? demanda Lauryn en contournant un chariot de cuisine qui servait d'îlot de fortune.

Violet Hamilton, agenouillée devant son four ouvert, leva les yeux vers elle. Ses courts cheveux noirs avaient fait des frisottis à cause de la chaleur.

— Oh ! Dieu merci, tu es là.

Après avoir posé les biscuits, Lauryn se pencha pour évaluer les dégâts qui se résumaient à une pâte noire brûlée au fond du four.

— Un débordement de tarte aux pommes ? interrogea-t-elle en voyant une tarte qui refroidissait sur le rebord de la fenêtre ouverte. Elle prit une spatule en métal pour gratter le plus gros des dégâts.

— Je vais nettoyer pendant que tu t'occuperas du poulet.

— Ça me va, déclara sa mère en souriant avec gratitude.

Lauryn se mit au travail, heureuse d'aider mais regrettant que l'effervescence de sa mère empêche tout questionnement sur l'état d'esprit de son père. Violet était la touche de douceur de la maison – le gentil flic face à l'approche plus sévère du shérif.

Même si Lauryn n'était plus une enfant qu'on pouvait stresser en lui parlant de son père, elle restait consciente de tout ce qu'il avait fait pour elle, comme le fait d'avoir décidé de l'adopter, alors qu'elle était perturbée après avoir perdu sa meilleure amie d'une manière aussi traumatisante. Plus tard, il l'avait soutenue lorsqu'elle avait eu ses crises de panique, faisant trois heures de trajet aller-retour toutes les semaines pour l'emmener faire de l'équithérapie. Puis, plus récemment, il l'avait aidée à acheter le terrain pour son refuge en lui proposant de le rembourser à un taux d'intérêt ridiculement bas.

Alors l'idée de décevoir ses parents lui pesait, et elle ne pouvait imaginer dépasser ce sentiment.

Quelques minutes plus tard, ils prirent leurs places habituelles autour de la vieille table de ferme patinée.

Lauryn posa sa serviette sur ses genoux et fit rapidement passer les plats en débattant intérieurement de la manière d'aborder avec tact les questions qui s'étaient accumulées dans son esprit.

Avant qu'elle puisse commencer – en fait, avant même qu'elle coupe son poulet –, son père prit la parole :

— Lauryn, ta mère et moi avons été troublés d'apprendre que tu avais rencontré Gavin Kingsley récemment, commença-t-il en remplissant son assiette de purée de pommes de terre.

Lauryn lança un rapide regard à sa mère qui avait les yeux rivés sur son assiette, signalant ainsi qu'elle ne souhaitait pas être impliquée. Elle devina – grâce à sa longue expérience de la dynamique familiale – que, même si Violet n'avait pas donné son accord pour être incluse dans le « nous », elle ne le contredirait pas non plus.

Ce qui signifiait que Lauryn était seule.

Elle ne prit pas la peine de demander d'où lui venaient ses informations. Silent Spring était une petite ville, et son père buvait chaque matin son café chez Red Barn Roasters, le meilleur endroit pour entendre tous les potins de la ville.

Prenant une gorgée d'eau pendant qu'elle réfléchissait à sa réponse, elle décida de parer avec une contre-attaque.

— Gavin m'a aidée à organiser la collecte de fonds pour Sabots et Cœurs, rétorqua-t-elle en découpant son poulet. Ce qui me rappelle que vous ne m'avez pas encore confirmé votre présence. Vous serez là, n'est-ce pas ?

Sa mère lança un rapide regard à son père et, à l'expression de son visage, Lauryn comprit qu'elle était également intéressée par la réponse. Cela fit monter son stress d'un cran. Ce n'était donc pas son imagination si ses parents ne répondaient pas à l'invitation.

— Nous attendions de t'en parler d'abord, déclara son père en la fixant de son regard bleu et dur qu'il réservait aux contrôles routiers. J'espère que tu changeras d'avis sur la présence de Kingsley dans ta liste de soi-disant « célibataires éligibles ». Tu ne rendrais pas service aux femmes en les laissant enchérir sur cet individu.

Elle fut aussitôt sur la défensive en repensant aux paroles de Gavin.

D'après mon expérience, les gens changent rarement d'avis sur leurs semblables une fois qu'ils se sont fait une opinion.

Pas étonnant qu'il soit si cynique quand le shérif parlait de lui de cette façon. Pourtant, elle savait qu'une discussion raisonnée était la seule façon d'avancer. Elle attendit donc en prenant une autre bouchée de poulet afin de calmer sa frustration.

— J'ai deux des frères Kingsley inscrits pour la vente aux enchères, dit-elle finalement en croisant son regard. Lequel te pose un problème ?

Sa mère émit un son étouffé semblable à un petit rire au départ mais qui se termina en toux, avant que son père abatte un poing frustré sur la table à en faire sursauter l'argenterie.

— Le seul avec un casier judiciaire, rétorqua-t-il. Lauryn, tu sais bien que Gavin Kingsley était un adolescent délinquant qui passait son temps à faire des courses de voitures et créer des problèmes.

La colère de son père la surprit. Elle savait qu'il n'aimait pas Gavin depuis que celui-ci avait roulé dans leurs champs, mais elle n'avait pas réalisé que l'inimitié était si profonde.

— La moitié de cette ville fait des courses de dragsters dans le canyon, y compris beaucoup de tes amis, papa, et j'ai remarqué que ça ne te dérange pas de regarder ailleurs quand ce sont eux.

Elle y avait assisté une fois quand elle était plus jeune. Les courses n'avaient pas lieu souvent puisqu'elles contournaient la loi, mais elles étaient toujours bien fréquentées.

— Tu ne peux pas en vouloir à Gavin de gagner. Et je ne suis pas sûre qu'on puisse parler de casier judiciaire juste parce qu'il est entré par effraction dans nos terres alors qu'il n'avait que quinze ans...

— Tu sors avec lui ? coupa son père.

Même sa mère leva des yeux inquiets de son assiette.

Lauryn sentit son visage rougir, ce qui était ridicule puisqu'elle était une femme adulte qui travaillait dur pour construire une vie dont elle serait fière. Une vie dont elle aurait espéré que ses parents seraient fiers également.

Elle ne voulait pas qu'ils s'inquiètent, mais elle ne pouvait pas s'empêcher de se sentir acculée.

— C'est ça, hein ? insista son père devant son silence. Je te croyais plus intelligente que ça...

Lauryn laissa tomber sa fourchette.

— Excuse-moi... ? demanda-t-elle, envahie par une sensation de froid à la remarque injuste de son père.

Elle avait travaillé dur pour surmonter beaucoup de choses dans sa vie : les cauchemars après la perte de sa sœur adoptive, les crises de panique, mais aussi l'angoisse de prendre du retard à l'école durant ses dix-huit premiers mois à Silent Spring. En effet, elle avait dû être hospitalisée pendant plusieurs semaines après son accident avec Jamie.

Par la suite, la guérison émotionnelle et la thérapie avaient continué à l'éloigner des bancs de l'école. Alors que cet homme en particulier remette en question son intelligence...

— Je dois y aller.

Elle se leva de table, peu désireuse de passer un repas assaisonné d'insultes.

— Maman, je suis désolée.

— Chérie, je ne voulais pas dire ça, déclara son père en se levant également.

Mais elle se dépêchait déjà de quitter la salle à manger pour récupérer son sac à main.

— Lauryn, attends. Nous sommes juste inquiets pour toi. Le

propre père de ce jeune homme ne lui faisait pas assez confiance pour lui laisser quoi que ce soit. Ça devrait te paraître clair.

Elle entendit ses pas lourds derrière elle alors que le volume de ses accusations s'amplifiait et se rapprochait.

Après avoir récupéré son sac à main, elle se retourna pour affronter cet homme physiquement impressionnant et borné qu'elle aimait tant. Soudain une pensée terrible lui vint à l'esprit.

— As-tu quelque chose à voir avec le testament de son père ? demanda-t-elle sans prendre la peine de peser ses mots. As-tu contribué à empoisonner l'esprit de Duke Kingsley au sujet de son propre fils ?

Son père s'arrêta net.

— Duke n'avait pas besoin de mon aide pour voir qu'il s'agissait d'une pomme pourrie. Et je ne compte pas soutenir une collecte de fonds qui ferait de Gavin Kingsley une sorte de héros.

Il prononça ce nom comme s'il lui laissait un goût amer dans la bouche.

Lauryn savait que son père pouvait se montrer terriblement entêté, mais elle fut complètement prise au dépourvu par sa véhémence. Il y avait sûrement quelque chose qu'elle ignorait entre son père et Gavin. Il lui manquait une pièce, car sa réaction était exagérée et déplacée. Voire cruelle, puisqu'il donnait l'impression que sa haine pour Gavin surpassait son amour pour sa fille.

— Donc tu ne participeras pas à Étalons à Vendre même si c'est ma collecte de fonds ? Une cause qui me tient à cœur ?

Elle scruta les yeux bleus de son père pour y rechercher l'amour qu'elle y avait vu plus tôt en arrivant.

Combien d'autres fois avait-elle ressenti cela ? De devoir gagner l'amour des autres, car ce n'était jamais une évidence pour quelqu'un comme elle : une enfant adoptée avec des problèmes et un passé.

Derrière son père, elle entendit le murmure de sa mère, comme si elle poussait le shérif à adopter une position plus douce. Mais en vain.

Son père croisa les bras sur son torse massif dans un geste

reconnaissable : il traçait sa ligne dans le sable. Si elle persistait à garder Gavin dans sa vente aux enchères, elle ne le verrait pas au gala. Étant donné que son père avait toujours été la voix dominante dans le couple de ses parents, elle comprit que sa mère ne viendrait pas non plus.

À ce moment-là, elle sut avec certitude le choix qu'elle devait faire. Pas parce qu'elle croyait fermement en Gavin, même si elle avait commencé à voir une personne très différente de ce que son père et même Duke Kingsley lui avaient fait croire.

Non. Elle savait ce qu'elle devait faire, parce qu'elle ne voulait plus céder au chantage émotionnel. Si son père ne l'aimait pas assez pour ignorer ses préjugés le temps d'une soirée, alors elle préférait se passer de son soutien.

— Bonne nuit, papa.

Elle posa la bandoulière de son sac sur son épaule, et sortit rapidement de la maison.

Une fois devant sa voiture, elle s'accorda un moment pour s'appuyer contre l'aile et ferma les yeux en essayant de reprendre son souffle après cette confrontation.

En même temps, tout ce qu'elle voulait, c'était courir dans les bras de Gavin, et tant pis pour les conséquences.

Mais comme ce n'était pas envisageable après l'échec de leur baiser, Lauryn sortit son téléphone portable de son sac et fit quelque chose qu'elle s'autorisait rarement.

Elle ouvrit la boîte de réception d'un chat de groupe et se prépara à lancer un SOS à ses amies. Elle avait gardé quelques amitiés de l'époque du lycée. Toutes n'étaient pas restées à Silent Spring, mais certaines étaient revenues après leurs études.

J'ai eu une longue journée. Quelqu'un pour prendre un verre ?

En quelques secondes, elle vit les bulles de texte indiquer que quelqu'un répondait. Un instant plus tard, son téléphone bipa.

Est-ce une demande pas si voilée pour une thérapie de parole entre copines ?

Lauryn éclata de rire.

Peut-être. Envie de discuter autour d'une margarita ?

Cinq minutes plus tard, elle avait rendez-vous avec deux de ses amies dans un bar à la périphérie de la ville. S'installant au volant de son pick-up, elle sortit de l'allée de ses parents et se dirigea vers le sud sans s'autoriser à réfléchir au fait qu'il s'agissait d'un bar appartenant à Levi Kingsley.

Un endroit que son frère, Gavin, fréquentait.

8

Gavin prit une longue gorgée de sa bière IPA provenant de la distillerie familiale, et en savoura les notes d'agrumes tout en constatant la faible fréquentation de l'endroit.

Deux jeunes employés du ranch Kingsland étaient assis à l'autre bout de l'ancien bar en acajou tandis que Gavin s'était installé près des portes de la réserve. Un barman s'occupait à nettoyer des verres déjà propres car il n'y avait pas grand-chose à faire. L'endroit était vide, à l'exception de quelques motards et des deux tables du fond, où des clients que Gavin ne connaissait pas – des étrangers sûrement – faisaient une partie de fléchettes animée.

Le juke-box diffusait une chanson country-rock qui n'arrivait pas à cacher l'ambiance désolée d'un bar habituellement bondé à cette heure-ci, même le dimanche.

Un instant plus tard, la porte de la réserve s'ouvrit sur Levi, vêtu d'un de ses habituels costumes décontractés qui semblait encore trop formel pour un bar du Montana : tout le monde ici était en jean et en bottes.

Pourtant, Levi était le propriétaire du ranch le plus important de la ville, mais il avait toujours été plutôt tourné vers l'aspect commercial des choses, préférant gérer la fortune familiale et diversifier les actifs des Kingsley. D'où le Stockyard, qu'il avait acheté trois ans plus tôt.

Mais ce soir Levi ne faisait pas aussi P-DG que d'habitude. Malgré le costume et la montre Breitling qui quittait rarement son poignet, il avait des cernes sous les yeux, signe qu'il ne dormait pas très bien depuis quelque temps.

Gavin ne le comprenait que trop bien ; le sommeil était une bête insaisissable depuis la mort de leur père.

— J'aime bien ton IPA, déclara Gavin en levant sa bouteille en guise de salutation, alors que Levi contournait le bar pour s'asseoir à côté de lui. Elle est pas mal du tout.

— Merci, frère.

Levi adressa un petit signe au barman qui lui apportait déjà un verre d'eau, sa boisson préférée quand il travaillait.

— Mais j'aurais bien aimé qu'il y ait des clients pour la boire.

— C'est vrai. Qu'est-ce qui se passe ? demanda Gavin en frottant l'étiquette de sa bouteille et déchirant le visage de Gargoyle King sur le logo.

L'étiquette était sombre et gothique. Pas du tout ce à quoi il se serait attendu de la part de son frère.

— Pourquoi est-ce que c'est si vide ?

— Les retombées du testament qui se répandent dans tous les secteurs de l'entreprise.

Levi avala la moitié de son verre d'eau, puis se retourna sur le tabouret pour regarder les tables vides pendant que Gavin essayait de donner un sens à ses paroles.

— Comment ça ? Ça intéresse qui de savoir ce que papa – ton père – a fait de son argent ?

Il se rappela que les médias locaux avaient brièvement parlé de la fortune familiale après le décès de Duke, mais la couverture médiatique avait été limitée car la majorité des biens étaient déjà en fiducie pour Levi et Quinton.

— Beaucoup de monde, marmonna sombrement son frère. Tu oublies tes fans de l'époque où tu faisais du rodéo. Il y a eu beaucoup de réactions négatives vis-à-vis des entreprises Kingsland parmi ceux qui considèrent que tu as été lésé.

Gavin secoua la tête avec incrédulité.

— Lésé par Duke Kingsley, peut-être. Mais pas par toi.

Le groupe du fond acclama un coup dans le mille tandis que Levi haussait les épaules.

— Tes fans ont activement appelé au boycott des entreprises Kingsland. Ils essayent de te défendre comme ils peuvent.

Levi lui lança un bref regard avant de préciser :

— Les fans féminines, en particulier.

Gavin jura dans sa barbe. Quand il était revenu à Silent Spring pour aider ses frères dans le lancement du haras, il avait dit adieu à cet aspect de sa vie. C'était en posant pour le calendrier Men of Rodeo, pour le bénéfice d'une association caritative, que sa popularité avait ainsi explosé. Ses interviews avaient ensuite touché une corde sensible chez ses fans.

Il y avouait sans détour avoir besoin de faire ses preuves en tant que laissé-pour-compte d'une famille puissante. Chose qu'il n'aurait pas faite aujourd'hui, avec l'âge et la maturité. Mais à l'époque il était piqué par les critiques de son père au sujet du rodéo et sur le fait qu'il aurait dû faire quelque chose de « plus productif » de sa vie.

Ce qui dans l'esprit de Duke Kingsley signifiait faire des montagnes d'argent pour l'entreprise familiale.

— Je n'en avais aucune idée.

Il passa une main sur sa mâchoire mal rasée, fâché que ses anciens fans causent des ennuis à ses frères.

— Je ne suis pas allé sur les réseaux sociaux cette semaine, mais je peux me connecter ce soir et dire aux gens que te boycotter ne m'aide pas.

S'il n'avait pas remarqué la tempête en ligne, c'était peut-être parce qu'il avait été trop occupé à aider Lauryn.

Ah, bon sang, mais de qui se moquait-il ? Cela faisait deux jours qu'il ne pensait qu'à Lauryn et à ce baiser qu'il n'arrivait pas à se sortir de la tête.

— Je préférerais que tu t'asseyes à la même table que moi, Quinton et Clayton – quand on le retrouvera – pour accepter légalement ta part du domaine. On pourra alors publier un communiqué de presse et annoncer qu'on a réparé les injustices de papa et tout réparti équitablement.

Levi tourna la tête vers la porte d'entrée qui s'ouvrait pour laisser entrer les derniers rayons de soleil en même temps que les nouvelles clientes.

Gavin en profita pour retourner à sa bière pendant qu'il réfléchissait à sa réponse. Il ne retournerait plus dans le royaume Kingsland. Son père n'avait pas voulu de lui, et il refusait d'ignorer cette dernière sentence de la part du patriarche.

Son père l'avait assez souvent accusé de ne pas accepter l'autorité. Il se ferait donc un plaisir de respecter ce dernier souhait afin de ne pas perdre une minute de plus de sa vie à avoir l'impression de voler un héritage qui ne lui était pas destiné.

Mais comment faire comprendre cela à Levi qui n'avait jamais dérogé à la règle et qui ne demandait qu'à réparer les torts de leur père ?

— Gav, regarde qui est là, dit Levi en lui donnant un coup de coude.

Sa voix basse aurait dû être un avertissement, mais Gavin ne se pressa pas et tendit sa bouteille vide au barman avant d'en commander une autre. Il entendit alors le rire guttural et familier d'une femme. Les poils de sa nuque se redressèrent et sa peau se réchauffa, conscient de sa présence avant même de se retourner.

Il savait de qui il s'agissait.

La vue de Lauryn Hamilton en compagnie de deux amies lui coupa le souffle. Les derniers rayons du jour filtraient à travers la grande vitre qui surplombait le parking et faisaient ressortir ses reflets dorés, alors qu'elle souriait à quelque chose que son amie lui avait dit.

Elle portait une robe sage à imprimé bleu et blanc, jusqu'à ce qu'elle se penche et que la coupe en V donne une vue alléchante sur son décolleté. Des escarpins couleur chair mettaient ses jambes en valeur tandis que son pied battait la mesure de la chanson country.

— Bon sang, elle est superbe, fit remarquer son frère.

Gavin se tourna vers lui, les épaules crispées.

— Qu'est-ce que tu viens de dire ?

Levi regardait la table avec autant d'intensité que Gavin l'instant d'avant. Puis, comme s'il sentait le regard de son frère, il détourna les yeux.

— Kendra Davies, déclara-t-il plus doucement en reprenant son verre d'eau. Je suis surpris de la voir ici après son déménagement à Denver.

Soulagé, Gavin comprit que son frère ne parlait pas de Lauryn.

Il jeta un regard aux deux autres femmes. À la droite de Lauryn se trouvait la petite Hope Alvarez aux cheveux noirs, vêtue d'un jean et d'un T-shirt rose à manches longues avec le logo de son cabinet vétérinaire sur la poche. Elle venait de s'installer dans la ville voisine et avait récemment fait une visite à domicile pour l'une de ses juments. Il avait remarqué son aisance et son habileté avec les animaux, même si elle ne travaillait que depuis quelques mois.

À la gauche de Lauryn se trouvait Kendra Davies, une blonde sculpturale vêtue d'un tailleur moulant bleu marine. Gavin se souvenait d'elle de l'époque du lycée, bien qu'elle fût plus proche de l'âge de Levi. D'ailleurs il ne l'aurait probablement pas reconnue si Levi ne l'avait pas regardée bouche bée.

Il était sur le point de chambrer son frère quand deux choses se produisirent.

Tout d'abord, le regard de Lauryn quitta ses amies et se fixa sur lui, comme si elle avait senti son attention. Cet instant de connexion, même s'il ne s'agissait que d'un long regard, éveilla à nouveau un feu en lui.

Mais, juste à ce moment-là, l'un des joueurs de fléchettes du fond du bar se dirigea vers leur table. Son regard, à la fois lascif et trop confiant, laissait peu de doutes sur ses intentions.

Gavin ne prit même pas la peine de s'excuser auprès de son frère. En une fraction de seconde il s'était levé et avançait d'un pas décidé afin d'empêcher le lourdaud de s'approcher.

Lauryn se demanda pourquoi Gavin marchait vers elle avec l'air de vouloir la jeter par-dessus son épaule et la ramener dans sa caverne, mais quelque chose dans cette expression fit délicieusement picoter son corps de la tête aux pieds en s'attardant dans certains points stratégiques.

— Homme à l'approche, marmonna son amie Kendra en posant son téléphone. Mais personne ne quittera cette table tant qu'on n'aura pas terminé ce que nous sommes venues faire. D'accord ?

Lauryn vit son amie Hope hocher fermement la tête.

— Absolument.

Détournant son attention de Gavin, Lauryn souhaita que son cœur arrête de battre si fort.

— Euh… Bien sûr. D'accord.

— Dis donc, l'avertit Kendra de son ton le plus sévère. C'est toi qui as demandé qu'on se voie. Tu ne vas quand même pas nous planter !

Lauryn hocha la tête, sachant que son amie experte en relations publiques avait raison. À côté d'elle, les yeux de Hope suivirent un mouvement derrière l'épaule de Lauryn juste avant qu'une voix grasse et inconnue retentisse.

— Bonsoir, les filles.

La salutation fut accompagnée d'un nuage d'eau de Cologne musquée et d'un coude poilu posé sur la table entre Hope et Lauryn.

— Qu'est-ce qu'on boit ce soir ?

Un visage jeune suivit le coude alors que l'homme posait son menton étroit dans sa main pour lorgner Lauryn. La première pensée de celle-ci fut que c'était pour cela que Gavin se précipitait vers elle.

Sa deuxième pensée fut un instant de consternation en réalisant que l'expression d'homme des cavernes de Gavin venait du fait qu'il voulait intervenir et non parce qu'il comptait la ramener dans son antre pour faire d'elle ce qu'il voulait.

Ce qui n'aurait pas dû la décevoir ainsi.

— Pas touche, aboya Kendra au nouveau venu. Respectez notre espace personnel, s'il vous plaît.

— On a ce qu'il faut, merci, lui assura Lauryn.

Elle recula pour s'éloigner de l'intrus, et heurta Gavin, qui avait contourné la table pour glisser un bras autour d'elle. La chaleur et la force de sa main serrant doucement son épaule la firent frissonner.

— Bonsoir, monsieur, dit Gavin en s'adressant respectueusement à Bras Poilu. Le barman a préparé votre addition.

Bras Poilu se redressa, emportant heureusement une partie du nuage d'eau de Cologne avec lui.

— Nous ne partons pas...

— Ça sera le cas si vous ne laissez pas ces dames profiter de leur soirée en paix, le prévint Gavin, le bras toujours posé avec possessivité autour d'elle.

Bien sûr, ce contact était pour une bonne cause : il l'aidait à se débarrasser de l'intrus avec plus d'efficacité qu'elle-même ne l'aurait fait. Même Kendra, avec son côté grande gueule citadine, n'aurait pas pu le chasser aussi rapidement. Bras Poilu souffla en retournant à sa table et en marmonnant des injures.

Un instant plus tard, le barman arriva avec un seau glacé contenant six bières de la brasserie artisanale Kingsley. Lauryn reconnut l'étiquette Gargoyle King alors que des serviettes à cocktail et des verres givrés circulaient.

— De la part de M. Kingsley, annonça le barman en désignant Levi d'un léger signe de la tête avant que celui-ci disparaisse dans la réserve. Appelez-moi si vous désirez autre chose.

Distraite par les boissons et intriguée par ce que Kendra avait marmonné au sujet de certaines personnes qui étaient trop fières pour venir jusqu'à la table pour parler, Lauryn manqua le moment où Gavin lui donna une dernière pression sur l'épaule avant de disparaître.

Il avait peut-être profité de l'entrée de nouveaux clients pour sortir ? Elle n'avait même pas eu l'occasion de le remercier ou de lui dire qu'elle devait lui parler. Bien sûr elle n'avait pas l'intention de lui relater sa conversation avec son père, mais elle voulait s'excuser d'avoir été une de ces personnes promptes à juger sans savoir...

— Tu veux laquelle ? La blonde ou l'IPA ? demanda Hope en agitant une bouteille de bière sous son nez.

Elle avait retroussé les manches de son haut rose, révélant les tatouages colorés d'animaux sur son avant-bras.

— La blonde, décida Lauryn en essayant de ne plus penser à Gavin pour se concentrer sur ses amies.

De toute évidence, ses hormones incontrôlables nécessitaient quelques conseils.

— Alors..., commença Kendra en lui lançant un regard intrigué. Toi et Gavin Kingsley ?

— Sûrement pas.

Combien de fois s'était--elle répété de ne pas s'attacher au coureur milliardaire de la ville ? Même sans l'héritage de son père, Gavin était un homme riche. Elle avait lu sa biographie et était au courant des sommes qu'il avait investies dans la start-up de son frère, sans parler de sa propre entreprise – le haras – qui avait déjà pris une valeur considérable, même s'il comptait se séparer de ses frères.

Streaking Saint à lui seul ferait de lui un homme très riche.

Hope échangea un regard ironique avec Kendra tandis que le juke-box passait une vieille chanson romantique. Elle pointa alors sa bière vers Lauryn et fit remarquer :

— Pourtant il a posé son bras sur toi il y a une minute, et tu n'as même pas cillé.

Lauryn soupira en se souvenant que c'était justement la raison de cette soirée. Elle avait besoin de conseils, d'autant plus qu'elle ressentait déjà la mélancolie annuelle qui accompagnait l'anniversaire du décès de sa sœur adoptive.

Après avoir vérifié que Gavin n'était pas dans les environs, son regard s'attarda sur un couple d'âge mur qui dansait un lent two-step sur la petite piste de danse. En voyant leurs regards rivés l'un sur l'autre comme s'ils étaient seuls au monde, elle ressentit un vide dans sa poitrine.

Elle se pencha alors vers ses amies et leur raconta tout. La crise de panique, le baiser, la facette inattendue de Gavin, et le plus dur : la crainte que son père ait poussé trop loin une vieille rancœur sans fondement.

Ce qu'elle ne comprenait pas, c'était pourquoi.

Quand elle eut fini de parler, Kendra émit un petit sifflement et Hope se mordilla la lèvre.

— Qu'en pensez-vous ? leur demanda-t-elle en prenant une deuxième bière.

Elle voulait boire une gorgée, car le récit lui avait coûté plus qu'elle n'aurait cru.

— Je devrais ignorer ses regards torrides et me protéger, non ? Je n'arrête pas de me dire qu'il a des admiratrices qui le poursuivent depuis Kalamazoo.

Hope rit alors qu'elle rassemblait ses boucles sombres en une queue-de-cheval et les attachait avec un chouchou tiré de son poignet.

— Peut-être, mais ça ne veut pas dire qu'il leur accorde de l'intérêt. On ne peut pas reprocher à un homme d'être charmant et attirant.

— Tu crois ? demanda Kendra, l'attention fixée derrière le bar, où Levi Kingsley était en pleine conversation avec une femme d'âge mûr. Les hommes Kingsley semblent penser comme leur père que tout leur est dû.

Lauryn fronça les sourcils en songeant à la détermination de Gavin de quitter la ville sans réclamer un centime à ses frères.

— Je ne suis pas sûre d'être d'accord avec toi…

Kendra se tourna brusquement vers elle.

— Pardon. Tu as raison et je suis hors sujet. Ce que je ne comprends pas, c'est ton hésitation. Tu le veux, et d'après les regards brûlants et possessifs qu'il te lançait tout à l'heure, il te veut aussi.

Kendra haussa ses épaules moulées dans une veste bleu marine manifestement coûteuse, avant de poursuivre :

— Puisque tu sais déjà que c'est probablement un coureur, vas-y en toute connaissance de cause. Amuse-toi le temps que ça dure.

Lauryn ne s'attendait pas à un feu vert. Elle s'était dit que ses amies lui raconteraient peut-être des anecdotes sur Gavin, ou l'aideraient à parcourir les réseaux sociaux à la recherche d'indices sur sa vraie personnalité. Ou bien... En réalité, elle ignorait ce qu'elle attendait.

Il fallait dire qu'elle n'avait commencé que récemment à se créer un groupe d'amies. Ce genre de chose – boire un verre avec des copines un dimanche – était nouveau pour elle.

Tout comme demander des conseils sur sa vie amoureuse puisque, jusqu'à présent, les hommes avec qui elle était sortie étaient des choix approuvés par le shérif.

— Hope ? demanda Lauryn en se tournant vers la jeune femme.

Hope Alvarez était terre à terre au possible. Avant de partir pour l'école vétérinaire, elle avait son propre troupeau de moutons et de chèvres. Même maintenant, elle élevait des moutons primés durant son temps libre.

— Qu'en penses-tu ? Suis-je folle d'envisager une chose pareille ? Surtout avec papa qui me harcèle pour des raisons connues de lui seul ?

Un petit sourire se posa sur les lèvres de Hope alors qu'elle faisait tourner sa bouteille de bière vide sur la table.

— Gavin est super avec les chevaux, donc il ne peut pas être complètement mauvais d'après mes critères. Désolée si c'est une étrange façon de juger les hommes.

— Non. J'apprécie ta perspicacité, en fait.

L'équithérapie avait appris à Lauryn que les chevaux étaient des juges impartiaux.

— Je déteste que mes parents se servent de mon amitié avec lui comme prétexte pour ne pas assister à Étalons à Vendre.

Elle n'avait pas réalisé jusqu'à ce qu'elle le dise à voix haute à quel point cela lui faisait mal. Ou combien elle avait compté sur leur soutien. Elle avait travaillé dur pour qu'ils soient fiers d'elle.

Hope posa sa main aux doigts chargés de bagues en argent sur la sienne.

— Ton père peut être un homme bon et avoir quand même tort à ce sujet. Il n'y a rien de mal à se fier à son instinct.

Le conseil résonna en elle.

— Je crois que vous avez raison, dit-elle en serrant les mains de ses amies. Merci, les filles.

La tension qui pesait sur elle depuis sa dispute avec son père se dissipa en partie. Cette agréable soirée et la douce musique country romantique l'avaient apaisée.

Pile au bon moment, car un instant plus tard elle repéra Gavin qui se dirigeait à nouveau vers elle en la fixant.

— Homme à l'approche, murmura encore une fois Kendra.

Cette fois ce n'était plus un avertissement mais une invitation. Une possibilité.

Lauryn s'humecta les lèvres et se prépara à la suite. Les yeux ouverts et le cœur protégé, elle attendit avec impatience la suite de la soirée.

9

Gavin revint vers la table de Lauryn en se répétant que ses intentions étaient bonnes.

Honorables, même.

Il lui avait laissé le temps de discuter avec ses amies, et s'était abstenu de se jeter sur elle comme le lourdaud de tout à l'heure. Mais quelque chose dans l'attitude générale du groupe d'amies lui indiquait qu'elles avaient terminé leur intense discussion. La vétérinaire montrait ses tatouages à la chargée de relations publiques tandis que Lauryn remuait doucement ses épaules au rythme de la musique, le regard rivé sur le couple qui se trémoussait sur la piste de danse.

Il ne pensait donc pas interrompre quoi que ce soit, et il tenait vraiment à s'excuser pour sa réaction après leur baiser.

Une fois devant la chaise de Lauryn, il posa un bras sur le dossier du tabouret et lui tendit l'autre main.

— M'accorderais-tu cette danse ?

Il lui serait plus facile de discuter en privé, et si cela impliquait de la tenir dans ses bras le temps d'une danse, c'était uniquement parce qu'ils étaient dans un bar qui diffusait de la musique et qu'elle semblait vouloir danser.

— Avec plaisir.

Elle glissa ses doigts dans sa main et descendit du tabouret, sa jolie robe épousant ses courbes. Lorsqu'elle leva ses yeux noisette vers lui, il ressentit la même étincelle qui s'allumait chaque fois qu'elle était près de lui. Sauf que cela semblait encore plus brûlant cette fois.

Était-ce parce qu'elle ne détourna pas le regard ? Ou à cause du petit sourire séducteur qu'elle lui adressa avant de se diriger vers la piste de danse ?

L'instant d'après, il fut subjugué par son subtil déhanché alors qu'elle marchait devant lui. Les battements de son cœur s'accélérèrent alors qu'il songeait à ses bonnes intentions.

Une fois sur la piste de danse en bois, elle se tourna vers lui. Son frère avait fait construire cette piste ainsi qu'une petite estrade afin d'y présenter des concerts les vendredis et samedis soir. À cet instant, le juke-box et le couple d'âge mûr étaient leur seule compagnie alors que Gavin l'enlaçait.

Lauryn enroula ses bras autour de son cou et se serra contre lui. Elle semblait si douce et chaude sous la fine étoffe de sa robe.

— Tu passes une bonne soirée ? demanda Gavin.

Il savait qu'il serait incapable de se concentrer sur les excuses à présenter s'il continuait à laisser ses pensées imprudentes vagabonder sur la sensation de son corps contre lui.

— Oui, c'est agréable de passer du temps avec des amies. Je n'ai pas fait assez de place pour ça dans ma vie.

Les doigts délicats de la jeune femme jouaient paresseusement avec les cheveux de sa nuque, et il se demanda si elle réalisait l'effet qu'elle lui faisait.

— Merci de nous avoir aidées à nous débarrasser de notre visiteur tout à l'heure. On aurait pu s'en occuper mais...

— Bien sûr que vous auriez pu. Mais vous ne devriez même pas avoir à supporter ça, dit-il en frissonnant sous le contact de ses doigts délicats. D'autant plus que, comme tu l'as dit, tu étais venue passer une soirée avec des amies que tu ne vois pas souvent.

— Tu as raison.

Le grand sourire heureux qu'elle lui adressa lui donna l'impression d'avoir gagné quelque chose de plus important que n'importe quelle boucle de ceinture de rodéo.

— J'ai apprécié de ne pas avoir eu à gaspiller mon énergie pour rabrouer cet arrogant. Ça nous a laissé plus de temps pour discuter.

Il était curieux de savoir de quoi elles avaient parlé. Il avait remarqué – les quelques fois où son regard s'était posé sur elle – qu'elle avait été pratiquement la seule à parler. Est-ce que quelque chose la préoccupait ? L'idée lui déplut.

La poigne de Gavin se resserra sur la taille de Lauryn. Il ne voulait pas être le genre d'homme présomptueux et insistant, et il ne pensait pas avoir le droit de lui poser des questions sur sa discussion avec ses amies. Il préféra donc changer de conversation et parler de ce qu'il avait prévu.

— Je te dois des excuses, déclara-t-il en remuant ses pouces en cercles légers à l'endroit où étaient posées ses mains, juste au-dessus de ses hanches. C'est en partie pour ça que je t'ai invitée à danser.

— Des excuses ? Pourquoi ? demanda-t-elle en penchant la tête sur le côté.

Ses lèvres pleines semblaient ne demander qu'à être embrassées. Le souvenir de leur saveur inonda ses sens, et le désir de répéter l'expérience de leur dernier baiser le poussa à la rapprocher de lui. La serrer doucement pendant qu'il testerait à nouveau la douceur de sa bouche offerte.

— Pour avoir dit que tu m'embrassais pour me tester, expliqua-t-il l'air dégoûté de lui-même. Si j'avais un peu réfléchi avant de parler, j'aurais su que ce n'était pas ton genre...

Elle eut un petit sourire.

— Qu'est-ce qui t'empêchait de réfléchir correctement ?

Son regard séducteur montrait une facette joueuse d'elle qu'il n'avait encore jamais vue, et qui lui plut.

— Serais-tu en train de flirter avec moi, Lauryn ? En plein milieu de mes sincères excuses ?

Le bar entier s'évanouit alors que son attention se concentrait uniquement sur elle.

— Peut-être. Est-ce que ça marche ? demanda-t-elle en battant des cils.

— Un peu trop bien, dit-il en passant sa main le long de sa joue délicate puis sur sa mâchoire. Assez pour que je sois terriblement déçu si c'est parce que tu es pompette.

— J'en doute car je n'ai pris qu'une seule gorgée de la deuxième bière, rétorqua-t-elle avec un petit rire.

Le désir de Gavin s'intensifia à ses paroles, et il dut faire un gros effort pour se souvenir de l'endroit où ils étaient.

Qu'est-ce qui avait changé entre eux pour qu'elle soit soudain assez détendue pour l'embrasser et flirter avec lui ? Il savait qu'elle l'avait évité à cause de sa réputation. Avait-elle commencé à se faire sa propre opinion sans se fier au jugement des quelques personnes qui lui en voulaient, à savoir le shérif et son propre père ?

Il se pencha pour lui parler à l'oreille à travers le rideau soyeux de ses boucles marron.

— Tu n'imagines pas à quel point j'aimerais te ramener chez moi pour te montrer l'effet que tu me fais.

Le frisson qui la parcourut fut partagé. Elle plongea à nouveau dans son regard brûlant.

— Peut-être qu'on devrait vraiment s'occuper de ce rencard que je t'ai promis, suggéra-t-elle en ralentissant la danse jusqu'à s'immobiliser.

Il n'avait pas réalisé que la musique s'était terminée tant ses pensées étaient remplies d'images d'elle dans son lit, sous lui, sur lui, criant son nom pendant qu'il la menait à l'orgasme…

— Un rencard, répéta-t-il.

Les mots semblaient bien trop innocents par rapport à ce qu'il envisageait.

— C'est une bonne idée. On pourra en profiter pour discuter de ce qui se passe entre nous et y réfléchir.

Les lèvres de Lauryn s'entrouvrirent et son souffle s'accéléra. Elle était si près qu'il voyait son pouls battre à son cou.

— Ça me va, répondit-elle avec un hochement de tête nerveux avant de s'éloigner de lui et retourner à sa table.

Gavin la suivit, un pas en arrière. Si seulement il avait le droit de l'embrasser pour lui souhaiter bonne nuit. Mais il ne devait pas oublier la raison principale de sa présence à Silent Spring. Même s'il était attiré et excité par Lauryn Hamilton, il fallait qu'il sache le rôle qu'elle avait joué dans le testament de son père.

Et même si elle était innocente, Gavin se demandait malgré tout si elle était au courant des intentions de Duke. Parce que ça aussi ce serait douloureux ; il avait passé tellement de temps à essayer de faire ses preuves auprès des gens.

Il ne pensait pas que Lauryn jouait avec lui, et il avait été sincère en présentant ses excuses. Pourtant, quelque chose avait changé son opinion sur lui, et il voulait savoir ce que c'était.

— Je t'appellerai demain, déclara-t-il en la raccompagnant à la table de ses amies, qui étaient à présent concentrées sur leurs téléphones, les têtes penchées l'une contre l'autre en faisant défiler leurs écrans.

— Tu pourras alors tenir ta promesse sur ce rendez-vous que tu m'as promis, ajouta-t-il à voix basse.

— Fais donc ça, rétorqua-t-elle en posant une main sur son torse et se mettant sur la pointe des pieds pour lui parler à l'oreille. Et tu pourras aussi tenir ta promesse sur les choses dont tu m'as parlé.

Si Gavin avait eu le moindre doute quant au changement d'état d'esprit de Lauryn, c'était terminé à présent. Une flamme s'alluma sur sa peau à l'endroit où elle l'avait touché un instant plus tôt tandis que ses paroles se rejouaient dans sa tête.

Il avait réclamé ce rendez-vous pour qu'elle apprenne à mieux le connaître. Pour lui montrer qu'il y avait plus chez lui que sa réputation de briseur de cœur.

Mais à cet instant il ne pouvait imaginer un scénario autre que celui qui les mènerait au lit et l'aiderait à se débarrasser de l'attirance qui le brûlait de l'intérieur.

Lauryn frissonna d'anticipation en s'approchant du petit aérodrome où elle avait rendez-vous avec Gavin.

Assise à l'arrière du gros SUV noir qu'il avait envoyé pour la chercher, Lauryn gardait les yeux rivés sur la vitre afin de le voir lui, ou le planeur sur lequel il avait promis de l'emmener. Elle lui envoya alors un SMS :

— Je pense qu'on est presque arrivés.

Ce rendez-vous l'avait bien stressée, car il avait changé deux fois la date sans lui donner d'explications. Craignant qu'il ait changé d'avis, elle l'avait pressé de questions. Il avait alors avoué qu'il voulait l'emmener faire un tour en planeur mais qu'il fallait que la météo soit favorable.

Ils avaient donc convenu de se retrouver à l'aérodrome. Là-bas, il avait rendez-vous avec un de ses amis pilote qui devait l'aider à faire voler le planeur afin que Lauryn et Gavin puissent atterrir dans une destination surprise.

Lauryn savait déjà qu'un dîner les attendait à l'atterrissage. Comme elle n'avait jamais été invitée à un rendez-vous aussi minutieusement planifié, elle était très excitée. Et c'était sans parler du fait qu'elle passerait le reste de la journée – et très probablement la nuit – avec lui.

D'ailleurs, depuis sa conversation avec ses amies, elle ressentait le besoin inédit de profiter de la vie. Pas seulement avec Gavin, mais en sortant de sa zone de confort, en fréquentant ses amis, et en arrêtant d'essayer tout le temps de plaire à tout le monde – surtout à ses parents –, au point de s'oublier elle-même. Durant des années, le traumatisme d'avoir perdu sa sœur adoptive l'avait rendue prudente et en quête de sécurité. Mais était-elle sûre de rendre justice à Jamie en agissant ainsi ? Sa culpabilité en tant que survivante ne disparaîtrait peut-être jamais, mais elle pouvait honorer la mémoire de Jamie en vivant la sienne plus pleinement.

Son téléphone vibra à la réception d'un message.

Je vois le SUV. Regarde par la vitre.

Lauryn vit alors un aéroplane blanc, le nez peint en rouge, posé sur un terrain herbeux. Deux hommes discutaient à côté de l'avion, un grand avec de larges épaules qui leva le bras pour la saluer, et l'autre, plus petit et nerveux, avec des lunettes sombres qui cachaient ses yeux.

Un deuxième avion plus grand à hélice tournait au ralenti devant le planeur. L'avion à hélice les remorquerait, puisque le planeur n'avait pas de moteur, et se séparerait après le décollage pour rentrer, tandis que le planeur… continuerait son vol. Elle s'était documentée sur Internet, et était ravie de pouvoir vivre cette expérience.

Quelques instants plus tard, le SUV se dirigea vers le petit terrain et s'arrêta près de l'avion à hélice. Gavin arriva immédiatement devant la portière et l'ouvrit en grand.

— Prête à voler ? demanda-t-il en lui tendant la main.

Une fraîche brise printanière souffla sur le visage de Lauryn.

— Je suis prête, dit-elle en glissant sa main dans la sienne.

Elle réalisa alors à quel point elle avait appris à lui faire confiance en peu de temps. Tout d'abord lorsqu'il l'avait réconfortée lors de sa crise de panique, puis quand il avait passé toutes ces heures à travailler avec elle sur son gala, et ensuite lorsqu'il s'était montré si protecteur avec elle au bar.

Quelques minutes plus tard, elle était installée sur le siège arrière du planeur et regardait Gavin passer en revue les éléments essentiels de sécurité. Elle savait où se trouvait le parachute, même si Gavin lui avait assuré qu'elle n'en aurait pas besoin. Et apparemment, elle n'aurait pas non plus besoin de casque. Il y avait un microphone et un haut-parleur dans le cockpit, mais selon lui ceux-là non plus ne devraient pas être nécessaires.

Le pilote de l'avion à hélice – Heath – était déjà assis dans son avion et attendait le signal de Gavin pour décoller.

— Voici ton équipement le plus important, déclara Gavin en lui tendant un chapeau blanc à larges bords semblable à ceux des pêcheurs. Une protection solaire supplémentaire.

Lauryn le prit et remarqua qu'il portait également un chapeau à larges rebords, mais avec le logo d'un rodéo d'une ville voisine.

— Merci, dit-elle en ajustant le chapeau sur sa tête et en tirant sur sa queue-de-cheval afin que l'accessoire tienne mieux en place. Bien vu.

Son pouls battait à toute allure à l'idée de cette nouvelle expérience.

— Tu n'es pas nerveuse, n'est-ce pas ? demanda Gavin d'un air de doute. Je veux que tu t'amuses et pas que tu t'angoisses.

Elle secoua la tête, comprenant son inquiétude : elle n'avait jamais expliqué la raison de sa crise de panique après leur premier déjeuner.

— Au contraire, j'ai vraiment hâte d'y être, dit-elle en lui prenant la main. J'ai décidé récemment que je devais être un peu plus aventureuse, donc cette sortie tombe à pic.

Un sourire se dessina sur le visage de Gavin, et elle réalisa que lui aussi avait attendu ce jour avec impatience. Le regard brillant de celui-ci lui rappela que beaucoup de choses restaient encore à venir après leur atterrissage.

— Excellent, dit-il en portant sa main à ses lèvres. Tu es entre de bonnes mains, Lauryn. Je te le promets.

Le cœur de la jeune femme tambourinait toujours après ce baiser quand il sauta dans le siège avant et leva le pouce vers Heath.

Au début, elle remarqua uniquement l'augmentation du volume sonore de l'avion à hélice, quand il commença à avancer. La corde entre les deux avions s'allongea et se tendit.

Un frisson la parcourut quand le planeur fit une embardée vers l'avant et rebondit légèrement sur l'herbe alors que l'avion à hélice avançait de plus en plus vite. L'excitation la gagna à l'idée du vol... et de l'homme qui l'accompagnait.

— Tu vas avoir une vue unique sur Granite Peak, lui cria Gavin devant elle.

Leur vitesse continua d'augmenter tandis que les arbres bordant la piste d'atterrissage semblaient s'estomper devant ses yeux.

— Et ce sera plus silencieux pour parler une fois que l'avion à hélice nous aura laissés partir.

Elle pouvait à peine comprendre ce qu'il disait. Les deux avions s'élevèrent dans les airs l'un après l'autre, et elle poussa un cri de joie tandis qu'ils montaient de plus en plus haut.

Au début, elle vit la cime des arbres juste en dessous d'eux, puis ils montèrent bien plus haut que les pins. La vue sur les montagnes et la nature sauvage d'Absaroka-Beartooth lui coupèrent le souffle.

— Waouh, Gavin, tu avais raison, s'exclama-t-elle en posant la main sur son épaule. C'est incroyable.

Elle sentit sa chaleur à travers la chemise à manches longues et le T-shirt en coton qu'il portait en dessous. Elle fut envahie d'un frisson d'un tout autre genre en sentant la tension de ses muscles sous sa paume.

— Attends qu'on se sépare et qu'on plane tout seuls. Nous sommes presque à deux mille pieds.

Même là, c'était lui qui dirigeait le gouvernail pour les guider vers la droite du remorqueur.

— Surfer sur les courants de vent ne ressemble à rien de ce que j'ai pu connaître auparavant, ajouta-t-il.

Sachant que Gavin avait fait carrière dans les rodéos de taureaux et qu'il sortait régulièrement vainqueur des courses dragsters amateurs, cette déclaration n'en était que plus significative, et elle donna à Lauryn le sentiment qu'il partageait quelque chose de spécial avec elle. Cependant, elle était trop absorbée à le regarder manœuvrer pour commenter. Elle avait l'impression d'avoir besoin de stocker toutes les sensations et de les absorber.

— C'est parti, l'avertit Gavin en saisissant le levier de remorquage qu'elle avait remarqué au moment où il lui avait présenté l'engin. On va se séparer et il ne restera plus que nous et les courants aériens.

Lauryn ne vit pas la différence, mais elle comprit que la corde propylène qui les liait à l'avion remorqueur ne les retenait plus, car l'avion à hélice dériva vers le bas puis vers la gauche avant de faire demi-tour. Pendant ce temps, le planeur continua dans la même direction, et ses longues ailes s'inclinèrent légèrement tandis que Gavin se glissait dans un courant.

Le bruit se calma quand l'autre avion s'éloigna. Bientôt, il n'y eut plus aucun son autre que les battements de son cœur et l'air qui circulait entre eux.

En dessous, elle pouvait voir les imposants pics montagneux gris foncé, dont certaines crêtes étaient encore enneigées. Entre les montagnes, des lacs alpins d'un bleu éclatant brillaient comme des joyaux parsemant le terrain accidenté. Et pendant tout ce temps, le planeur s'inclinait et se balançait, traversant silencieusement des courants dont elle n'aurait jamais eu conscience si Gavin ne lui avait pas expliqué comment ils volaient. Apparemment, lorsque le temps était favorable, il pouvait rester dans les airs durant des heures.

— Je n'en reviens pas de voir à quel point tu te déplaces facilement entre les montagnes, s'écria-t-elle en élevant légèrement la voix, mais pas plus que si elle avait été assise sur le siège arrière d'une voiture et qu'elle parlait au conducteur.

— N'oublie pas que j'ai l'habitude de survoler cette région. Les crêtes créent un courant d'air très intéressant. Mais si je devais voler dans un endroit nouveau, je chercherais les courants avec prudence jusqu'à me familiariser avec.

Il dirigea le planeur le long d'une cime qu'elle ne reconnut pas, et s'approcha suffisamment de la terre pour qu'elle voie des mouflons courir le long d'un affleurement rocheux.

La vue était spectaculaire et le vol libérateur. Elle fut choquée quand Gavin se retourna pour lui demander si elle était prête à atterrir. Elle consulta sa montre et vit que près de deux heures s'étaient écoulées. Le soleil avait glissé à l'horizon, mais il ne ferait pas nuit avant au moins une heure.

— Je suis prête.

Elle savait qu'elle chérirait cette expérience à jamais. Il lui avait offert bien plus qu'une simple sortie.

— Bien. Parce que je suis ravi de te montrer ta prochaine surprise, dit-il en inclinant le planeur vers la droite.

Lauryn se sentit emplie de curiosité. Elle savait qu'un dîner les attendait quelque part. Mais ensuite ?

Sa bouche s'assécha à l'idée de passer la nuit avec lui. Mais, après ce vol, elle savait que la journée ne serait pas complète tant qu'elle ne l'aurait pas vécue au maximum – dans les bras de Gavin.

10

Gavin n'aurait pas pu imaginer une meilleure journée.

Il avait détesté devoir changer deux fois la date du rendez-vous, mais grâce à ces vents parfaits il avait pu faire atterrir le planeur à l'endroit précis où il le voulait. Un exploit qui demandait une météo optimale.

À présent, en entendant le rire joyeux de Lauryn alors qu'ils atterrissaient dans une prairie près d'une maison solitaire au bord d'un lac de montagne, il sut qu'il avait bien fait. La poitrine gonflée de satisfaction, il effectua l'atterrissage le plus parfait jamais réalisé.

— Je n'en reviens pas ! s'exclama-t-elle depuis le siège arrière alors qu'il retirait son chapeau et ses lunettes de soleil. Tu nous as fait voler si près de la surface de l'eau que j'avais l'impression de pouvoir toucher les vagues.

Il n'était pas descendu si près, mais il comprenait son exaltation et se souvenait avoir ressenti la même chose de nombreuses fois en volant. Pourtant, aucun de ses vols passés n'avait été aussi épanouissant que d'avoir fait vivre cette expérience à Lauryn.

— J'ai l'impression que tu es fan alors ? demanda-t-il en tendant la main pour l'aider à sortir de l'engin.

Elle portait toujours son chapeau de pêcheur dont les bords ondulés protégeaient ses yeux noisette. Son jean noir et sa veste matelassée et cintrée étaient le genre de tenue qu'il lui avait suggéré pour ce voyage en avion, car il faisait généralement frais au-dessus des montagnes. Quand sa main se glissa dans la sienne, il referma ses doigts autour d'elle.

— Je pense même que je suis accro. C'était incroyable.

Après être descendue du planeur, elle retira son chapeau et le posa à côté du sien sur le siège du cockpit.

— Je ne te remercierai jamais assez d'avoir partagé ça avec moi.

Ses joues étaient roses, et elle était délicieusement échevelée car sa queue-de-cheval s'était défaite. Il combattit l'envie de la décoiffer davantage, car il ne voulait pas présumer de la soirée qui les attendait. Après tout elle ne s'était engagée que pour un dîner.

Mais cela le rendit fou de voir ses lèvres charnues scintiller quand elle passa sa langue dessus. Il déglutit avec effort sans lâcher sa main.

— Ce fut un plaisir, dit-il d'une voix plus rauque que d'habitude tandis que ses pensées s'égaraient.

Il se racla la gorge et détacha son regard de sa bouche pour se tourner vers la maison louée pour le dîner.

— Je n'avais jamais volé avec quelqu'un.

— Je ne l'aurais pas deviné. Tu es tellement doué.

Elle leva les yeux vers le chalet en pierre et en bois de trois étages, perché sur une étroite bande de terrain surplombant le lac.

— Pourquoi n'avoir jamais emmené quelqu'un d'autre ?

— J'aime tellement la sensation de voler que je suppose que j'en suis venu à voir ça comme un moyen de me détendre. Ça a toujours été une activité privée pour moi.

Il s'arrêta au pied de l'escalier menant à une terrasse extérieure et tourna son regard vers elle en lui serrant légèrement la main.

— Mais après notre danse de l'autre soir, mon instinct m'a dit que tu pourrais aimer l'aventure.

— Tu as eu raison, dit-elle en s'approchant, le regard brillant. C'était exactement ce dont j'avais besoin.

Le cœur de Gavin se mit à battre plus fort. Incapable de lutter davantage contre l'envie de la toucher, il détacha ses doigts des siens et l'attira plus près.

— C'est faux, dit-il en plongeant dans son regard. Ce dont nous avons besoin tous les deux nous attend à l'intérieur.

Lauryn hocha la tête, la respiration soudain irrégulière.

— Allons explorer ça. Tout de suite. Plus de retard, plus d'attente.

Ses paroles étaient claires. Dieu merci.

Il avait tellement de projets pour cette femme qu'il ne savait par où commencer. La logique lui disait que plus vite ils rentreraient, plus vite il pourrait se lancer. Mais en voyant la façon dont elle le regardait, ses yeux noisette rivés sur sa bouche et réclamant pratiquement un baiser, il fut paralysé.

Juste un avant-goût.

Il lui devait un baiser pour rattraper le dernier qui avait si mal tourné.

Enroulant ses bras autour d'elle, il la souleva pour amener ses lèvres au même niveau que les siennes. Le doux cri qu'elle poussa fit écho à ce qu'il ressentait. Rien ne pouvait plus l'arrêter, mais cette fois ce fut plus qu'un baiser : une revendication. Il la voulait depuis bien trop longtemps.

Accueillantes, les lèvres de Lauryn s'entrouvrirent. Il prit tout ce qu'elle lui offrit et même plus. Sa langue l'explora avidement, tandis qu'il mémorisait sa texture soyeuse, son goût de menthe et de cannelle, l'accélération de sa respiration quand il passa sa main libre le long de sa colonne vertébrale pour saisir sa nuque.

Longtemps, il la taquina et joua, puis, désirant plus, il mordilla doucement sa lèvre inférieure et la fit glisser lentement entre ses dents.

Il ne pourrait jamais se lasser de cette femme. Lorsque ses baisers descendirent plus bas, le long de sa mâchoire et sous son oreille, il savoura ses douces supplications.

C'est alors qu'il réalisa que les doigts de Lauryn avaient ouvert les boutons de sa chemise.

— Trop de vêtements, marmonna-t-elle avec impatience en glissant les mains sous son T-shirt. Je veux te sentir.

Il se força alors à reculer afin de pouvoir la regarder.

— J'en ai autant envie que toi.

Puis, il la reposa au sol et la guida vers l'escalier menant à la porte d'entrée.

— Entre.

— Où sommes-nous ? Est-ce que cette maison t'appartient ? demanda-t-elle en lui prenant le bras.

Une fois sur le large perron surplombant le petit lac, il composa le code de la porte.

— Non. Je l'ai louée pour le week-end. J'ai pensé que ce serait plus simple de passer du temps ensemble loin des commérages de Silent Spring.

Il savait que le shérif avait toujours l'œil sur lui, d'autant plus qu'il s'agissait là de sa fille.

— Tu as eu raison.

Sa voix lui sembla inquiète, mais lorsqu'il se retourna pour la regarder, il oublia aussitôt ses préoccupations.

— La vue est magnifique. C'est comme si on était seuls au monde, ajouta-t-elle.

Elle parcourut du regard l'étendue bleu clair et ses rivages rocheux en contrebas de la maison. Au-delà du lac se dressait une montagne gris foncé, le flanc parsemé de pins verts à certains endroits et de neige à d'autres, même s'il faisait près de dix-huit degrés.

— Nous sommes tout à fait seuls, lui assura-t-il. Aussi longtemps que tu voudras rester ici.

Il était heureux d'être loin de Kingsland, de sa situation familiale compliquée, et de tous ces gens qui le jugeaient injustement.

Lauryn se tourna à nouveau vers lui et croisa son regard.

— Montre-moi le chemin.

Lorsque la porte de l'immense chalet de montagne se referma sur eux, Lauryn ne perdit pas une seconde.

Le corps bourdonnant encore de l'adrénaline du vol, elle se jeta dans les bras de Gavin. Ils auraient bien le temps de visiter la maison plus tard. Elle avait d'ailleurs eu son compte de vues magnifiques. D'immenses fenêtres s'ouvraient sur le paysage, de sorte que bien qu'elle soit à l'intérieur de la maison elle avait l'impression de se tenir au-dessus du lac bleu sculpté par les glaciers et d'être entourée par les parfums de pin et de cèdre.

Sauf qu'elle avait les bras puissants de Gavin autour d'elle et ses mains qui excitaient ses sens en la touchant. Les sensations qu'il éveillait en elle étaient si délicieuses, si vertigineuses et douces qu'elle sentit ses jambes la lâcher.

— Je n'ai pas arrêté de penser à toi depuis cette nuit au bar, lui confia-t-elle tandis que ses mains reprenaient là où elles s'étaient arrêtées et glissaient sous son T-shirt pour caresser ses abdominaux.

— Je n'ai pas cessé de penser à toi depuis ce baiser dans le jardin, répondit-il dans un grondement sourd alors qu'il emprisonnait ses mains vagabondes dans les siennes. Ce qui signifie que j'ai eu beaucoup de nuits blanches pour réfléchir à la façon dont j'allais m'y prendre.

Un frisson la parcourut à la promesse sensuelle de ses mots. Ou peut-être était-ce à cause de la douce pression de ses doigts sur ses poignets.

— Un homme qui sait ce qu'il veut, déclara-t-elle, en s'avançant entre ses cuisses.

Son ventre effleura son érection impressionnante derrière la fermeture Éclair, et elle sentit son sang bouillonner.

— Tu veux m'en dire plus ?

— Tu ne m'as promis qu'un seul rendez-vous, alors je ne vais pas me précipiter, car j'aimerais que tu t'en souviennes pendant longtemps.

Les genoux de Lauryn se liquéfièrent. Pas seulement sous l'emprise du désir, mais aussi par peur qu'une seule fois ne suffise pas pour assouvir tout ce qu'elle voulait de lui.

Elle se demanda brièvement si elle devait revenir sur ses conditions et lui suggérer de ne pas s'inquiéter pour le nombre de rendez-vous, mais elle décida finalement de profiter de l'instant présent. Le revoir signifierait passer de la notion de distraction à celle de relation.

Chose à laquelle elle n'était pas prête.

— Mais j'ai envie de toi, protesta-t-elle. Ce n'est pas se presser si on passe la nuit à se faire plaisir. Et autant commencer maintenant.

Un rapide coup d'œil autour d'elle lui apprit qu'ils étaient à quelques pas d'un salon. Des canapés en cuir étaient disposés à différents angles et positionnés de sorte que l'on puisse profiter de la vue.

— Sur le canapé, par exemple, ajouta-t-elle.

— Moi aussi j'ai envie de toi, dit-il en passant un doigt dans la taille de son jean et en la tirant légèrement vers lui. Mais si on commence à s'arracher nos vêtements sur ce canapé, je vais oublier mes bonnes résolutions, et je refuse d'être déconcentré.

Elle allait répondre quand il ouvrit les pressions de son jean d'un coup sec. Ses doigts la frôlèrent d'une manière qui la firent vaciller.

— Ooohh, s'exclama-t-elle, incapable d'articuler une réponse cohérente avec son regard brun plongé dans le sien.

Ses caresses enflammèrent ses pensées et lui firent oublier toute protestation, jusqu'à ce qu'elle n'ait d'autre désir que de se laisser aller dans ses bras.

Il posa son front contre le sien.

— Tu veux bien m'accompagner dans la chambre ? chuchota-t-il dans ses cheveux. Laisse-moi te déshabiller et prendre mon temps pour te faire plaisir.

Un autre frisson la parcourut. C'était ce qu'elle désirait : arrêter de vouloir plaire à tout le monde et profiter de la vie. Vivre et être heureuse.

— Oui s'il te plaît, répondit-elle d'une voix rauque. Mais, Gavin, ça ne peut pas tourner qu'autour de moi. Je veux que ça soit agréable pour toi aussi.

— Chaque seconde sera agréable pour moi, promit-il avec

un regard sérieux alors qu'il lui prenait la main et l'attirait vers l'arrière du chalet.

Le cœur tambourinant d'anticipation, Lauryn le suivit à travers l'élégante cuisine en pierre grise, les plans de travail en quartz sombre et les meubles du même bois clair que les hautes fenêtres. Un bol en pierre bleue ornait une table à manger en pierre naturelle.

Chaque minute de retard, chaque seconde à parcourir cette grande maison, augmentaient son désir. Elle aurait préféré qu'ils s'arrêtent au canapé en fin de compte.

Derrière la cuisine se trouvait une suite. Les portes à deux battants les menèrent à un lit *king size* qui trônait au milieu de la pièce. Une cheminée en pierre occupait un mur, sur un autre deux portes-fenêtres ouvraient sur le lac. Ici aussi, la vue était époustouflante, et on pouvait encore distinguer le lac dans le crépuscule violet. Une fois dans la chambre, Gavin appuya sur le bouton d'une télécommande murale pour fermer les portes et baisser les stores, les enfermant dans leur refuge privé.

Un autre bouton alluma les flammes de la cheminée au gaz, baignant la pièce dans une lueur orange qui changea complètement l'ambiance de la chambre.

Lauryn était impatiente, d'autant plus qu'elle regardait Gavin se débarrasser de sa chemise. Il saisit ensuite son T-shirt et le fit passer par-dessus sa tête, révélant un physique masculin si appétissant qu'elle se souvint pourquoi il avait été un incontournable du calendrier *Men of Rodeo* durant ses années rodéo.

Mais quand elle tenta de le toucher, il saisit ses mains avant d'en embrasser les jointures.

— D'abord, toi, l'invita-t-il en baissant doucement ses mains. Je meurs d'envie d'en voir davantage, Lauryn.

Disait-il vrai ? L'idée la séduisit. Il baissa la fermeture Éclair de sa veste matelassée noire et la retira avant de la laisser tomber sur un pouf en cuir. Puis, tournant à nouveau son regard vers elle, il passa ses mains sous son T-shirt à manches longues et le fit remonter tout doucement avant de le faire passer par-dessus sa tête.

Cette fois, son regard ne quitta pas son corps – vêtu d'un ensemble en dentelle noire assorti, visible à travers la fermeture Éclair ouverte de son jean. Elle ne possédait pas beaucoup de sous-vêtements en dentelle et elle n'avait encore jamais porté cet ensemble, mais en voyant le regard de Gavin rivé sur ses seins avant qu'il penche la tête pour l'embrasser à travers son soutien-gorge, elle se dit que l'effort en valait la peine.

Emplie de désir, elle cambra le dos et s'offrit à lui sans aucune pudeur. Gavin la serra dans ses bras et pressa ses hanches contre les siennes, provoquant une autre délicieuse douleur.

Elle se tordit contre lui, le suppliant en silence. Il répondit en passant à l'autre sein, l'embrassant et la léchant à travers la dentelle jusqu'à ce qu'elle dégage ses épaules des bretelles. De toute façon, elle ne voulait pas qu'il regarde de trop près son dos où demeuraient ses vieilles cicatrices. L'obscurité de la pièce et ses cheveux lui permettaient de les cacher pour le moment.

— Tu es si belle, dit-il contre sa peau alors qu'il détachait les crochets dans son dos. Tout en toi me donne encore plus envie de toi.

Quand il libéra ses seins, ses mamelons roses rendus humides par ses baisers se tendirent.

— Moi aussi j'aime te regarder, lui rappela-t-elle en passant ses doigts dans la taille de son jean. Ce n'est que justice.

La peau chaude de Gavin se contracta au contact des doigts légers de Lauryn qui luttait contre l'envie de le caresser à travers son jean. À présent qu'elle avait pris la décision de vivre pleinement ce moment, elle trouvait difficile de ralentir. Surtout avec son cœur qui battait à toute allure et l'attention sensuelle de Gavin qui faisait vibrer toutes ses terminaisons nerveuses.

— Toi d'abord, lui rappela-t-il en passant ses mains dans son jean ouvert. Tu te rappelles ? Ça va être mon mantra toute la nuit : Lauryn en premier.

Il saisit ses hanches entre ses puissantes mains, éveillant

d'autres frissons alors qu'il faisait glisser son jean le long de ses jambes. Quand le vêtement buta contre ses bottes, il se pencha pour le retirer une jambe après l'autre.

Elle se stabilisa en posant une main sur son large dos nu, s'émerveillant de vivre ce moment et d'être sur le point de se donner à Gavin Kingsley.

Une fois son jean retiré, elle ne portait plus qu'une culotte.

Gavin se releva, le regard en fusion avant de remarquer qu'elle tremblait.

— Hé, dit-il en posant une main sur sa joue. Tout va bien ?

— Plus que bien, dit-elle rapidement. Je suis juste... tellement impatiente. Je n'ai pas fait ça depuis si longtemps et...

Il la fit taire par un baiser et interrompit son explication embarrassante. Quand elle eut oublié ce qu'elle venait de dire, il chuchota contre ses lèvres :

— Je l'ignorais. Laisse-moi prendre soin de toi.

Elle voulut lui dire qu'il n'avait pas besoin de s'inquiéter pour ça. Qu'avoir un orgasme n'était pas primordial pour elle, et qu'au contraire cela ne ferait que la stresser en lui mettant la pression, étant donné que ce phénomène se produisait à la même fréquence que l'observation de licornes.

Surtout en présence d'un partenaire.

Mais il recommença à l'embrasser avant de la porter jusqu'au lit. Elle enroula ses bras autour de son cou, et tandis que son corps puissant se frottait contre le sien alors qu'il marchait... elle fut envahie de sensations : une douleur lancinante et une faim dévorante.

Lorsqu'il la posa sur le lit, elle continua de s'accrocher à lui, aimant la sensation de sa barbe de plusieurs jours contre sa peau. Elle s'arqua, recherchant plus de contact.

Gavin l'immobilisa alors de sa cuisse puissante afin de pouvoir la caresser tout à loisir à travers sa culotte.

Des étoiles s'allumèrent derrière les paupières de Lauryn. C'était si bon. Et quand il écarta la dentelle humide pour toucher sa chaleur moite, elle ressentit des vagues de plaisir semblables à un courant électrique.

Cet homme ne perdait pas de temps à deviner ou à tâtonner : il savait exactement comment la toucher.

Elle avait le visage et le corps brûlants quand Gavin chuchota à quel point elle était belle et sexy et combien il la désirait et aimait la regarder.

Et un instant plus tard, un orgasme monta en elle, s'enroulant dans ses entrailles et la pressant jusqu'au point de non-retour. Elle retint son souffle, puis l'orgasme la traversa... incontrôlable. Le plaisir l'inonda par vagues puissantes. Encore et encore.

Son corps ondula contre la main de Gavin jusqu'à la dernière once de plaisir.

Haletante et à bout de souffle, elle voulut lui expliquer le miracle que ça représentait pour elle. Mais quand elle ouvrit les yeux, elle vit le désir dans les siens. La sueur perlait de son front, les veines de son cou étaient gonflées tandis qu'il cherchait un préservatif dans la poche de son jean.

Il posa le préservatif près d'elle, puis termina de se déshabiller. Elle déglutit avec effort, désirant de toutes ses forces lui donner le même plaisir en retour.

— C'est ton tour, lui rappela-t-elle en se débarrassant de sa culotte.

Il était déjà en train d'arracher le paquet de préservatifs avec ses dents. Un instant plus tard, il l'avait mis en place.

Quand il s'enfonça en elle – centimètre par centimètre, pour lui laisser le temps de s'adapter à lui – elle eut envie de pleurer de bonheur. Tout était si incroyablement bon avec lui.

Elle savait que c'était en partie à cause des hormones et de son orgasme récent. Mais, oh mon Dieu, l'avoir en elle était incroyable.

Quand il fut entièrement en elle, elle inclina ses hanches et fut ravie d'entendre son halètement viril. Elle recommença plusieurs fois. Très vite, ils bougèrent à l'unisson, se propulsant plus haut dans les cimes du plaisir.

Lauryn se retourna pour se placer au-dessus, et à un moment donné, il sentit les cicatrices sur son épaule et s'immobilisa en la regardant d'un air interrogateur. Mais elle plaça un doigt sur ses lèvres, lui demandant silencieusement de laisser cela de côté pour l'instant.

Elle voulait que cette nuit soit consacrée au plaisir et à vivre pleinement.

Gavin la retourna à nouveau sur le dos tout en suçant et mordillant son cou. La sensation se répercuta le long de sa colonne vertébrale alors qu'il accélérait ses coups de reins.

Quand elle enroula ses jambes autour de sa taille, il caressa son clitoris comme il l'avait fait plus tôt avec des gestes assurés, réussissant à nouveau ce tour de magie qu'aucun homme n'avait encore pu effectuer.

— Gavin...

Elle voulut lui dire que cela ne pouvait pas se reproduire.

Sauf que les premières vagues lui coupaient déjà le souffle. Son corps se contracta autour du sien et se resserra de plus en plus. Gavin cria son nom alors qu'elle succombait au plaisir, s'abandonnant en même temps qu'elle à l'oubli.

Après cela, elle resta allongée sous lui un long moment, submergée par ses sens et la magie qui venait de se produire.

L'émerveillement qu'elle ressentait n'était pas exagéré. Personne n'avait jamais tiré autant de plaisir de son corps, pas même elle.

Un peu plus tard, Gavin se détacha d'elle et l'embrassa sur la tempe avant de se lever pour faire une rapide toilette. Ce qui lui permit d'admirer sa peau bronzée à la lueur du feu alors qu'il marchait dans la chambre.

Sa bouche s'assécha rien qu'en le regardant et en songeant à ce qui venait de se passer. Qu'est-ce que ça signifiait ? Que faire à présent ?

Les questions et les inquiétudes s'accumulaient dans son cerveau. Elle ignorait quel comportement adopter quand il reviendrait se coucher. Elle avait passé tellement de temps cette semaine à imaginer ce que ce serait de se laisser vivre… mais elle n'avait pas prévu la suite.

Son cœur battit plus fort quand il revint en lui tendant un verre d'eau, et elle fondit un peu plus de l'intérieur. Elle attendrait le lendemain pour penser à la suite. Il savait que c'était temporaire, après tout, et il avait déjà fait ce genre de chose auparavant, n'est-ce pas ? Elle se contenterait de se calquer sur son attitude.

Ce soir, elle avait des heures et des heures devant elle pour profiter au maximum de sa soirée avec Gavin.

11

Gavin ouvrit l'œil en entendant un bruit dans la cuisine. Le bip électronique d'une cafetière, peut-être ? Une odeur de café emplissait la chambre.

Il lui fallut un moment pour s'orienter car le soleil ne s'était pas encore levé après sa nuit torride avec Lauryn. La chambre à coucher était plongée dans l'obscurité. Il avait éteint la cheminée à gaz durant la nuit, il n'y voyait donc pas grand-chose. Pourtant, la sensation de froid dans le lit lui indiqua que Lauryn n'était plus à côté de lui, même si son odeur imprégnait encore les draps.

Les souvenirs de leur soirée ensemble affluèrent. Après cette première fois, ils avaient dévoré le repas livré par un restaurant local. Le champagne et la salade *caprese* étaient prêts à consommer, mais ils avaient dû faire cuire les pattes du crabe royal. Ils avaient travaillé côte à côte dans la cuisine, lui préparant les crustacés pendant qu'elle réchauffait les accompagnements. Puis ils avaient étendu une couverture sur le sol du salon pour pique-niquer devant la cheminée.

Ensuite ils s'étaient douchés et avaient renouvelé le plaisir expérimenté plus tôt.

Il se demanda où elle avait trouvé l'énergie pour se lever à cette heure matinale. Ils étaient restés éveillés la moitié de la nuit à explorer toutes les manières possibles de se donner du plaisir.

Gavin enfila son jean, se brossa les dents et suivit l'odeur du café en direction de la cuisine. Il la vit à la lueur de l'éclairage au-dessus de la cuisinière, son joli visage illuminé de profil alors qu'elle portait une tasse de café fumant à ses lèvres.

Était-elle déjà en train de remettre en question leur nuit ensemble ? L'idée l'inquiéta étant donné qu'ils n'avaient même pas discuté de ce sujet avant de se jeter dans les bras l'un de l'autre. Il devinait que Lauryn n'était pas le genre de femme à se donner à la légère. Il savait qu'elle était sortie avec des hommes à l'université, mais il n'avait jamais entendu parler de qui que ce soit à Silent Spring – relation sérieuse ou pas. Et étant donné la vitesse à laquelle les ragots circulaient dans les petites villes, s'il y avait eu un homme, il l'aurait su.

Il tira un tabouret vers lui afin de s'asseoir, l'alertant de sa présence.

— Tu te réveilles tôt.

Un mince sourire recourba brièvement les lèvres de Lauryn.

— Pardon si je t'ai réveillé. J'avais du mal à dormir.

— Ça me semble trop tôt pour les regrets du lendemain, fit-il remarquer d'un ton léger en essayant de la déchiffrer. Du moins, je l'espère.

Elle secoua la tête avant même qu'il ait fini de parler.

— Rien de ce genre, lui assura-t-elle en s'avançant vers lui. Tu veux une tasse de café ?

— Non merci, ça ira, dit-il en tirant un autre tabouret à côté du sien pour qu'elle puisse s'asseoir. Quelque chose ne va pas ?

Contournant l'îlot, elle s'approcha de lui, pieds nus. Ses boucles brunes étaient rassemblées en un chignon lâche attaché par un crayon. Elle portait le jean et le T-shirt noir à manches longues de la veille.

— J'ai ressassé une dispute que j'ai eue avec mon père la semaine dernière avant de te voir au Stockyard, dit-elle en s'asseyant près de lui.

Son bras effleura le sien, rappelant à Gavin toutes les façons dont ils s'étaient touchés la nuit dernière. Ce simple contact éveilla à nouveau son désir, alors qu'ils avaient couché ensemble plusieurs fois.

— Tu as eu un différend avec le shérif ?

Elle tourna son regard vers lui et haussa un sourcil.

— Tu dis ça comme si mon père était une personne facile à vivre.

— Désolé. Je voulais juste dire que vous semblez avoir une relation si solide tous les deux. Il est tellement protecteur avec toi. Il t'aime beaucoup.

Lauryn serra ses doigts autour de son mug comme pour essayer d'absorber la chaleur de la tasse fumante.

— Merci. Ça me fait du bien de me souvenir qu'être surprotecteur c'est sa façon de me montrer son amour.

— Alors pourquoi cette dispute ? insista-t-il, sincèrement curieux.

Il se demanda depuis quand il avait cessé d'essayer de lui soutirer des informations au sujet de son propre père, mais il doutait à présent que Lauryn ait cherché à se venger de lui en farcissant la tête de son père de récits négatifs à son sujet. La femme qu'il avait appris à connaître n'aurait jamais fait cela.

— Nous n'étions pas d'accord à propos de toi, en fait.

Elle l'étudia un instant avant de reprendre une autre gorgée de café.

— Lui et ma mère refusent d'assister à Étalons à Vendre si je persiste à te garder en tant que célibataire.

Il sentit la déception l'envahir, et peut-être même une pointe d'embarras, ce qui était fou. Il avait depuis longtemps dépassé l'âge d'avoir besoin de l'approbation d'un père pour fréquenter sa fille. Pourtant, la désapprobation du shérif le vexait.

— Je ne vais pas te dire que je suis surpris. Ton père n'a jamais caché son aversion pour moi depuis ce jour avec le quad.

— Mais pourquoi ? demanda Lauryn dont le chignon dégringola sur son épaule quand elle secoua la tête. Il en a vu des frasques d'adolescents au cours de sa carrière, et il n'en a jamais voulu aux autres. Pourquoi s'acharner ainsi à te rendre la vie impossible après toutes ces années ?

Il avait sa petite idée à ce sujet, mais elle poursuivit sans lui laisser le temps de répondre :

— D'ailleurs, une personne dans mon ancienne famille d'accueil m'a dit qu'elle avait vu papa t'arrêter alors que tu n'étais pas en excès de vitesse.

Elle fronça les sourcils et relata rapidement l'histoire qui l'avait troublée.

— Ellen a même téléphoné au commissariat pour leur faire savoir qu'ils avaient arrêté la mauvaise personne, que c'était elle qui roulait trop vite ce jour-là. Mais elle a dit que personne ne semblait s'en soucier.

Gavin couvrit son genou de sa main et y imprima une légère pression.

— Ne t'en fais pas. Entre ton père et moi c'est une longue histoire, Lauryn. Et il y a plus que ce que tu penses.

— Je ne comprends pas, dit-elle en fronçant les sourcils. De quoi parles-tu ?

À ce moment-là, la bonté de Lauryn et sa foi dans l'être humain lui firent honte. Elle n'avait aucune idée de ce qu'il s'apprêtait à lui révéler, et de le réaliser lui fit regretter d'avoir pu la soupçonner.

— Duke Kingsley payait ton père pour me rendre la vie impossible et me remettre dans le droit chemin. Ou, comme aurait pu dire Duke, il le payait pour que je sois surveillé et protégé. Mon père voulait être le premier averti si je faisais des bêtises.

Il passa une main sur sa nuque, comme pour chasser la douleur qui avait commencé à y palpiter sous l'effet de la colère et la frustration.

— Parfois je me dis qu'il voulait simplement justifier le fait de m'avoir toujours donné le sentiment d'être un étranger dans ma propre famille.

Lauryn garda le silence pendant un long moment. Puis elle

posa son café et pivota sur son tabouret pour lui faire face, les yeux agrandis par l'incrédulité ?

— Es-tu en train de...

Elle se massa la tempe avant de continuer :

— Je n'arrive pas à y croire. Tu es en train de dire que mon père a accepté des pots-de-vin de la part de ton père pour te rendre la vie impossible ?

— Non, ce n'est pas ce que je voulais dire, réfuta-t-il aussitôt afin de la rassurer.

Il ne voulait pas dépeindre le shérif sous un aspect négatif car il savait à quel point elle aimait et respectait ses parents.

— Je ne pense pas que ce soit très différent de ses petits boulots dans la sécurité pour arrondir ses fins de mois. Beaucoup de policiers font ça.

— Pas pendant leurs heures de travail ! s'exclama-t-elle en tapant du poing sur le plan de travail en quartz. Ce serait contraire à l'éthique d'utiliser son uniforme de cette façon.

Avait-il eu raison de lui dire ?

— Je suis désolé, Lauryn. Je pensais que tu étais au courant de leur arrangement.

— De quelle façon ?

Elle se laissa glisser du tabouret et commença à faire les cent pas dans la cuisine.

— Comment aurais-je pu savoir ? Je pensais qu'il te harcelait parce qu'il n'avait pas digéré l'histoire de son champ de maïs après toutes ces années.

Pour rendre visite à Lauryn ce jour-là, il avait fait la bêtise de traverser les champs nouvellement plantés en compagnie de ses amis.

— C'est là que ça a commencé.

Gavin le savait parce que son père avait exulté en lui disant de mieux surveiller son comportement à l'avenir.

— Et ton père n'a pas dû être difficile à convaincre, car il était à juste titre énervé à cause de son champ de maïs.

Il ignorait comment il en était arrivé à défendre Caleb Hamilton, mais il savait qu'il ne récolterait rien de bon en brouillant Lauryn avec son père.

Celle-ci battit des cils en le regardant, puis laissa errer son regard sur la baie vitrée où les tout premiers rayons de l'aube imprimaient une lueur rose dans le ciel et l'eau.

Puis elle se tourna à nouveau vers lui. Cette fois, son expression était indéchiffrable, mais son regard limpide et déterminé indiquait explicitement que leur nuit d'amour était terminée.

— Je crois que j'aimerais rentrer à la maison maintenant, dit-elle en posant une main sur le bras de Gavin. Je sais qu'on doit parler de ce qui s'est passé la nuit dernière, mais je suis trop bouleversée pour le moment pour avoir les idées claires. J'ai vraiment besoin de parler à mon père.

L'estomac de Gavin se noua. Ça n'allait sûrement pas bien se passer avec le shérif, surtout quand il apprendrait quelle était la source de Lauryn. Il avait peut-être intérêt à rester un peu plus longtemps avec elle.

— Je vais te ramener.

Il avait laissé un véhicule ici en prévision de leur retour et pour ramener le planeur à l'aérodrome, lorsqu'il aurait été démonté.

— Mais si ça peut te consoler, maintenant que Duke est mort, ton père n'aura plus aucune raison de me surveiller.

Le salaire du shérif s'était arrêté au décès de Duke.

— Sauf qu'il refuse quand même d'assister à mon gala si tu viens. Alors peut-être qu'il n'y a pas que ça, rétorqua-t-elle avec une colère contenue.

Elle se leva et prit sa tasse de café pour vider le contenu dans l'évier.

— De toute façon, je dois lui parler.

Gavin comprit qu'elle voulait partir le plus tôt possible, et regretta qu'ils n'aient pas eu l'occasion de discuter plus longtemps. La vente aux enchères approchait à grands pas, et ensuite il quitterait Silent Spring. Demain, il avait rendez-vous avec un agent immobilier du Wyoming pour visiter des ranchs afin de redémarrer une activité ailleurs, loin de Kingsland.

D'un côté il avait envie de lui rappeler qu'après son départ elle n'aurait plus à s'inquiéter de ce que son père pensait de lui. Mais d'un autre côté, il savait que ce serait plus difficile de partir après la nuit passée avec elle. Que Lauryn l'accepte ou non, les choses avaient changé, car l'alchimie qui existait entre eux n'était pas de celles qu'ils pourraient oublier.

Assise sur la terrasse arrière de la maison de ses parents avec une boisson fraîche et son ordinateur portable, Lauryn attendait que son père rentre du travail.

Elle avait brièvement vu sa mère avant que celle-ci parte rejoindre ses amies du club de lecture, et en attendant le retour de son père, elle avait décidé de vérifier le planning de Sabots et Cœurs sur les médias sociaux, ainsi que l'enchaînement des interviews des candidats.

Elle avait besoin de remplir ses journées à l'approche de la date anniversaire de la mort de Jamie. Pendant des années, elle avait dû faire comme si cette date ne représentait rien de particulier, afin de ne pas contrarier ses parents qui lui avaient demandé de prendre un nouveau départ. Depuis qu'elle vivait seule, elle essayait d'avoir une attitude plus détachée vis-à-vis de sa sœur adoptive, mais cette période n'était jamais facile.

En parcourant les messages alors que quelques merles joyeux sautillaient sur la pelouse, elle réalisa que c'était la journée du profil de Gavin. Le nombre de commentaires sous la photo et les questions-réponses étaient plus élevés que pour tous les autres célibataires.

Son sixième sens la mit en garde de ne pas trop s'attarder sur les commentaires. Prenant une gorgée d'eau, elle se rappela qu'elle avait invité Gavin à participer à la vente aux enchères, précisément parce qu'il était populaire et charmeur : il avait un paquet de fans qui le suivaient depuis sa carrière rodéo et ses courses dragsters.

Pourtant en voyant l'abondance d'émojis flammes, lèvres, baisers et cœurs, elle ne put s'empêcher de parcourir les commentaires.

Gavin, je t'aime ! Je suis prête à enchérir tout ce que j'ai pour une nuit avec toi !

C'était répétitif.

Il y avait d'autres commentaires plus imagés qu'elle dut supprimer en tant que propriétaire de la page. C'était très frustrant car elle ne voulait pas lire les réponses. Effaçant rapidement, elle essaya de parcourir le reste en vitesse, juste pour s'assurer que le contenu soir adapté à la page.

Son œil s'accrocha à un nom : Camille7, avec une fleur blanche à côté du pseudo.

Ses sens la titillèrent un instant avant de se rappeler que Gavin était sorti avec une certaine Camille Jorgensen, la riche fille d'un joueur de polo britannique qui avait pris sa retraite dans un ranch des environs. Il se trouvait que Camille était également une avocate prometteuse en contact avec le shérif… donc son père.

Le commentaire de Camille disait :

Gavin, j'ai une bonne nouvelle pour toi ! J'ai hâte de la partager quand je te verrai à la vente aux enchères. Prépare-toi pour un rendez-vous que tu n'oublieras pas de sitôt quand je gagnerai.

Agacée, elle dut lever les yeux de son ordinateur pour se rappeler qu'elle était assise sur la terrasse de ses parents. Les rouges-gorges chantaient et sautillaient joyeusement et les feuilles du tremble remuaient doucement dans la brise.

N'importe qui aurait été ravi du succès de Gavin qui permettrait à Sabots et Cœurs de récolter de l'argent. C'était ce que Lauryn voulait, n'est-ce pas ? Un bruit provenant de la maison la sortit de ses pensées. Un instant plus tard, une ombre apparut sur le seuil de la porte et son père ouvrit la moustiquaire avec une expression d'heureuse surprise. Il portait toujours son uniforme – kaki de la tête aux pieds –, et une étoile dorée sur la poitrine.

— Lauryn, quelle bonne surprise, dit-il en posant une main

sur son épaule, à l'endroit où ses cicatrices se croisaient. Je me sentais mal après la façon dont on s'est quittés la dernière fois.

L'estomac de Lauryn se noua. Cela allait à l'encontre de tous ses instincts de se disputer avec son père, l'homme qui lui avait offert la sécurité d'un foyer aimant. Mais elle ne pouvait oublier ce qu'elle avait appris sur lui, et elle devait savoir si c'était vrai.

— Papa, j'ai quelque chose à te demander, commença-t-elle en refermant son ordinateur portable.

— J'espère que ce n'est pas à propos de la vente aux enchères, ma chérie, dit-il en prenant une chaise et en faisant craquer le bois sous son poids. Je peux faire un don, si tu veux...

— Est-ce que Duke Kingsley t'avait engagé pour garder un œil sur Gavin ? lâcha-t-elle, trop stressée pour attendre une minute de plus.

L'expression de son père était explicite : sa mâchoire carrée et décidée se relâcha, l'expression de ses yeux bleus qui vous fixaient habituellement avec franchise changea. Il resta silencieux.

Couvrant sa bouche de sa main, elle lâcha un hoquet de surprise et réalisa alors à quel point elle avait espéré que ce serait faux.

— Écoute..., commença-t-il.

Mais elle ne voulait plus rien entendre.

— Est-ce au moins légal ? Ellen Crawford t'a vu l'arrêter alors qu'il n'avait rien fait.

Sa mâchoire redevint aussi solide que du granit.

— Je suppose que tu as entendu ça de la bouche de l'homme en question ?

— Pourquoi est-ce qu'il te déplaît à ce point ? Je n'ai jamais compris...

— Je vais te dire pourquoi.

Son père se pencha en avant, complètement tourné vers elle.

— Parce qu'il se fiche des sentiments des gens, et qu'il collectionne les cœurs brisés. Je l'ai vu à l'œuvre, exactement comme sa mère avant lui.

Elle sentit ses yeux s'écarquiller.

— Sa mère ?

— Isla Mitchell était comme lui avant d'épouser Kingsley. Elle jouait avec les cœurs sans se soucier des conséquences…

Il se tut, et son visage se colora d'une façon inhabituelle. Lauryn comprit tout.

— Tu es sorti avec la mère de Gavin ?

Elle se demanda si Gavin le savait. Il était bien au courant de l'accord entre leurs pères. Que savait-il d'autre sur sa famille qu'elle-même ignorait ?

— Oui, et elle est passée à autre chose dès qu'une meilleure opportunité s'est présentée. Telle mère, tel fils, conclut-il d'une voix amère.

Lauryn ressentit un pincement de tristesse pour sa mère à l'idée que son père nourrisse encore des sentiments aussi forts pour une autre femme.

— Donc, tu t'es vengé en lui rendant la vie impossible depuis qu'il est adolescent ?

Elle rangea son ordinateur portable et se leva, pas sûre de pouvoir en entendre davantage aujourd'hui.

— J'étais venue pour apprendre la vérité, papa, mais je crois que j'ai ma dose.

Surtout quand l'image de coureur que son père avait de Gavin correspondait autant à la réalité après la lecture de tous ces messages, y compris celui de Camille. Sans oublier qu'elle était perturbée de penser que le mariage de ses parents n'était peut-être pas aussi solide qu'elle le croyait. Sa mère avait donc été une relation de rebond plutôt qu'un véritable amour ?

Son estomac se noua lorsque son père se leva pour lui répondre. Mais le shérif comprit peut-être à son expression qu'elle en avait assez supporté, car il poussa un profond soupir et hocha la tête.

— Gavin Kingsley quittera bientôt la ville de toute façon, déclara-t-il en croisant les bras sur son large torse et en la regardant descendre les marches du perron. Il ne sera plus notre problème.

.À la fois furieuse et lasse, elle se retourna pour lui lancer un regard noir.

— As-tu quelque chose à voir avec le fait qu'il ait été déshérité ?

Les sourcils broussailleux de Caleb Hamilton se haussèrent.

— Bien sûr que non. Mais je crois savoir qui l'a fait.

Elle attendit, curieuse. Elle avait peut-être beaucoup de raisons d'être en colère contre son père, mais il était indéniablement au courant de tout ce qui se passait à Silent Spring.

— Qui ?

— L'autre fils de Duke, Clayton Reynolds, a eu une énorme dispute avec lui avant de quitter la ville, expliqua son père en s'accoudant à la balustrade du perron. Plusieurs personnes m'ont rapporté que Clayton avait déclaré que lui et Gavin se vengeraient un jour en détruisant son héritage.

Perplexe, Lauryn essaya de donner un sens à ses propos.

— Et tu penses que Duke a rayé Clayton et Gavin du testament pour éviter que ça se produise ?

Son père haussa les épaules et passa une main sur sa nuque.

— Il a probablement pensé qu'il valait mieux ne pas prendre le risquer de laisser son domaine à deux voyous qui ne cherchaient qu'à le détruire.

Un sentiment d'indignation s'empara d'elle.

— Gavin Kingsley n'est pas un « voyou ». C'est quelqu'un de bien, papa, et je suis déçue que tu sois trop occupé à nourrir une vieille rancœur pour le voir.

Son père ouvrit la bouche, soit pour la contredire, soit pour s'excuser, mais Lauryn ne voulait pas le savoir. Elle leva donc la main pour l'arrêter et secoua la tête avant de s'éloigner. Malgré l'insistance de son père qui l'appela à plusieurs reprises, elle ne voulait pas continuer cette conversation. Ce qu'elle venait d'apprendre était trop douloureux.

Pourtant, en s'installant derrière le volant de son pick-up et en réfléchissant brièvement à ce que son père venait de lui révéler, elle ne put nier ressentir une légère inquiétude au sujet de Gavin. Ou, plus précisément, au sujet de ses sentiments pour lui.

Leur nuit ensemble avait été tout simplement magique. Pas seulement parce que les relations sexuelles avaient été incroyables, mais parce qu'elle s'était réveillée au milieu de la nuit avec toutes sortes de sensations. Gavin l'avait emmenée faire un tour de planeur. Il avait voulu lui montrer le jardin de sa mère. Il l'avait soutenue pendant une crise de panique et n'avait pas exigé d'explications ensuite.

Il avait même senti les cicatrices sur son épaule et n'avait pas insisté, lui donnant du temps pour tout lui raconter quand elle serait prête.

Gavin était devenu quelqu'un de spécial pour elle.

D'un côté elle se sentait excitée et galvanisée, mais d'un autre côté elle se souvenait que l'opinion déformée de son père était basée sur des faits. Gavin était sorti avec beaucoup de femmes et avait la réputation d'être à la recherche de sensations fortes, à la fois dans sa vie et en amour.

Et peu importait à quel point Lauryn avait aimé chaque minute de leur journée ensemble, une part d'elle s'inquiétait à cause de Camille Jorgensen et de toutes les autres femmes qui avaient hâte d'enchérir sur lui à Étalons à Vendre. Et après ce qu'elle venait d'apprendre sur son père, sa confiance en son propre jugement était fragilisée en ce moment.

Gavin partirait bientôt, comme son père l'avait souligné. Donc, si elle avait besoin d'explications, elle avait intérêt à le faire rapidement car le gala approchait à grands pas. Dans seulement cinq jours, Gavin quitterait Silent Spring pour toujours et recommencerait sa vie ailleurs.

Cette pensée transforma toute sensation d'euphorie en balle de plomb dans son ventre.

12

En rentrant du Wyoming après avoir passé la journée à visiter des ranchs, Gavin se dirigea vers le refuge Sabots et Cœurs et vers la femme qui occupait constamment ses pensées depuis leur nuit passionnée.

Après l'avoir déposée chez elle la veille, il avait essayé de lui laisser de l'espace. Elle était agitée après avoir appris la vérité sur son père, et ils n'avaient pas pu parler de leur situation à tous les deux. Avait-il eu tort de lui révéler ce qu'il savait sur le shérif ?

Ce qui le troublait également, c'était de laisser leur relation devenir trop rapidement incontrôlable. Même s'il la désirait – à la folie même – il savait qu'en raison de leur passé ils ne pouvaient prendre des décisions impulsives.

S'il avait insisté pour qu'elle accepte ce rendez-vous, c'était pour lui montrer une autre facette de lui. Au lieu de cela, ils avaient fini au lit et il craignait avoir, contrairement à ce qu'il espérait, confirmé les inquiétudes de Lauryn à son sujet, à savoir qu'il était un coureur et un homme à femmes. Il n'avait jamais cherché à contredire cette réputation qui lui venait de sa période rodéo – bien qu'elle fût largement exagérée – car il cherchait à énerver son père à l'époque.

Un sacré manque de jugeote, à présent qu'il avait rencontré une femme dont l'opinion comptait vraiment pour lui.

Un autre problème le préoccupait. Que faire de ses sentiments grandissants pour Lauryn, alors qu'il ne comptait pas rester à

Silent Spring ? Bien que son conflit avec son père ait été enterré avec celui-ci, Gavin ne voulait quand même rien avoir à faire avec les entreprises familiales, et encore moins avec le ranch Kingsland.

Du moins, il avait pu donner sa propre version de l'histoire à ses abonnés durant sa journée de mise en lumière des célibataires. Il n'avait pas encore vu la réaction des fans, mais il espérait qu'ils cesseraient de boycotter les produits Kingsley. Il avait détesté voir le Stockyard si vide, d'autant plus que l'endroit appartenait uniquement à Levi.

Tournant sur la petite route qui menait au refuge de Lauryn, il admira le résultat de son travail acharné. Il se souvenait encore de l'ancienne propriété, à l'époque où elle était la résidence secondaire d'une famille qui traversait des moments difficiles. Gavin avait été l'ami du fils cadet, et il se rappelait combien l'endroit était envahi par la végétation.

À présent la route d'accès était pavée et élargie, débroussaillée des deux côtés, et des rangées symétriques d'arbres d'ornement avaient été plantés. Le résultat était réussi. L'endroit paraissait accueillant, et il ne doutait pas que les chevaux abandonnés appréciaient la transition vers leur nouveau foyer.

Plus loin, il vit le panneau arqué indiquant Sabots et Cœurs. Des colonnes de brique soutenaient les poteaux de la clôture en bois et éclairaient le chemin avec des lampes en fer forgé de chaque côté. En voyant tout ce que Lauryn avait accompli, surtout quand il atteignit les nouvelles écuries spacieuses, il se sentit heureux qu'elle ait réussi à le convaincre de rester le temps de la vente aux enchères. Elle défendait une bonne cause, et elle saurait mettre les fonds récoltés à profit.

Gavin admirait son éthique professionnelle, d'autant plus que lui avait tout pu entreprendre facilement grâce à la fortune de son père. Il était vrai qu'il avait toujours cherché à réussir par lui-même, mais il avait pu bénéficier de précieux appuis.

Arrivé devant le ranch au large porche en bois, il se gara dans l'allée, regrettant de ne pas avoir amené Rocco avec lui. Son chien adorait Lauryn et se serait amusé à explorer l'endroit. Mais il n'aurait pas été agréable pour l'animal d'être enfermé dans le pick-up pendant les trois heures et demie de route, aller et retour, pour visiter les ranchs.

Il descendit du pick-up et s'avançait dans l'allée quand Lauryn apparut à la porte de la maison. Son cœur battit plus fort rien dès qu'il la vit… Mais, en s'approchant, il s'aperçut que ses yeux brillaient et que sa lèvre tremblait.

Empli d'inquiétude, il la rejoignit à grands pas.

— Lauryn, qu'est-ce qui ne va pas ? demanda-t-il en passant un bras protecteur autour de ses épaules.

Elle portait un gilet gris sur un T-shirt au logo Sabots et Cœurs et un legging noir. Un chat tigré faisait des ronds autour de ses jambes alors qu'ils se tenaient sur le paillasson marqué « Bienvenue ».

— Je vais bien, dit-elle en reniflant et en essuyant ses yeux avec la manche de son pull. Ces derniers jours ont été éprouvants, après avoir appris la vérité sur mon père et d'autres choses qu'il m'a dites. Et puis aujourd'hui…

Un long soupir tremblant lui échappa alors qu'il la tenait contre lui.

— Que s'est-il passé aujourd'hui ? demanda-t-il, regrettant de l'avoir fait souffrir par ses révélations.

Elle se mordilla la lèvre, avant de désigner la balançoire du porche qui se balançait doucement dans la brise du soir.

— Asseyons-nous, suggéra-t-elle en reniflant, les yeux gonflés. Je te devais une explication de toute façon.

Confus, il la suivit jusqu'à la balançoire qu'il immobilisa le temps qu'elle s'installe sur l'épais coussin bleu. Puis il s'assit à côté d'elle.

— Tu n'as pas besoin de me dire quoi que ce soit, à moins que tu le veuilles, lui rappela-t-il.

Il ne voulait pas la forcer à parler, même s'il était dévoré de curiosité. Il tenait surtout à lui offrir tout le soutien possible.

— Mais je t'avais dit que je te donnerais une explication pour la crise de panique, et je ne l'ai jamais fait.

Prenant une profonde inspiration, elle se laissa aller sur le siège et posa sa tête contre l'épaule de Gavin.

— Je veux te raconter l'histoire. J'en ai besoin.

— D'accord, lui répondit-il en repoussant une mèche égarée de sa joue. Je t'écoute.

Comme l'air se rafraîchissait, il prit le plaid posé à l'arrière de la balançoire pour le draper sur les jambes de Lauryn. Les odeurs de foin et de terre provenant des écuries et du paddock à proximité remplissaient l'air. De temps en temps, un hennissement se faisait entendre depuis la grange. Le chat tigré sauta sur la balançoire pour s'asseoir de l'autre côté de Lauryn.

— Je t'avais raconté que j'avais vécu dans des foyers d'accueil avant d'être adoptée par les Hamilton ? commença-t-elle en lissant la couverture sur ses genoux. Mais je ne t'ai pas parlé de la meilleure amie que je me suis faite dans un de ces foyers. Jamie.

Ses tripes se nouèrent à la façon prudente et émue dont elle prononça le nom, car il devinait déjà la fin de l'histoire. Il la serra contre lui et la laissa parler sans l'interrompre.

— Elle avait un an de plus que moi. Jamie aimait les mêmes livres que moi, et nous étions des âmes sœurs heureuses dans une maison pleine d'enfants malchanceux. La ferme était ancienne et mal entretenue, mais notre famille adoptive interdisait l'accès à certains bâtiments extérieurs pour notre sécurité.

Il était de plus en plus glacé à mesure qu'elle parlait, et il ne pouvait qu'imaginer ce qu'elle ressentait en lui faisant revivre ces moments. Sa nuque s'était raidie sous l'effet de la tension, mais il essaya de rester imperturbable.

Elle marqua une pause et posa une main sur son torse afin de pouvoir se tourner vers lui.

— Mais j'étais vraiment attirée par un de ces bâtiments – un hangar délabré avec un petit perron – juste une petite marche de rien du tout et deux colonnes.

Ses yeux se fermèrent brièvement alors qu'elle inspirait en frissonnant.

— Un jour j'ai persuadé Jamie de m'y accompagner, même si elle trouvait ça... dangereux.

Elle se mordit la lèvre avant de poursuivre :

— Elle est quand même entrée avec moi et on a commencé à lire *Une paix séparée*, dit-elle d'une voix brisée. Tout à coup, il y a eu un terrible craquement. Comme un arbre qui tombe. Je l'ai regardée pendant une fraction de seconde avant que tout s'effondre.

— Lauryn, s'exclama-t--il d'un ton douloureux.

Il ne pouvait imaginer l'horreur que cela avait dû être pour elle.

— Tu as été blessée ?

Elle secoua la tête avec impatience.

— Ce n'est pas une histoire sur moi. Tu as senti les cicatrices sur mon épaule. Ce qui m'est arrivé ne compte pas. J'ai essayé de la faire sortir, mais...

Il attendit, souhaitant qu'elle n'ait pas à prononcer les mots suivants, car il détestait qu'elle ait vécu une chose pareille.

— ... elle n'a pas survécu, acheva Lauryn en expirant lentement. Elle est morte parce que je l'avais convaincue d'aller à un endroit où nous n'aurions pas dû être. Si je l'avais écoutée...

Son estomac se noua alors qu'il se rapprochait d'elle, malade à l'idée de ce qu'elle avait traversé. Elle ne devait pas avoir plus de douze ans à l'époque, et elle avait dû affronter ce cauchemar toute seule.

— Ce n'était pas ta faute, Lauryn, dit-il en lui caressant le dos. Tu étais une enfant. Vous étiez toutes les deux des enfants, et vous méritiez que des adultes veillent sur vous.

— Je sais que tu as raison, admit-elle doucement. Mais il m'a fallu beaucoup d'années pour me débarrasser de ma culpabilité. Et même maintenant... c'est un grand effort pour me souvenir que je ne devrais pas me blâmer.

— Je suis vraiment désolé que tu aies traversé ça. Tellement désolé. Je ne peux même pas imaginer l'effet que ça t'a fait quand des enfants ont secoué les poteaux de la tente, ce jour-là.

Il s'en voulait terriblement d'en avoir fait partie. Ce jour avait dû être un terrible rappel pour elle.

— Je ne me souvenais même pas de l'incident jusqu'à ce que tu en parles. C'est étrange que j'aie chassé cet épisode de mon esprit, mais qu'après toutes ces années je me souvienne encore où nous en étions dans *Une paix séparée.*

— Je ne les aurais jamais laissés toucher à ce poteau si j'avais su.

— Je sais, dit-elle avec un sourire tremblant. Vivre sans elle pendant toutes ces années a été difficile, mais je l'ai fait. C'est juste plus difficile à cette date, à l'anniversaire de sa mort.

— C'est aujourd'hui ?

À son hochement de tête, il la serra fort. Il avait lu une fois qu'une étreinte aidait les personnes en souffrance ou en deuil, car cela enfermait la douleur. Il ignorait si c'était le cas pour ce que Lauryn ressentait en ce moment, mais il l'espérait.

Il aurait fait n'importe quoi pour soulager sa douleur ; cette femme donnait tant d'elle-même pour aider les autres.

Ce qui lui donna une idée.

Il lui releva le menton afin de voir ses yeux.

— On pourrait faire un feu, comme un mémorial en son honneur.

Il avait remarqué un brasero en arrivant.

Quelque chose s'anima dans le regard de Lauryn. Quelque chose qui ressemblait presque… à de l'espoir.

Gavin se leva, réchauffé par l'idée. Il se souvint alors d'un geste similaire de la part de sa mère, lorsqu'ils avaient dû quitter Kingsland Ranch.

— Je ne sais pas si ça t'aiderait, mais tu pourrais même lui écrire une lettre…

—… et laisser le feu lui apporter les cendres de mes paroles, termina Lauryn en hochant la tête. Oui, Gavin. J'aimerais vraiment beaucoup.

Une heure plus tard, Lauryn s'assit à côté de Gavin, devant le feu qu'ils avaient allumé à la mémoire de Jamie.

Il avait apporté un banc de la terrasse pour qu'ils puissent s'asseoir côte à côte pendant qu'elle écrivait sa lettre sur un bloc-notes éclairé par les flammes. Elle avait replié ses jambes sous elle et fait rentrer son chat, Festus, pour ne pas avoir à le chercher dans le noir. On entendait les oiseaux s'appeler et chanter par-dessus le crépitement des bûches et le sifflement des étincelles qui fusaient parfois sur l'herbe fraîche et humide.

Même le fait d'écrire la lettre lui parut thérapeutique. Gavin avait eu une bonne idée, que ce soit pour la lettre ou pour le feu. C'était exactement ce dont elle avait besoin.

Elle avait mis de côté ses autres soucis – son père, le mariage de ses parents, Gavin et ce qui se passerait après la vente aux enchères – pour se concentrer sur sa sœur adoptive.

— J'ai terminé ma lettre.

Elle regarda son bloc-notes en pensant aux histoires qu'elles partageaient – celles qu'elles lisaient ou se racontaient. Aux choses qu'elle n'avait jamais dites à personne.

— Tu dois avoir les mains froides, fit-il observer avec tendresse.

Elle appréciait tellement sa présence ici.

— Non, ça va, répondit-elle en pressant tout de même ses doigts contre ses joues pour les réchauffer. Je suis heureuse d'avoir tout écrit.

Gavin sortit une feuille de papier pliée de la poche de sa veste de costume grise. Elle savait qu'il avait visité des ranchs aujourd'hui, et elle trouvait qu'il ressemblait tout à fait à un riche éleveur ainsi vêtu.

— J'espère que ça ne te dérange pas si je...

Il referma la main et froissa légèrement le papier avant de s'éclaircir la voix :

— J'ai écrit mes propres adieux tout à l'heure. J'ai aussi un peu de retard.

S'agissait-il de son père ? Si c'était le cas, celui lui parut une bonne idée. Elle savait que Gavin avait été profondément blessé d'avoir été déshérité, et elle espérait que cela l'aiderait à tourner la page.

— Bien sûr que ça ne me dérange pas, dit-elle en lui prenant la main.

Ils restèrent un long moment côte à côte, fixant les flammes jaunes et rouges qui scintillaient vers le ciel.

— Tu es prête ? demanda finalement Gavin.

Il tendit son papier vers le brasero tandis que la lueur du feu projetait des ombres sur son beau visage.

— Je le suis.

Elle plia ses feuilles, embrassa la missive et la jeta dans les flammes. Puis elle regarda le papier s'enrouler et virer au noir, se rétrécir et se désagréger avant de projeter des cendres blanches dans la brise du printemps.

À côté d'elle, elle vit Gavin jeter sa lettre dans le feu un instant après. Elle ferma les yeux, se laissant envahir par ce moment : le chagrin et l'adieu, l'amour et le souvenir. Son cœur était plein, mais de façon positive.

— Je te remercie, dit-elle d'une voix rendue rauque par l'émotion.

— Je suis heureux d'avoir pu être avec toi aujourd'hui.

Lauryn se tourna vers son grand corps chaud et fort, et sentit une poussée de désir monter en elle.

Il tendit la main et effaça du pouce une larme dont elle n'avait même pas eu conscience. La caresse la fit frissonner.

Cédant à son impulsion, elle saisit son poignet et lui embrassa la main.

— Moi aussi je suis heureuse que tu sois là, parce que j'ai encore besoin de toi ce soir.

Elle se colla à lui avant d'ajouter :

— Si j'éteins ce feu, est-ce que tu rentreras à l'intérieur pour en commencer un autre avec moi ?

— J'aimerais. J'aimerais tellement, Lauryn, dit-il sans pour autant faire un geste pour se lever. Mais je ne veux pas profiter de ta vulnérabilité...

— Ce n'est pas le cas, lui assura-t-elle en posant ses deux mains sur son torse. Tu ne profites pas de moi, puisque je te le demande. Je veux juste me perdre en toi et oublier tout le reste.

Gavin saisit ses hanches. Pour l'arrêter ou la rapprocher ? Elle retint son souffle en attendant de savoir. Sa respiration s'accéléra en se souvenant du goût de ses baisers et de la sensation de sa bouche sur tout son corps.

Peut-être que ses pensées transparurent dans ses yeux, car un instant plus tard il l'embrassa comme si sa vie en dépendait, avec exigence et avidité.

Et elle lui répondit de tout son être, se pressant sans pudeur contre lui en faisant onduler ses hanches. Ses mains se frayèrent un chemin sous la veste de Gavin et se posèrent sur les larges muscles de ses épaules, jusqu'à ce qu'il s'écarte.

— Je vais m'occuper du feu, dit-il en se dirigeant vers le tuyau d'arrosage. Tu devrais rentrer et te réchauffer.

Il ouvrit l'eau et aspergea les flammes.

— Je vais attendre et me réchauffer avec toi.

Elle prit un seau de terre qu'elle gardait toujours à proximité et en versa le contenu sur les cendres.

Il l'avait grandement aidée avec l'idée du feu, sa présence et son oreille compatissante. Si elle pouvait également se perdre en lui, elle pourrait surmonter ce reste de mélancolie.

Gavin ferma le robinet et lui prit la main avec une expression déterminée. Elle frissonna d'anticipation malgré le sentiment pesant de tristesse qui l'avait assaillie toute la journée. Elle avait désespérément besoin de ça.

Besoin de lui.

Quelques minutes plus tard, ils étaient dans sa cuisine sombre et s'embrassaient en progressant dans la maison et en se cognant aux meubles, incapables de se lâcher le temps d'allumer la lumière. Elle retira ses chaussures et trébucha dessus sans jamais lâcher Gavin.

— La chambre ? demanda-t-il en se détachant de ses lèvres pour lui lécher le cou.

— Gauche, murmura-t-elle, les jambes tremblantes. C'est là.

Elle essaya de les guider, mais les mains de Gavin la déconcentraient. Ils heurtèrent le mur du couloir avant de reprendre leur chemin.

Peut-être que les yeux de Gavin avaient fini par s'habituer au noir, parce qu'il la souleva et la porta durant le reste du trajet. Le réveil diffusait une lumière bleue qui éclairait faiblement la chambre. Elle s'empressa de retirer son sweat et son T-shirt.

— Lauryn.

Elle arrêta de dégrafer son soutien-gorge, et vit qu'il la dévorait du regard.

— Laisse-moi faire.

Nerveuse, elle se força à baisser les bras tandis qu'il s'approchait, déjà débarrassé de sa chemise et de sa veste. Mais quand il posa la bouche sur son mamelon pour le lécher et le mordiller, elle arrêta de réfléchir et, le dos arqué, se laissa envahir par les sensations que ce baiser brûlant éveillait.

Il dégrafa son soutien-gorge et le retira avant d'accorder la même attention à son autre sein. Elle voulut lui détacher sa ceinture, mais il s'en était déjà chargé.

— Tu as des préservatifs ? demanda-t-elle

Elle en avait acheté juste au cas où, après leur séjour à la montagne, mais les récupérer dans la salle de bains leur ferait perdre du temps.

— Oui, là. Garde ça pour moi.

Il lui passa le paquet avant de la soulever et l'allonger sur le lit.

Elle était en train de déchirer le sachet quand il lui retira son legging et sa culotte. Un instant plus tard, il la recouvrit de son corps et elle mit le préservatif en place. Leurs regards se croisèrent et se fixèrent.

Le cœur de Gavin battait si fort qu'elle pouvait percevoir ses pulsations. Elle posa sa main dessus, et tous les sentiments qu'elle avait combattus durant la journée menacèrent de remonter à la surface.

Quand il s'enfonça en elle, elle accueillit avec soulagement la montée de chaleur et de désir, prête revivre les sensations merveilleuses qu'il savait éveiller en elle. Il bougea lentement au début, lui donnant le temps de savourer sa progression centimètre par centimètre. Elle enfonça légèrement ses ongles dans son épaule.

— C'est si bon ce que je ressens avec toi, lui murmura-t-il d'une voix rauque tandis qu'il augmentait la puissance et la vitesse de ses coups de reins.

— Ce que je ressens est encore mieux, répondit-elle, proche de l'orgasme.

Elle arqua le dos pour se presser contre lui, bougeant à l'unisson.

Quand il insinua une main à l'endroit où leurs corps s'unissaient afin de la caresser, le plaisir déferla en elle semblable à des vagues puissantes.

Gavin accéléra sa cadence, leurs cris résonnant simultanément alors qu'il la rejoignait dans le plaisir.

Apaisée et heureuse, elle tenta de récupérer son souffle tandis que le corps chaud de Gavin pesait délicieusement sur elle. La nuit avait été spéciale à bien des égards.

Il s'allongea près d'elle et tira une couverture du pied de lit pour les couvrir. Le mouvement dut déloger son chat de quelque part au pied de son lit, car Festus miaula doucement avant de bondir sur un rebord de fenêtre.

Gavin caressa quelques minutes les cheveux de Lauryn avant que ses doigts glissent plus bas, le long de son épaule jusqu'à l'endroit où se trouvaient ses cicatrices. Il en traça les contours avec prudence.

— Ça va ?

Elle comprit sa question et se souvint de ses scrupules à profiter de leur intimité si nouvelle durant cette journée éprouvante pour elle.

— Parfaitement. Et je suis contente que tu sois là.

Elle se laissa à nouveau envahir par ce sentiment de paix ressenti près du feu. C'était si agréable de pouvoir se souvenir de son amie – sa famille – de façon positive.

Mais penser à sa famille adoptive lui rappela la famille brisée de Gavin. Il fallait qu'elle l'informe de ce qu'elle avait appris, et elle ne savait pas comment le faire sans le blesser.

— Et toi ? demanda-t-elle en repensant à sa lettre jetée au feu. La lettre t'a apporté un apaisement ?

— Ça a retiré un poids de mon cœur, admit-il.

À la façon dont il le dit, Lauryn devina que ces quelques mots masquaient énormément de sentiments.

Elle aurait aimé que la pièce soit plus éclairée afin de mieux voir son visage. Silencieuse, elle caressa doucement son bras en attendant qu'il poursuive.

— J'aimerais juste comprendre pourquoi mon père m'a déshérité.

Il lui lança un regard rêveur avant de poursuivre :

— Si j'ai décidé de rester jusqu'au gala, c'est en partie parce que je pensais que tu savais peut-être quelque chose, étant donné que tu avais travaillé pour lui.

— Moi ? demanda-t-elle en se redressant pour lui faire face, glacée par un sentiment d'indignation. Tu voulais te rapprocher de moi pour découvrir ce que je savais ?

Il déglutit avec effort, mais ne fuit pas son regard.

— Au début, oui.

La déception menaça de l'engloutir tout entière. Cette attirance n'était donc qu'un mensonge ?

Mais Gavin, qui ne semblait pas remarquer à quel point il l'avait bouleversée, ajouta aussitôt :

— Ensuite, j'ai appris à te connaître et j'ai réalisé que tu ne m'aurais pas caché une chose pareille si tu l'avais su.

Petite consolation d'avoir été suspectée. D'avoir été... utilisée.

Elle retourna ses paroles dans sa tête, se disant qu'elle était trop à fleur de peau en ce moment pour analyser clairement la situation. Pourtant, elle était blessée.

Plongé dans ses pensées, Gavin regardait le plafond à présent.

— Quoi qu'il en soit, je savais que je n'étais pas son préféré, mais je n'aurais jamais cru qu'il m'en voudrait au point de me rayer de l'héritage Kingsley… mais en me laissant malgré tout le nom.

Il eut un rire dur avant de poursuivre :

— Clayton serait content de ne l'avoir jamais porté finalement.

S'efforçant d'oublier sa propre souffrance, Lauryn se mit à la place de Gavin. Duke Kingsley avait été injuste en rejetant deux de ses fils, mais elle savait aussi que l'amertume et le ressentiment étaient pires que n'importe quelle blessure physique. Aussi triste et désabusée qu'elle fût par rapport à son propre père, elle savait aussi qu'elle essaierait de lui pardonner, car ils étaient une famille.

— J'ai demandé à papa s'il savait quoi que ce soit à propos de l'héritage, s'aventura-t-elle prudemment en espérant que l'information l'apaiserait.

— Et… ? demanda Gavin en se redressant, les épaules tendues.

Lauryn se tourna pour allumer la lampe de chevet afin de mieux le voir. Elle voulait annoncer ce qu'elle savait avec le plus de diplomatie possible.

— Papa a entendu dire que Clayton et ton père se sont disputés avant que Clayton quitte Silent Spring…

— Ce n'est pas un grand secret, rétorqua Gavin en fronçant les sourcils. Nous le recherchons d'ailleurs, car il a disparu.

Lauryn posa une main sur son bras dans l'espoir que ce contact adoucisse la nouvelle :

— D'après mon père, Clayton l'aurait menacé de se venger avec ton aide, en détruisant l'héritage qu'il avait bâti pour ses deux autres fils.

Gavin parut surpris.

— Ça, je n'en avais jamais entendu parler, même si ça ne me surprend pas. Et le shérif pense que Duke nous a déshérités pour protéger le dur fruit de son labeur ?

Perplexe, il secoua la tête alors qu'il semblait peser cette possibilité.

— Mon propre père ne me connaissait pas s'il a pu croire une chose pareille.

— Mais est-ce que ça ne te fait pas reconsidérer ta décision de quitter Silent Spring ? Si le but de ton père était simplement d'essayer de protéger ses biens…

— De ses propres fils ? l'interrompit-il sèchement en récupérant son T-shirt et en l'enfilant. Peu importent ses raisons, son geste prouve au monde entier qu'il ne nous faisait pas confiance et qu'il ne nous aimait pas. Je ne vais pas rester dans une ville où tout le monde pense que je n'étais pas digne de mon vieux.

Était-il en train de partir ? Elle se sentit prise au dépourvu. Elle comprenait qu'il soit bouleversé, mais qu'il parte ainsi après ce qu'ils venaient de partager… ? Elle se leva également et enfila son sweat. Le pull gris la couvrait comme une robe de chambre, mais l'étoffe moelleuse n'offrait que peu de réconfort après un tel échange.

— Mais pourquoi veux-tu que les gens pensent ça ?

Comment pouvait-il s'imaginer une chose pareille ? Gavin s'était forgé une réputation à part en réussissant dans le rodéo et l'élevage, et cela sans l'aide de la famille Kingsley.

— Tous ceux qui ont côtoyé Duke Kingsley savent qu'il était lunatique. Ce n'est pas parce qu'il t'a mal jugé et déshérité que tu dois tourner le dos à tes frères. Ils sont ta famille.

Pendant qu'elle parlait, Gavin avait fini de s'habiller, même si sa chemise restait à moitié boutonnée et que sa veste reposait sur le lit entre eux. Elle se mit à arpenter l'espace de son côté du lit en se répétant que ce n'était pas une dispute. Et pourtant, avec ce lit entre eux, leurs postures tendues et l'anxiété qui lui nouait l'estomac, la tension était palpable. Comme si la situation pouvait à tout moment virer à la dispute si elle ne faisait pas attention.

— Pas d'après mon père, en tout cas, lui rappela Gavin, les yeux assombris par la rancœur.

Elle sentit la moutarde lui monter au nez.

— Comment peux-tu lui permettre de décider de ce qui est

important dans ta vie et de ce qui ne l'est pas ? Tes frères t'aiment et te veulent auprès d'eux pour démarrer l'élevage que vous deviez gérer ensemble.

— Ou ils se sentent simplement coupables de la décision de Duke, et ils proposent de partager avec Clayton et moi afin de se sentir mieux, rétorqua-t-il exaspéré. Je ne vais pas mendier un héritage qui ne m'était pas destiné. Je ne suis pas un cas social sur qui ils pourraient exercer leur charité.

La frustration de Laury se changea en une colère vibrante en entendant ces paroles. Elle remit la couverture en place dans un mouvement brusque tandis que son autre main serrait son sweat pour le garder fermé.

— Pour toi, faire preuve d'amour et avoir le sens de la famille, c'est mendier ? Est-ce que tu me vois aussi comme un cas de charité parce que j'ai été adoptée par mes parents alors que j'étais orpheline ?

Il passa une main sur son visage qui avait pâli.

— Lauryn, non. Bien sûr que je ne voulais pas dire ça.

Mais elle ne parvenait plus à contenir ses émotions. Oui, elle se sentait guérir de la mort de Jamie. Mais une nouvelle douleur avait surgi, liée aux agissements de son père et à son inquiétude concernant le mariage de ses parents. Ou au fait que Gavin avait voulu sortir avec elle dans le seul but de découvrir ce qu'elle savait du testament de Duke. Oh ! et de surcroît Gavin comptait les heures pour quitter Silent Spring. Elle avait là toutes les raisons pour que le stress, la tension et le malaise montent en elle.

— Peu importe à quel point tu en veux à ton père, Gavin, tu as quand même été le fils bichonné d'un Kingsley durant les dix premières années de ta vie. Tu as vécu dans un luxe et une sécurité que la plupart des gens ne connaîtront jamais.

Est-ce qu'il pouvait seulement imaginer le genre d'endroits qu'elle avait connus avant de trouver un foyer chez les Hamilton ?

— Je comprendrais que tu veuilles refuser l'argent. Mais que tu rejettes des gens qui te considèrent comme leur frère et qui ne demandent qu'à te revendiquer comme l'un des leurs ?

Il contourna le lit pour se rapprocher d'elle, peut-être pour continuer à lui expliquer son point de vue, mais elle ne pensait pas être en mesure de discuter davantage quand il se montrait si borné et arrogant. Oui, elle avait peut-être une vision différente de la vie en raison de son passé : elle avait perdu une sœur en un instant, et elle ne retrouverait jamais ce morceau de son cœur et de sa famille.

Même le shérif, malgré tous ses défauts, n'était pas quelqu'un qu'elle abandonnerait sans se battre. Tout comme son père ne l'avait jamais abandonnée, même lorsqu'ils n'étaient pas d'accord. La famille était importante.

— Lauryn, s'il te plaît. Je n'ai jamais voulu suggérer que mes frères n'étaient pas irremplaçables. Avec le temps, peut-être qu'on aplanira les choses.

Elle hocha la tête, la bouche pincée.

— Peut-être bien. J'espère en tout cas que tu auras le temps nécessaire pour le faire. Mais comme tu comptes partir après la vente aux enchères de toute façon, c'est peut-être aussi bien qu'on passe à autre chose.

Dans son cœur, elle savait que c'était elle qui n'était pas « irremplaçable » aux yeux de Gavin. C'était d'ailleurs cela qui lui avait le plus fait de mal ce soir. Peu importaient les moments incroyables passés ensemble, Gavin partirait sans un regard en arrière le moment venu.

Il lui confirma ce pressentiment en acquiesçant un instant plus tard.

La minute d'après, elle était seule dans sa chambre sombre. Alors qu'une douleur profonde commençait à la submerger, Lauryn réalisa qu'elle venait de dire au revoir à l'homme dont elle était tombée amoureuse. Mais avait-elle eu le choix puisqu'il ne désirait qu'une simple aventure ?

Elle s'était menti en se disant que c'était ce qu'elle voulait aussi. Mais en sentant la douleur se propager à toutes les fibres de son corps, elle commença à comprendre l'ampleur de son erreur.

13

Gavin se rendit au Stockyard.

Le bar était sur le point de fermer, mais ce n'était pas d'un verre dont il avait besoin après sa conversation désastreuse avec Lauryn. Non, ses pensées fracturées défilaient à une telle vitesse qu'il avait déjà l'impression d'avoir trop bu.

Ce dont il avait besoin en ce moment, c'était de son frère et d'une analyse qu'il était le seul à pouvoir lui fournir. Et aussi de la compagnie de son chien. Gavin enfonça ses doigts dans l'épaisse fourrure noire de l'animal assis à côté de lui et maintenu par une laisse de sécurité. Il avait fait un arrêt chez lui car il avait laissé le rottweiler seul toute la journée. Ils avaient fait une ballade, puis Rocco avait sauté dans la cabine du pick-up pour cette course nocturne.

Gavin baissa la vitre du véhicule pour le confort de Rocco et lui assura qu'il serait de retour dans quelques minutes. Puis il gara son pick-up dans le parking presque vide du bar, suffisamment près pour pouvoir garder un œil sur son animal de compagnie. Cela ne lui prendrait pas longtemps de toute façon. Il gravit les marches et franchit la porte en se demandant pourquoi cet endroit si fréquenté était toujours aussi vide. Il décida d'interroger Levi et de lui demander ce qu'il pourrait faire pour l'aider.

Sauf que les premiers mots qui sortirent de sa bouche quand il vit son frère au bar furent purement égoïstes parce qu'il ne songeait qu'à Lauryn.

— Est-ce que je donne l'impression de vous tourner le dos à toi et à Quinton en déménageant dans le Wyoming ? lâcha-t-il en se laissant tomber sur un siège près de Levi. Ou est-ce que ça vous soulage de savoir que vous n'aurez pas à diviser la succession ?

— Bonsoir à toi aussi, le salua sèchement Levi en levant le nez de sa tablette électronique ouverte sur une feuille de calcul.

— Oui, pardon. Désolé de m'asseoir sur les bonnes manières quand je suis en pleine crise, mais j'ai sérieusement besoin d'un point de vue sage, et tu es la personne la plus terre à terre que je connaisse.

Il passa une main dans ses cheveux en songeant qu'il était dans le lit de Lauryn moins d'une heure avant. Quand était-cela dernière fois où il s'était senti aussi heureux ? Comment une simple discussion avait-elle pu se transformer en dispute ? Comment avait-il pu en arriver là ?

Éteignant l'écran de la tablette, Levi tourna des yeux fatigués dans sa direction.

— Je n'en serais pas si sûr. Peut-être que je joue juste le rôle de premier-né responsable parce que c'est ce qu'on attend de moi ?

Quelque chose dans le ton de son frère n'allait pas ; une intonation morose qu'il n'associait pas à Levi normalement. La douleur le traversa en repensant à ce que Lauryn lui avait dit sur la possibilité d'arranger les choses avec ses frères s'il quittait la ville.

— Tu as raison. J'ai tort de toujours m'attendre à ce que tu arranges les choses. Ce n'était pas juste de la part de papa, et ce n'est pas juste de ma part non plus.

Il posa alors ses coudes sur le zinc et laissa tomber sa tête entre ses mains. Il ne voulait pas agir comme Duke Kingsley, mais il commençait à entrevoir en lui un côté égoïste qui ne lui plaisait pas du tout. Il se redressa et se tourna vers son frère.

— Mais raison de plus pour vouloir une réponse : est-ce égoïste de ma part de partir ? De vous laisser, toi et Quinton, jouir de l'héritage ?

— Question piège, frangin.

Levi tendit la main derrière le bar pour prendre une grande carafe d'eau et un deuxième verre. Il compléta le sien et remplit le deuxième pour Gavin pendant que le juke-box jouait une chanson country mélancolique qui faisait écho à l'atmosphère morose du bar.

— Étant donné que Lauryn m'a pratiquement traité d'âne égocentrique quand elle m'a mis à la porte de chez elle ce soir… Est-ce que tu pourrais me rendre service et répondre quand même à ma question ?

Levi l'étudia par-dessus le bord de son verre avant de reposer celui-ci sur le bar.

— Est-ce égoïste de suivre sa propre voie ? Bien sûr que non. Est-ce que j'aimerais que tu attendes qu'on règle le désastre créé par papa quand il a coupé la famille en deux ? Oui, Gav. Vraiment.

Jurant doucement, Gavin vida son verre d'eau.

— Tu me l'avais déjà dit, mais j'imagine que je n'ai pas voulu te croire parce que je ne pouvais pas admettre que tu veuilles que je reste, alors que mon départ vous aurait tellement facilité la vie.

Il ne comprenait toujours pas d'ailleurs.

Levi et Quinton avaient travaillé d'arrache-pied pour en être là aujourd'hui. Que leur père leur ait tout laissé n'était pas leur faute. Duke Kingsley les avait tous manipulés depuis sa tombe avec son jeu de pouvoir visant à diviser la famille.

L'expression de son frère s'assombrit.

— Ce que tu ne sembles pas comprendre, c'est que je ne puisse pas – ne veuille pas – faire ça sans toi. Si tu choisissais de refuser ta part de l'héritage, ce serait une chose. Un cauchemar au niveau des relations publiques, mais je gérerais, déclara Levi.

Il s'interrompit le temps de saluer de la main l'un des habitués qui s'était levé pour quitter le bar avant de poursuivre :

— L'entreprise c'est une chose, mais je ne veux pas que ça brise la famille. Ne laisse pas cette histoire creuser un fossé entre nous.

Gavin se souvint du nombre de fois où il s'était tourné vers ses frères pour obtenir de l'aide et des conseils. Comme ce soir. Quand il avait paniqué à l'idée de perdre Lauryn, son premier geste avait été de retrouver son frère. Peut-être devait-il réfléchir davantage à ce qu'il laisserait derrière lui s'il allait au bout de son projet de déménager ? Voulait-il se brouiller avec Quinton et Levi ? Sans parler de Clayton, si jamais ce dernier revenait ?

Il réfléchissait aux paroles de son frère, quand celui-ci demanda :

— Alors, toi et Lauryn Hamilton ?

Le souvenir du sourire de la jeune femme après leur vol en planeur lui rappela tout ce qu'ils avaient partagé. Elle l'avait laissé la tenir dans ses bras la nuit dernière alors qu'elle était malheureuse, et il était extrêmement fier que sa présence l'ait réconfortée.

— Oui… Lauryn et moi, dit-il en fermant les yeux et revoyant son visage quand elle lui avait demandé de partir. Je ne l'ai pas vue venir. J'ignorais à quel point elle serait différente de toutes celles avec qui je suis sorti.

Levi renifla avec dédain.

— Malgré tout le respect que je dois à tes anciennes petites amies, tu aurais dû poser la question à ton terre à terre de frère aîné, et je t'aurais dit que Lauryn n'a rien à voir avec Camille Jorgensen.

Il était conscient de ses relations superficielles passées. Peut-être que cela avait un lien avec la complexité des relations dans sa famille. Son mode opératoire jusqu'à maintenant avait été de s'éclipser avant que la situation lui échappe. Un peu comme il avait prévu de fuir ses frères. D'ailleurs, il avait bien failli fuir Lauryn – la meilleure chose qui ne lui soit jamais arrivée.

Ils partageaient quelque chose de spécial.

Plus que ça même : il l'aimait.

Lauryn, qui travaillait sans relâche pour soutenir une cause chère à son cœur. Lauryn, qui, contrairement à lui, s'était toujours efforcée de faire les bons choix. Elle avait survécu à un passé traumatisant et s'était façonné une vie honnête et sincère. Sa bonté le rendait humble, et il voulait être le genre d'homme qui mérite une femme comme elle.

— Tu as raison, déclara-t-il en voyant soudain les choses

autrement. Je ne peux pas quitt
quitterai pas Lauryn.

Il devait trouver une solution rap
enchères. Parce que Lauryn méritai

— Je l'aime.

Un sourire passa sur le visage de
verre d'eau pour porter un toast silenc

— Je savais que j'aimais bien cette fe

Mais Gavin était déjà ailleurs, songeant
de lui déclarer son amour et lui prouver q

Il se leva et pointa un doigt dans la directio
pour son aide.

— Merci. Merci pour tout. Je vais être un

— Attention, je vais te prendre au mot, ré

Mais Gavin courait déjà vers son pick-up ; i
exceptionnelle à reconquérir.

Tablette à la main, Lauryn passait en revue
parcourant sa check-list des tâches à accomplir a
de la vente aux enchères. Elle s'accrochait à ses list
une bouée de sauvetage depuis sa rupture avec Gavin
auparavant, comptant sur un travail sans relâche pour s
de penser à lui.

Comme elle regrettait leurs paroles irréfléchies a
départ de Silent Spring !

— Champagne ? demanda un jeune serveur en sm
rrêtant devant elle avec un plateau chargé de flûtes pé

Pas pour moi, merci.

lui fit signe de continuer, et jeta un rapide regard
t qui servait habituellement de piste pour les ex
au Kingsland Ranch, temporairement trans
salle de soirée.

struit peu de temps avant la mort de Duke

n'avait pas é
d'une lucar
bois lamell
Comme
n'éclairait
Big Sky ét
country
l'arène, e
le two-s
dansaie
formaie
une rob
frange
pas eu
Av
des c
galer
d'un
recy
de
et
to

Puis elle lui murmura à l'oreille :

— Écoute ce que ton père a à te dire, d'accord ?

Elle hocha la tête avec raideur, ne sachant pas vraiment à quoi s'attendre et ne voulant pas se disputer à nouveau au sujet de Gavin alors qu'elle avait une soirée à gérer. Mais lorsque sa mère les laissa seuls, elle concentra son attention sur son père.

À côté, la piste était remplie de bottes de cow-boy, de stetsons et de smokings. La vente aux enchères n'allait pas tarder à débuter, mais elle pouvait accorder quelques minutes à son père.

— Lauryn, je m'excuse d'avoir été si entêté à propos de Gavin.

Malgré l'éclairage réduit, elle vit que ses yeux bleus étaient emplis d'émotion. De la tristesse, peut-être ? Des regrets, même ?

Sa tension s'apaisa en partie. Elle savait que faire des efforts n'était pas facile.

— C'est un meilleur homme que ce que tu penses, lui dit-elle doucement, le cœur plein de regrets.

— Peut-être. Mais même si ce n'est pas le cas, j'ai réalisé qu'une vieille rancœur ne vaut pas la peine de te perdre. Tu es trop importante pour moi.

Sa gorge se serra d'émotion à ces mots. Elle oublia la fête alors qu'elle plongeait dans le regard de l'homme qui – elle en était certaine – avait fait de son mieux pour être un bon père.

— Tu es important pour moi aussi, papa.

Le shérif lui sourit.

— Notre conversation m'a fait prendre conscience à quel point je suis un imbécile de m'accrocher au passé. J'aime ta mère et j'ai de la chance de l'avoir.

Il détourna le regard et parcourut la salle pour trouver Violet Hamilton qui riait avec une amie près du buffet à desserts.

Le cœur de Lauryn se remplit de soulagement et de gratitude que son père soit capable de reconnaître sa chance d'avoir une telle femme.

— Alors, fais en sorte que maman le sache, insista-t-elle, en songeant à quel point sa mère méritait un partenaire ardent et dévoué qui sache l'apprécier à sa juste valeur.

— Je te promets que je le ferai.

Puis il sourit à nouveau avant d'ajouter :

— Et je vais aussi faire la paix avec Gavin Kingsley. Il est le prochain sur ma liste ce soir.

— Vraiment ? dit-elle encore plus surprise.

Pourquoi fallait-il que son cœur batte deux fois plus vite à la simple mention du nom de Gavin ?

— Il n'est jamais trop tard pour admettre ses erreurs, dit-il en posant ses mains sur les épaules de Lauryn. Est-ce que tout va bien entre nous ?

— Tout va merveilleusement bien, lui dit-elle avec sincérité. Merci d'être venu ce soir.

Son père la serra dans ses bras puissants.

— Je suis si fier de toi.

Lorsqu'il la quitta pour retrouver Violet, un sentiment de bonheur l'envahit. Elle était certaine que son père saurait arranger les choses et elle se sentait déjà bien mieux.

Si seulement ses autres blessures pouvaient être aussi simples à guérir. À présent, le parfum des roses et des douceurs posées sur le buffet emplissait l'air. Elle aurait tellement voulu pouvoir partager sa satisfaction avec Gavin après l'aide qu'il lui avait fournie. Tout ce succès ce soir, c'était grâce à lui. Elle avait vendu des dizaines de billets à la dernière minute durant la semaine consacrée à la mise en lumière des célibataires sur les réseaux sociaux, et sans surprise, la plupart des billets avaient été achetés le jour du profil de Gavin. Sa poitrine se contracta sous l'effet d'une douleur sourde en pensant qu'elle l'avait repoussé. Elle avait eu peur de ce qu'elle ressentait, car tomber amoureuse de Gavin lui avait semblé trop risqué.

Accorder sa confiance aux autres était plus facile à dire qu'à faire, pour elle qui avait été abandonnée par ses parents biologiques, et avait connu une succession de foyers d'accueil et la perte de sa sœur adoptive. Même son intégration au sein de sa famille actuelle avait été difficile. Sortir de sa zone de confort était ce qu'il y avait de plus difficile.

Exaspérée et blessée, elle ressentit le besoin de retourner à sa check-list avant de se remettre à pleurer. Cette soirée était plus importante que ses sentiments, même si elle avait du mal à se le rappeler quand tout son être la faisait souffrir.

Alors qu'elle reportait son attention sur la tablette, Levi Kingsley s'approcha d'elle. C'est lui qui avait été son interlocuteur officiel durant la soirée, étant donné que Gavin ne faisait plus partie de Kingsland Ranch.

— Lauryn, tu aurais un moment à m'accorder ?

— Certainement, répondit-elle avec un sourire poli. La vente aux enchères ne commencera pas avant plusieurs minutes.

Il lui passa une enveloppe blanche où figurait son nom marqué d'une écriture énergique et familière.

— Gavin m'a demandé de te donner ça avant la vente aux enchères.

Son cœur s'emballa en fixant le papier à lettres de haute qualité, curieuse de ce que Gavin avait bien pu lui écrire.

Il fallut que Levi lui mette l'enveloppe entre les mains pour qu'elle réalise qu'elle ne l'avait pas encore prise.

— J'espère que tu la liras tout de suite, Lauryn, déclara Levi à voix basse afin qu'elle soit la seule à l'entendre. Je crois que c'est très important pour mon frère. Et donc, très important pour moi aussi.

Surprise par ses paroles, alors qu'elle croyait que Levi serait fâché contre Gavin parce qu'il allait quitter le Montana, elle ne sut que répondre. Mais Levi s'éloignait déjà, la laissant seule pour lire la lettre.

La nervosité lui noua l'estomac alors qu'elle glissait un doigt sous le sceau et déchirait l'enveloppe. À l'intérieur se trouvaient deux morceaux de papier. L'un était une lettre manuscrite. L'autre un chèque en blanc signé par Gavin.

Confuse, elle se cacha derrière l'une des sculptures en fer pour avoir un peu d'intimité.

Tu es la seule femme au monde qui comptes pour moi.

À la lecture de cette première phrase, elle posa une main sur sa poitrine couverte d'une crêpe de soie ornée de cristaux, comme si cela pouvait l'aider à calmer ses battements de cœur affolés.

L'idée d'un rendez-vous avec quelqu'un d'autre, même le temps d'une soirée, m'est insupportable quand mon cœur ne désire que toi. Je couvrirai le prix de l'enchère, quel que soit le montant, mais je te demande – non, je te supplie – de me gagner. Quelle que soit ta décision, je te promets de ne pas quitter le Montana. Et plus important encore, de ne jamais te quitter si tu voulais bien me donner une autre chance.

À toi pour toujours, Gavin.

Arrivée à la fin de la lettre, elle fit passer sa main de son cœur battant à ses lèvres afin d'étouffer un soupir de surprise et d'émotion.

Il écrivait comme si... s'il l'aimait lui aussi ?

Repoussant le sentiment d'espoir qui la submergeait à cette possibilité, Lauryn se précipita vers la table vestiaire à l'arrière où elle avait laissé son sac à main. Elle n'avait pas le temps de réfléchir car elle devrait bientôt enchérir sur Gavin. Déjà, le commissaire-priseur montait sur scène, annonçant le début de l'événement et présentant le premier célibataire.

Après avoir demandé son sac, elle glissa la lettre et le chèque à l'intérieur avant de remettre sa tablette à un bénévole. Inutile de faire semblant de travailler quand ses pensées étaient tournées vers Gavin Kingsley et que son cœur battait plus vite qu'un pur-sang à la ligne d'arrivée.

Mais il lui fallait le soutien de ses amies avant que Gavin monte sur l'estrade.

— Excusez-moi, murmura-t-elle en se frayant un chemin à travers la foule qui s'était rassemblée autour de la scène.

Une petite piste avait été érigée devant l'estrade afin que les célibataires puissent se rapprocher des personnes qui enchérissaient – un mélange d'hommes et de femmes puisque les célibataires avaient pu demander à recevoir des offres selon leurs préférences de genre.

— Lauryn, murmura une voix alors qu'elle s'approchait de la scène.

Elle se retourna et se trouva nez à nez avec Ellen et Chip Crawford, bras dessus dessous. Elle les serra dans ses bras et s'imprégna de l'amour et du soutien de ces personnes qui feraient toujours partie de sa famille à ses yeux.

— Je suis tellement heureuse que vous soyez là. Merci d'être venus.

— Nous n'aurions raté ça pour rien au monde, s'exclama Ellen avec animation. On ne te retiendra pas longtemps, mais on voulait que tu saches que Zara est folle de Toffee. Je suis si heureuse de voir leur lien grandir si rapidement.

La gorge de Lauryn se noua d'émotion. C'était pour cela qu'elle travaillait si dur pour faire grandir l'association Sabots et Cœurs.

— Merci de me l'avoir dit, répondit-elle après s'être éclairci la voix. Tu devrais venir avec Zara aux écuries une fois que j'aurai lancé l'équithérapie. Je suis sûre qu'elle aimera rencontrer les chevaux.

Après avoir accepté de passer, Ellen et Chip s'excusèrent et laissèrent Lauryn libre de s'approcher de la scène. Elle rejoignit ses amies, Hope et Kendra, tandis que les célibataires se succédaient.

Gavin n'était toujours pas là.

Lauryn savait qu'elle lui avait proposé de passer à la fin, car il lui avait promis de faire monter les enchères. Les sommes données par les femmes sur les réseaux sociaux étaient étonnantes, et elle avait du mal à y croire.

Et comment pourrait-elle accepter d'enchérir sur de telles sommes quand c'était avec l'argent de Gavin ?

Parce que oui, elle désirait vraiment le faire, et sa lettre indiquait clairement qu'il le voulait aussi.

Alors qu'un autre célibataire était décerné à une chirurgienne ravie de Billings pour une somme astronomique, Kendra se pencha plus près pour déclarer :

— Lauryn, je suis si heureuse pour toi. La somme récoltée sera vraiment importante.

Hope se pencha également pour ajouter :

— Si on pouvait convaincre Kendra d'enchérir.

Kendra secoua la tête et, en même temps, son élégant chignon blond scintillant avec une gerbe de fleurs de cristal tissée à travers.

— Je ne suis pas sur le marché, tu te souviens ? Mais si je pouvais me le permettre, je ferais aussi une offre, même si je ne veux vraiment pas sortir avec quelqu'un.

— Je suis si heureuse que vous soyez là. Je ne pouvais rêver de meilleur soutien.

Elle se mordilla alors la lèvre et lâcha la main de Kendra pour fouiller dans son sac à main et en sortir la lettre de Gavin.

— Bon, peut-être qu'il me faudrait un peu plus de soutien. Dites-moi ce que vous pensez que je devrais faire ?

Les yeux de Kendra s'écarquillèrent, et un instant plus tard, ceux de Hope aussi.

— Est-ce que ce serait mal d'enchérir avec son argent ? demanda-t-elle inquiète. Je ne sais pas si…

— Tu as perdu la tête ? chuchota Kendra en lui saisissant les épaules. Fonce. C'est la chose la plus romantique que j'aie jamais vue.

Rassurée par les paroles de son amie, Lauryn sourit, alors que Hope ajoutait :

— Tu ne peux pas laisser un homme amoureux aux griffes des vautours célibataires, Lauryn. Tu dois le gagner.

Était-ce ce qu'il était ? Un homme amoureux ?

Le cœur de Lauryn s'empara de ce mot avec un sentiment de possessivité, en espérant que ce soit vrai.

La voix du commissaire-priseur s'éleva à nouveau pour annoncer que le prochain candidat était celui que Lauryn attendait.

— Et maintenant, pour notre prochain célibataire. Le seul et unique. Votre héros régional du rodéo et l'expert en chevaux : Gavin Kingsley.

La clameur qui monta dans la foule aurait pu intimider Lauryn une semaine auparavant puisqu'elle indiquait que les concurrentes étaient nombreuses. Et pourtant, alors que l'homme qu'elle désirait le plus voir au monde montait sur scène dans son smoking noir fait sur mesure, elle ne doutait pas un seul instant qu'il ne voulait qu'elle.

Ses yeux bruns se posèrent sur elle parmi la foule et lui communiquèrent tout ce qu'elle avait besoin de savoir. Leur lien était si palpable qu'elle avait l'impression d'être dans ses bras.

Lui non plus ne voulait pas la perdre.

L'étincelle entre eux était un feu qui ne voulait pas s'éteindre.

Près d'elle, ses amies commencèrent à l'encourager, mais elle n'était pas prête encore à lever la main. Ce n'était pas pour inquiéter Gavin : elle savait qu'il pouvait lire dans son cœur, tout comme elle avait lu dans le sien lorsqu'il était monté sur l'estrade.

Mais ils avaient passé tant d'heures à planifier cette vente aux enchères qu'elle voulait gagner son étalon primé à son juste prix. Gavin Kingsley valait bien plus que ce qu'elle avait toujours cru. Il était bien plus qu'un dresseur de taureaux ou un éleveur prospère.

— Enchéris vite, l'exhorta Kendra alors que la foule se taisait durant la bataille de deux concurrentes déterminées. La mise est déjà plus élevée que pour les autres célibataires.

Lauryn se retourna pour repérer ses concurrentes, et reconnut Camille Jorgensen. L'autre femme était une petite brune vêtue d'un sari bleu perlé.

Le commissaire-priseur attendait que quelqu'un enchérisse sur Camille.

Lauryn leva sa palette, les yeux rivés sur Gavin.

— Dix mille.

Le cri de surprise parmi la foule lui indiqua que personne n'enchérirait là-dessus. Elle garda le regard fixé sur lui. L'homme qui avait promis de ne jamais la quitter si elle lui laissait une autre chance.

— Une fois, deux fois, vendu à l'enchérisseur numéro vingt-neuf ! déclara le commissaire-priseur avant de passer aux derniers célibataires de la soirée.

Dans un flou total, Lauryn sentit ses amies l'étreindre et la féliciter alors qu'elle se dirigeait vers les marches menant à la scène. En traversant la foule, elle entendit les encouragements et même quelques petits mots taquins. Enfin, elle atteignit la corde dorée et l'écarta pour réclamer son dû ; réclamer son homme.

Gavin l'attendait déjà, les bras ouverts.

Elle se blottit contre lui et respira l'odeur de son après-rasage alors qu'elle posait la tête contre son torse. L'arène et la foule disparurent alors qu'ils se tenaient l'un contre l'autre.

Après un long moment, Gavin recula afin de la regarder dans les yeux.

— Je suis vraiment désolé de ne pas avoir vu tout ce que j'avais en face de moi. J'ai été tellement occupé à ressasser ma colère contre mon père que je n'ai pas vu le mal que je faisais à mes frères et à toi.

Il prit alors son visage en coupe et l'inclina vers le sien.

Elle fondit à ce contact, heureuse de ses paroles même si celles-ci n'étaient plus nécessaires, car elle avait vu sa sincérité lorsqu'il était monté sur scène. Il portait la douleur et le fardeau de son passé, tout comme elle, mais ils n'allaient pas laisser ces souvenirs les briser.

Et elle n'allait pas les laisser leur voler leur avenir.

— J'étais tendue et un peu prompte à me fâcher et me vexer parce que j'étais...

— Tu avais le droit d'être tendue. C'était la pire des journées pour toi.

Elle secoua la tête, le cœur serré à l'idée d'avoir failli tout gâcher entre eux.

— Non. La pire journée pour moi serait celle où je te perdrais.

Si elle avait eu des doutes sur ce qu'il ressentait pour elle, ils s'évaporèrent en voyant ses larges épaules se relâcher de soulagement. Elle n'avait pas réalisé à quel point il était tendu, jusqu'à ce moment.

— Lauryn, je t'aime plus que je ne peux l'exprimer. Mais je veux avoir le temps de trouver les mots pour t'expliquer à quel point tu es précieuse pour moi. Je suis prêt à faire tout ce qu'il faut pour que les choses fonctionnent entre nous. Pour que notre histoire soit aussi heureuse et belle que tu le mérites.

Le cœur de Lauryn s'emballa, et les sensations que son contact éveillait en elle la firent frissonner.

— Alors commençons maintenant, répondit-elle.,

Elle voulait continuer à vivre ses rêves avec Gavin à ses côtés.

— Commençons notre avenir ce soir. Je t'aime aussi, et je ne veux pas attendre un seul jour pour que nous commencions à être heureux comme nous le méritons tous les deux.

Gavin enroula à nouveau ses bras autour d'elle, l'attirant contre son torse et la serrant contre son revers de smoking.

— Je ne sais pas comment j'ai eu autant de chance, mais je ne vais pas m'en plaindre. Je vais faire en sorte que tu ne regrettes jamais de m'avoir choisi.

Sentant son plus beau rêve se réaliser, Lauryn l'embrassa avec tout son amour et en prenant son temps pour le faire correctement.

Heureusement pour elle, ils avaient l'éternité.

JOANNE ROCK

Sensuels souvenirs

Traduction française de
MORGANE FROGERE

PASSIONS

HARLEQUIN

Titre original :
THE RANCHER'S PLUS-ONE

1

— Si tu ne la contactes pas, c'est moi qui le ferai, menaça Quinton en lançant un regard noir à son frère, Levi Kingsley, par-dessus ses bottes noires posées sur le bureau en acajou de Kingsland Ranch.

Elle. Le simple fait de penser à cette femme augmentait le stress de Levi et faisait accélérer son pouls. Mais il refusait de le laisser paraître.

Parmi les trois frères de Levi, Quinton, qui possédait une entreprise de technologie tout en faisant sa part à Kingsland Ranch, était le moins susceptible de chercher les conflits. Il ne se plaignait jamais de la charge de travail et s'acquittait scrupuleusement de ses fonctions, même si Levi savait qu'il avait hâte de quitter Kingsland.

Cela avait donc été une surprise de découvrir que son jeune frère avait un avis sur tout, et qu'il pouvait même aller jusqu'à s'opposer à lui. Levi espérait quand même qu'il changerait d'avis, mais il savait que si Quinton Kingsley n'était pas facile à énerver, en revanche quand il avait décidé quelque chose, il était presque impossible de le faire changer d'avis.

— Personne ne la contactera, affirma Levi avant de reporter son attention sur l'écran de son ordinateur. Du moins pas encore.

La femme en question étant Kendra Davies, une gestionnaire de crise en relations publiques, extrêmement compétente dans son travail. Nul doute qu'elle serait un atout formidable pour eux à présent que les entreprises Kingsley étaient en proie à un cauchemar médiatique.

Si Levi n'avait pas eu une aventure torride avec elle par le passé, il serait déjà en train de composer son numéro.

Il continua à faire défiler une autre journée de commentaires incendiaires sur les réseaux sociaux à propos des entreprises familiales, dont Kingsland Ranch qui était la plus lucrative.

C'était du moins le cas avant que le testament de leur père déchire la famille et déclenche un scandale. Dans ses dernières volontés, Duke Kingsley avait déshérité deux de ses quatre fils, et laissé tous ses biens à Levi et Quinton, nés de sa première union. Au départ, l'histoire avait à peine fait quelques lignes dans les médias sociaux, et provoqué quelques commérages dans la communauté des éleveurs du Montana, mais sans plus.

Puis des secrets sur la vie de Duke avaient commencé à faire surface, ce qui avait conduit à un enchaînement de récits sur les méfaits du patriarche. D'après les dernières allégations, il avait accepté un pot-de-vin pour permettre à un fournisseur d'électricité de déverser de la cendre de charbon sur ses terres. Le sentiment d'indignation contre les entreprises familiales avait atteint son paroxysme. Des influenceurs dans tout le pays avaient rapidement appelé au boycott de la marque d'alcool, Gargoyle King, qui appartenait à Levi, ainsi que de la société de technologie de son frère Quinton.

Aujourd'hui, dans un dernier article écrit par un photographe écologiste, les photos des terres détruites par les dépôts de cendre avaient amené les lecteurs à sanctionner Kingsland Ranch.

Et comme il s'agissait de médias sociaux, les griefs étaient formulés de la manière la plus incendiaire possible.

Le hashtag #KancelKingsley n'avait cessé d'être relayé durant la journée.

Levi était bien sûr furieux des agissements malhonnêtes de son père et de la destruction d'un écosystème, mais c'étaient lui et ses frères qui étaient désormais tenus responsables des dommages. Il détestait être associé à cela, mais étant donné que son nom figurait sur l'acte de propriété, il n'avait d'autre choix que de faire face à la situation.

Pour le moment, le plus important était de dépolluer les sols et de trouver un moyen de minimiser les conséquences néfastes sur le long terme.

— Ça ne te ressemble pas d'être aussi déraisonnable, émit Quinton d'un ton avant de retirer ses pieds du bureau. Surtout quand il s'agit de protéger la famille.

Levi serra les dents en s'efforçant de rester patient.

— Il n'y a rien que je ne ferais pour ma famille et le ranch.

C'était ainsi depuis aussi longtemps qu'il s'en souvenait. Son père avait été plus préoccupé par le pouvoir et la manipulation. Ou, à en croire ce dernier scandale, par le fait de brader Mère Nature pour trois fois rien. Il avait donc été du devoir de Levi, en tant qu'aîné, d'assumer ce genre de responsabilités dès son plus jeune âge.

Est-ce que son père était aussi véreux que ces pseudo-informations le laissaient croire ? Levi n'avait pas encore trouvé de preuves au-delà des hypothèses et des ouï-dire amplifiées par le fait que Duke Kingsley était devenu la tête à abattre détestée par les gens. Mais, même si les allégations étaient fausses, le public les croyait. La publicité négative pourrait anéantir toutes les entreprises Kingsley, et Levi ne pouvait pas le permettre.

— Rien, à part appeler Kendra Davies et admettre que tu as besoin de son aide parce que nous sommes dépassés par le lynchage que nous subissons.

Quinton se leva et récupéra son stetson noir sur le dossier d'un hideux fauteuil en cuir fait avec du bois de wapiti entrelacé au niveau du dossier.

La chose avait été conçue selon les spécifications de leur père et ressemblait à un cauchemar gothique. Cependant, avec tout ce bois, personne n'avait jamais manqué de place dans le bureau du Kingsland Ranch pour accrocher son chapeau.

— Nous ne sommes pas dépassés, affirma Levi en éteignant sa tablette et se levant pour raccompagner son frère. Ce n'est pas parce que papa était cupide qu'il était corrompu. Ses accusateurs n'ont aucune preuve tangible.

Ils quittèrent le bureau et s'avancèrent dans le hall de la silencieuse demeure caverneuse où ils avaient grandi. Levi y vivait toujours, et continuait à y diriger l'entreprise depuis le bureau du ranch qui avait appartenu à leur père.

Quinton avait une maison à Sunnyvale, en Californie, près de son entreprise de technologie, mais il possédait également une résidence sur la propriété de Kingsland où il résidait depuis la mort de leur père, il y a trois mois. Alors que Levi suivait son frère en direction du pick-up argenté, il siffla son border collie, Gunner.

— Tu paries combien que quelqu'un trouvera rapidement des preuves ? demanda Quinton en regardant le chien noir et blanc courir vers eux.

Levi s'arrêta de marcher.

— Tu crois vraiment que papa a fait toutes ces choses dont on l'accuse ? émit-il en se penchant pour caresser les oreilles soyeuses de Gunner.

Il essaya d'imaginer le patriarche Duke Kingsley collectant des pots-de-vin pour fermer les yeux sur des activités qui souilleraient le sol et les eaux souterraines pendant les décennies à venir.

Certes, le site contaminé était éloigné de l'endroit où ils élevaient le bétail et les chevaux, mais quand même. Son père savait mieux que quiconque les implications de ce genre de crime écologique, et Levi avait travaillé assez longtemps à ses côtés pour connaître ses méthodes de travail ainsi que les livres comptables de l'entreprise.

— Je pense que papa avait deux visages : un qu'il montrait au public, et un autre très différent, en privé, répondit Quint.

Il hésita devant la portière de son pick-up, comme s'il voulait ajouter quelque chose.

— Qu'est-ce qu'il y a ? le pressa Levi. Si tu sais quelque chose que j'ignore sur les activités de papa, j'aimerais vraiment que tu m'en parles.

Quint secoua la tête et regarda le sol d'un air renfrogné.

— Je ne suis pas au courant pour les pots-de-vin, mais rien qu'en utilisant de temps en temps son ordinateur, je sais qu'il a trompé toutes ses femmes.

Levi cessa de caresser son chien et se redressa pour regarder son frère avec étonnement. Quinton était un magicien de la technologie, après tout. Il était logique qu'il ait cherché les pistes numériques. Mais depuis quand est-ce qu'il surveillait les activités en ligne de leur père ? Bien sûr, il était de notoriété publique que Duke avait trompé leur mère, même s'il prétendait l'adorer. L'existence de leur frère illégitime Clayton en était la preuve. La deuxième épouse de Duke était entrée dans leur vie quand ils étaient enfants. Isla Mitchell avait été leur nounou avant d'épouser leur père après la mort de leur mère dans un accident de cheval. Levi avait neuf ans et Quinton huit. Quinton avait-il déjà fouillé dans le passé numérique de Duke à l'époque ?

— Donc, comme il trichait avec les femmes, tu penses qu'il était également susceptible de tricher dans d'autres domaines de sa vie ? émit Levi.

Il commençait à comprendre à quel point l'imprudence de son père mettait le ranch en danger. Perdre la terre familiale n'était pas acceptable.

Quint haussa les épaules en levant les yeux vers la chaîne de montagnes Madison qui surplombait le ranch à l'est, au-delà des pâturages.

— Fais-en ce que tu veux, mais ce n'était pas un mari fidèle. Et depuis sa mort, nous savons maintenant qu'il était le genre d'homme à déshériter la moitié de ses fils. C'est tout ce que j'ai besoin de savoir sur le personnage.

Soufflant de frustration, Levi abattit son poing sur le pick-up, détestant ne pas pouvoir résoudre ce vieux conflit avec leur frère.

— Tu penses que papa a fait du tort à Clayton et Gavin, et tu ne veux pas y être mêlé. Je comprends. Mais Kingsland Ranch n'a plus à refléter ses valeurs, car l'endroit nous appartient à présent. Nous pouvons en faire quelque chose dont nous serons tous les quatre fiers. Mais on doit le faire ensemble. Comme une famille.

Quinton ouvrit la portière et s'installa derrière le siège conducteur.

— Je me suis bâti quelque chose de différent. Quelque chose qui ne soit pas entaché par toutes les magouilles malsaines de papa.

Il ne parla pas de l'autre raison qui lui avait fait fuir Silent Spring : le souvenir de la mort de leur mère qui était d'autant plus terrible pour Quinton qu'il était là au moment où cela s'était produit. Il avait surmonté le traumatisme, mais Levi savait que le ranch n'était plus le même pour lui depuis la perte de leur mère.

À présent, son regard résigné faisait craindre à Levi de le voir partir avant qu'ils aient réparé les torts causés par l'héritage.

— Tout ce que je demande, c'est que tu attendes qu'on ait retrouvé Clayton avant de prendre une décision pour le ranch. Qu'on puisse tous les quatre s'asseoir autour d'une table et discuter de ce qu'on veut faire de cet endroit. D'accord ?

Leur frère, Clay Reynolds, avait disparu depuis trois ans, après une grosse dispute avec Duke. Levi avait engagé un détective privé pour le retrouver, et Quinton avait passé de nombreux appels, mais jusque-là ils n'avaient aucune piste concrète. Quint prit place sur le siège du conducteur en évitant son regard et posa son téléphone dans un support sur le tableau de bord.

— Je ne peux pas te le promettre. Pas quand Clay est peut-être parti pour de bon.

Levi n'eut pas l'occasion de répondre car leurs deux téléphones sonnèrent en même temps. L'écran de Quinton s'alluma et la poche de Levi bourdonna. Une alerte météo ? Le ciel bleu ne laissait rien présager de tel. Le temps que Levi récupère son appareil et déverrouille l'écran, Quinton lisait déjà les nouvelles à voix haute.

— « Un témoin dans les accusations contre Duke Kingsley », lut-il sèchement avant de démarrer le moteur.

Levi jura en voyant le titre dans ses alertes un instant plus tard.

Ils avaient tous deux configuré des alertes au moindre article sur la famille, depuis le début de la crise publicitaire.

— Peut-être que c'est juste quelqu'un qui a une dent contre lui, et que ce n'est pas un témoin fiable ?

Il fit défiler le court article, à la recherche de détails.

— Fiable ou pas, nos problèmes avec la marque Kingsland viennent de se multiplier, déclara Quinton par-dessus le bruit du moteur.

La tension fit se crisper les épaules de Levi, comme si elles étaient prises dans un étau.

— D'après ce que je lis, marmonna-t-il en parcourant les brefs détails publiés, ils disent que ça vient d'une source à l'intérieur de la centrale électrique.

Quinton resta silencieux, manifestement pas surpris par la nouvelle. L'estomac de Levi en revanche se noua à la perspective que son père ait vraiment commis des activités criminelles.

Mais cette nouvelle lui fit également réaliser une chose : il devait céder et passer à l'étape réclamée par Quinton.

Pour se sortir de ce pétrin, ils allaient devoir faire appel aux meilleurs, même si cela serait compliqué sur le plan personnel.

— Je vais contacter Kendra aujourd'hui même, affirma-t-il en remettant son téléphone dans sa poche.

Les choses avaient peut-être mal tourné entre eux, mais elle ne refuserait quand même pas un contrat à cause de cela. Kendra était ambitieuse, déterminée et incroyablement séduisante.

Et il se trouvait qu'elle le détestait.

Debout devant sa maison d'enfance où son père vivait désormais seul, Kendra Davies jonglait avec ses sacs de courses en cherchant sa clé.

Elle séjournait ici chaque fois qu'elle retournait dans sa ville natale, à Silent Spring, ce qui lui arrivait plus souvent qu'elle ne l'aurait souhaité. Mais étant donné la santé mentale de son père et sa dépendance aux jeux, ses visites fréquentes étaient nécessaires. Vivre deux ans et demi seule à Denver avait été enrichissant, financièrement et professionnellement, mais son père en avait souffert. Elle ne s'en était pas rendu compte, jusqu'à ce qu'elle passe lui rendre visite à Noël et découvre une maison presque vide.

Tous les meubles et tableaux avaient été vendus pour payer ses dettes de jeu.

Kendra finit par poser un de ses sacs en toile sur la plus haute marche de la petite maison en bois, et retrouva son lourd porte-clés Tiffany & Co.

— Papa ? Tu es à la maison ? hésita-t-elle après avoir ouvert.

Elle ne voulait pas surprendre son père célibataire en compagnie d'une invitée. Elle frissonnait encore en repensant à la seule fois où elle lui avait rendu visite à l'improviste pour le retrouver allongé devant la cheminée en charmante compagnie. Non pas qu'elle lui en veuille de refaire sa vie, au contraire. Une relation de couple stable aurait pu aider son père à sortir de sa dépression qui durait depuis le départ de sa mère, il y a dix ans.

N'entendant aucune réponse, la jeune femme entra et déposa les sacs de courses sur l'îlot de la cuisine. Il fut un temps où cette maison était tellement cosy qu'on s'y sentait presque à l'étroit avec ses gros canapés, ses meubles en bois massif, et les épais tapis turcs aux couleurs vives qui recouvraient le parquet. Désormais tout avait disparu, et le seul meuble du salon était un canapé en cuir d'occasion que Kendra avait récupéré dans un dépôt-vente afin qu'il y ait au moins un endroit où s'asseoir.

La mère de Kendra adorait les gadgets de cuisine, ce qui expliquait également l'absence d'appareils électroménagers. Le plan de travail en quartz était vide, à l'exception d'une cafetière à filtre bon marché. Kendra réfléchit à se préparer une tasse en guise de remontant. Sa journée avait été une course continue depuis le lever du soleil, lorsqu'elle avait été réveillée par un appel d'une cliente – une influenceuse mode et beauté bien connue qui était perpétuellement convaincue d'avoir besoin d'une intervention de crise. Aujourd'hui, la femme était convaincue que la baisse de ses followers était le signe d'une nouvelle catastrophique concernant sa marque.

Après avoir cherché toute la journée, Kendra avait fini par remonter la piste jusqu'à une petite entreprise agricole biologique qui avait publié un article dans un blog au sujet du gaspillage dans l'industrie alimentaire. Ils y avaient cité les somptueuses soirées VIP comme étant une offense dans ce domaine. La section des commentaires avait alors fait référence à une des soirées de l'influenceuse et avait appelé à se désabonner de son compte, ce qui ne représentait qu'une infime baisse dans ses followers.

Les problèmes de gens riches…

Mais Kendra n'avait fait aucun commentaire, car elle était douée dans son travail. Peu de gens savaient que la résolution de problèmes était une seconde nature pour une femme née dans le chaos.

Tout en remplissant la cafetière au robinet, Kendra calculait le temps qu'elle devrait rester à Silent Spring, quand la sonnette retentit.

Est-ce que son père avait oublié sa clé ?

Elle tourna le robinet et aperçut une grande ombre à travers le verre opaque.

Un agent de recouvrement ? Un huissier ? Son estomac se serra à cette idée. Il restait si peu de chose à son père. La main serrée sur la cafetière, elle ouvrit la porte.

Là, sur les marches du perron, se tenait Levi Kingsley dans toute la gloire de ses deux mètres. Son cœur fit une embardée et elle pria pour que son visage ne la trahisse pas. Avec ses cheveux châtain foncé et ses yeux bleus perçants, il faisait tourner toutes les têtes. En jean et bottes, et coiffé d'un stetson couleur sable, il était renversant.

Mais malgré son physique attirant Kendra aurait préféré que ce soit une société de recouvrement.

Elle pinça les lèvres en ravalant toute une série de remarques sarcastiques. Oh et puis zut !

— À quoi dois-je ce plaisir inattendu ? demanda-t-elle finalement en bloquant l'entrée afin qu'il ne lui vienne pas à l'idée d'entrer.

Elle savait qu'il ne fallait pas céder d'un pouce face à l'héritier du puissant clan Kingsley. Levi avait déjà trop pris à sa famille.

— Une crise d'image publique, répondit Levi d'un ton brusque et tranchant, comme si les mots ne lui venaient pas facilement.

Tant mieux s'il était mal à l'aise après la façon dont il s'était emparé de la nouvelle entreprise d'alcool de son père. La sienne aussi d'ailleurs, puisqu'elle l'avait aidé à écrire le business plan. La dernière fois où son père avait montré un semblant de son ancienne joie de vivre, c'était en travaillant sur l'idée de Gargoyle King. Sa dépendance au jeu et sa dépression n'avaient fait qu'empirer depuis.

— Je ne suis pas sûre d'en avoir quelque chose à faire, rétorqua-t-elle, prête à lui claquer la porte au nez.

S'il voulait quelque chose, il allait devoir être plus précis.

— Je veux t'embaucher, déclara-t-il, la mâchoire crispée alors qu'il la fixait de son regard pénétrant.

Argh. Pourquoi est-ce qu'elle songeait au mot « pénétrant » en le regardant ? Elle se morigéna intérieurement… Ainsi que lui.

— Tu plaisantes, j'espère ? dit-elle en se ressaisissant et en tentant de repousser ses pensées déplacées. Aurais-tu oublié qu'on a couché ensemble ?

Elle regretta aussitôt ses paroles. Mais franchement, comment pouvait-il lui demander de travailler pour lui ?

Levi haussa un sourcil et parut réfléchir à sa question. Dans le lourd silence qui suivit, il riva son regard au sien, lui communiquant des choses qui la firent rougir.

Ou peut-être étaient-ce les souvenirs de cette fameuse nuit ?

— Je t'assure que je me souviens de tout, dit-il finalement d'une voix profonde. De manière très vivace.

Si elle croyait être rouge auparavant, elle devait être cramoisie à présent. Non pas qu'elle se sente embarrassée par ce qu'elle avait fait, au contraire. Elle n'avait jamais ressenti un plaisir semblable à celui qu'il lui avait donné cette nuit-là.

Mais il était difficile de ne pas regretter cette aventure quand il l'avait par la suite poignardée dans le dos. Il avait fait miroiter un chèque à son père quelques jours plus tard – une offre que Seth Davies n'avait pas pu refuser – en échange de l'entreprise sur laquelle Kendra avait placé tant d'espoirs.

— Dans ce cas tu devrais savoir pourquoi il n'est pas approprié qu'on travaille ensemble, rétorqua Kendra en saisissant la poignée de porte et se préparant à la refermer pour la deuxième fois.

— Kendra, s'il te plaît, dit-il en retirant son stetson. Je sais ce que tu penses de moi. Je te promets que je ne serais pas ici si Kingsland ne faisait pas face à une véritable catastrophe.

La sincérité de son ton l'arrêta dans son geste. Mais l'instant suivant elle se dit qu'il était bien présomptueux de s'imaginer savoir ce qu'elle pensait.

C'était impossible. Elle avait profondément enfoui son ressentiment, refusant même de lui laisser voir une fraction de sa colère.

Lentement, cependant, la vraie signification de sa visite lui apparut.

— Tu veux que je gère une crise de relations publiques ?

Elle y réfléchit en faisant tambouriner ses ongles sur la porte qu'elle tenait toujours.

La famille Kingsley possédait un nombre impressionnant – et lucratif – d'entreprises. De la marque d'alcool Gargoyle King que Levi avait transformée en un nom célèbre, à une entreprise de technologie, en passant par le ranch et de nombreuses petites sociétés, y compris un bar. Un problème médiatique pour une société holding de cette taille signifiait un contrat juteux pour l'expert qui pourrait les aider. Kendra pourrait utiliser ce genre de contrat pour exiger d'être nommée associée au sein de son entreprise. Bon sang, elle pourrait même lancer sa propre entreprise si elle le voulait.

Elle ne pouvait donc pas claquer la porte au nez de Levi Kingsley, même si elle aurait préféré discuter avec un huissier.

— Peut-être que tu devrais rentrer, dit-elle finalement en s'écartant pour ouvrir la porte en plus grand.

Faisant ainsi entrer les problèmes dans sa vie.

2

Après avoir exposé son souci, Levi prit une gorgée du café que Kendra lui avait servi. Elle l'avait préparé pendant qu'il parlait, s'activant dans la petite cuisine de son père en mesurant le café et versant l'eau dans la machine.

Est-ce qu'elle s'affairait pour mieux garder ses distances et se préserver de l'attirance qui crépitait toujours entre eux ?

Quand elle s'installa enfin sur le tabouret de bar à côté de lui, leurs coudes se touchaient presque sur l'étroit plan de travail. Levi ne put s'empêcher de remarquer à quel point l'endroit était vide et sans aucun meuble, à part un canapé. Est-ce que Seth avait toujours vécu ainsi ? Kendra avait grandi à Silent Spring, mais ils n'évoluaient pas dans les mêmes cercles à l'époque, et il n'était jamais venu chez elle. Elle ne vivait même pas à temps plein avec son père, car elle passait une partie de l'année avec sa mère et son beau-père à Las Vegas. Leur unique nuit ensemble s'était déroulée chez lui, après un rodéo où participait son frère, Gavin. Ils s'étaient retrouvés à la même *after party*, et la conversation avait coulé facilement, tout comme la boisson.

Ils avaient quitté la fête ensemble, et l'instant d'après ils s'arrachaient leurs vêtements dans son pick-up durant des préliminaires torrides, chose qu'il n'avait plus faite depuis qu'il était adolescent. Mais les baisers passionnés n'avaient été que le début d'une des meilleures nuits de sa vie.

Le lendemain matin, il s'était réveillé avec un mot disant qu'elle l'appellerait dès son retour d'un voyage d'affaires. Comme elle ne l'avait pas fait, il l'avait contactée une semaine plus tard.

Elle lui avait alors expliqué que tout cela n'avait été qu'une erreur et qu'elle ne voulait plus le revoir. Pour couronner le tout, elle avait déménagé et passé les trois années suivantes à Denver, à part quelques week-ends à la maison pour voir son père.

— Qu'en penses-tu ? lui demanda Kendra un instant plus tard.

Il se rendit alors compte qu'il n'avait pas écouté, trop occupé à ressasser le passé.

— Excuse-moi, dit-il en posant sa tasse et se tournant vers elle. Désolé. J'ai beaucoup de choses en tête depuis cette histoire de pollution des sols.

Kendra se redressa. Contrairement à la dernière fois où il l'avait vue en compagnie de quelques amies, dans son bar le Stockyard, elle était aujourd'hui habillée de manière décontractée : des bottes en daim et un jean délavé qui épousait ses courbes, complété d'un chandail ivoire dénudant son épaule jusqu'au cou, ainsi qu'un ruban marron pour nouer ses boucles blondes.

Elle l'étudia attentivement de ses yeux noisette. Des yeux qu'il voyait encore dans ses rêves, sauf qu'ils étaient chargés de passion dans ces moments-là.

— Je veux savoir si tu es prêt à t'impliquer pleinement, Levi. Si j'accepte ce projet, j'aurais besoin que le visage de Kingsland soit sous les projecteurs pour rétablir la réputation de vos entreprises.

— Il n'y a pas de priorité plus élevée pour moi que Kingsland.

Il avait tout donné à l'entreprise familiale.

— Mais me mettre sous les projecteurs ? ajouta-t-il en levant sa tasse. C'est pour éviter ça que je t'embauche.

— Ce n'est pas comme ça que ça marche, argua-t-elle en croisant les bras. Je peux vous aider à réparer les torts, mais je ne peux pas être le visage de Kingsland.

Frustré, il serra sa tasse un peu plus fort.

— Alors ajoute-le au contrat. Je payerai ce qu'il faut...

— Évidemment que tu payeras ce qu'il faut... en supposant

que j'accepte de vous représenter. Mais aucun salaire ne me transformera par magie en une Kingsley qualifiée pour parler des entreprises Kingsley.

Il voulut argumenter, mais en voyant sa posture tendue, il devina qu'elle ne reculerait pas sur ce point. Le seul bruit dans la maison était le tic-tac d'une horloge blanche suspendue au-dessus de la fenêtre de la cuisine.

— Peut-être que je pourrais convaincre Quinton de le faire, dit-il en réfléchissant à voix haute.

Mais il savait qu'il avait autant de chances de convaincre le décontracté Quint d'être sous les projecteurs que de persuader Kendra de renoncer à cette exigence.

Quint avait commencé à s'interroger sur les activités de leur père avant même que le public s'y intéresse. Et il voulait abandonner Kingsland de toute façon.

— On en reparlera donc quand un membre de ta famille s'engagera à prêter son visage à vos entreprises. Jusque-là, il n'y a rien que je puisse faire pour t'aider.

Sur ce, elle se détourna de lui et leva sa tasse de café pour en prendre une autre gorgée.

Bon sang. Il était dos au mur.

Était-ce son imagination, ou est-ce qu'elle semblait ravie ? Son manque d'empathie pour sa situation – elle avait quand même rechigné à le laisser entrer dans la maison – le laissait perplexe. Qu'avait-il donc fait pour l'énerver à ce point ? Il était pourtant certain qu'elle était consentante pour coucher avec lui il y a trois ans.

Il s'était passé quelque chose depuis, et il ignorait totalement quoi. À l'époque, il était occupé à mettre Gargoyle King sur le marché et il n'avait pas vraiment cherché la raison de son inexplicable froideur, puisqu'il n'était de toute façon pas à la recherche d'une relation durable. Ni maintenant d'ailleurs.

Mais son changement d'attitude soudain demeurait tout de même un mystère.

— Disons que j'accepte de m'en charger, dit-il avec un soupir las.

Le plus important était d'obtenir l'aide de Kendra. Il ne comptait plus le nombre de fois où il avait porté le poids de son nom et s'en était senti responsable. Il avait fait de son mieux au fil des ans pour protéger ses jeunes frères des bouleversements et des malheurs qui allaient de pair avec le fait d'être élevés par un père égocentrique et autoritaire. Mais ce n'était pas pour autant que cela lui plaisait.

— Qu'est-ce que ça impliquerait d'être « sous les projecteurs » ?

Il avait toujours été meilleur dans les coulisses, surveillant son bar depuis l'arrière-boutique, et son ranch depuis le bureau. Le secret de son succès avait été d'embaucher les bonnes personnes et de les laisser faire leur travail. La plupart du temps, il préférait rester à l'écart et ne pas prétendre avoir toutes les réponses.

— Pour minimiser les dommages causés par les actes de ton père, tu devras entreprendre ce qu'on appelle une campagne de bonne volonté, afin de remplacer le récit négatif par un récit positif.

Kendra se glissa en bas de son siège et alla rincer sa tasse dans l'évier. Comme elle lui tournait le dos, il se demanda si l'entretien était terminé. L'irritation le gagna. Il était venu lui demander de l'aide – chose déjà pas facile – et il n'appréciait pas son attitude froide alors qu'il faisait de son mieux pour rester professionnel.

— En termes simples ? insista-t-il, avant de se rappeler qu'il ne pouvait pas se permettre de se la mettre à dos. Qu'est-ce que je devrai faire ?

Après s'être séché les mains sur un torchon, Kendra se tourna vers lui, mais sans le rejoindre. Appuyée contre l'évier, elle l'observa à l'autre bout de la petite cuisine.

— J'organiserai une tournée de bonne volonté, et tu passeras les prochaines semaines à assister à des événements caritatifs médiatisés.

Il passa une main sur son visage et lâcha un juron.

— Et en quoi perdre mon temps à des soirées costume cravate aidera la cause de Kingsland ?

Elle lui adressa un sourire crispé.

— Tu feras des dons généreux, bien visibles et publics, et je veillerai à ce que tes contributions soient largement couvertes par les médias. Tu te rendras également disponible pour des séances photos et des interviews, afin de discuter de ta nouvelle mission caritative pour Kingsland.

L'idée d'abandonner l'entreprise durant des semaines fit monter en lui une poussée d'angoisse. Est-ce que cela ne paralyserait pas la marche quotidienne du ranch ? Et le bar ? Et sa marque de spiritueux qui était en plein essor ?

Mais quelles seraient les conséquences pour ses entreprises s'il ne venait pas à bout de la publicité négative ? Et s'il n'y avait que cela ! Mais il fallait aussi penser à la société technologique de Quint et au nouveau haras de Gavin.

Les enjeux étaient élevés pour eux tous, et il n'était pas en position de refuser.

— Je vais le faire, acquiesça-t-il finalement en repoussant sa tasse vide avant de se lever. Mais tu devras m'accompagner à chaque étape pour que je ne fasse pas n'importe quoi.

Elle fronça les sourcils.

— Je te donnerai l'itinéraire et les lieux d'arrêt une fois que j'aurai tout organisé, mais il n'est pas nécessaire que je sois là.

— C'est absolument nécessaire, au contraire. Je veux que tu sois là en cas de problème.

Il ne voulait pas s'attarder sur les raisons de son entêtement, mais il était certain qu'elle serait un atout au cas où quelqu'un le mettrait sur la sellette avec des questions inattendues.

— Tu seras ma cavalière à ces événements.

Une vague d'attirance malvenue réchauffa la peau de Kendra alors que Levi s'approchait en la fixant de son regard bleu et ardent.

Elle n'avait aucune raison de réagir ainsi, surtout quand il se montrait aussi exigeant dans cette surprenante négociation. En se levant ce matin-là, elle n'aurait jamais pu imaginer que son ancien amant se présenterait à la porte pour lui demander de l'aide. Dans un monde parfait, elle aurait été ravie de lui claquer la porte au nez. Mais elle ne pouvait se laisser dominer par ses ressentiments alors que ce travail pourrait catapulter sa carrière en la faisant passer associée.

Est-ce qu'une réussite pareille ne prouverait pas au monde entier qu'elle n'avait rien en commun avec sa mère qui se définissait par rapport aux hommes de sa vie ? Plus important encore, est-ce que cela ne l'aiderait pas à s'en convaincre elle-même ? Elle visait déjà cet objectif avant sa désastreuse aventure avec Levi. Après coup, en repensant à sa décision impulsive de coucher avec un homme riche et puissant, sa détermination à ne pas être ce genre de femme n'en avait que grandi.

La voix profonde de Levi interrompit ses pensées.

— C'est d'accord ?

Il se tenait près d'elle, devant l'évier de la cuisine et suffisamment proche pour qu'elle soit très consciente de sa présence, de son parfum de cèdre et de musc, et de ses yeux bleus qu'elle voyait d'autant mieux qu'il avait laissé son stetson sur le porte-chapeaux près de la porte.

— Non, répondit-elle en secouant la tête afin de repousser le souvenir de leur nuit ensemble et se concentrer sur le travail. Ce que tu suggères n'est pas seulement peu orthodoxe, c'est également inapproprié dans une relation professionnelle. Mon patron n'approuverait jamais que je pose un congé pour être ni plus ni moins le faire-valoir d'un client.

Ce n'était pas tout à fait vrai. Son patron serait ravi de ce contrat et accepterait volontiers n'importe quel voyage édicté par Kendra.

Mais elle avait ses propres réserves à l'idée de passer autant de temps en contact étroit avec Levi. Il suffisait de voir l'effet qu'il lui faisait rien qu'en se tenant près d'elle : son pouls s'accélérait et sa peau se réchauffait… alors qu'elle ne l'appréciait même pas !

— Un faire-valoir ? Kendra, je ne te demande pas ça parce que tu es attirante. Je veux simplement bénéficier de tes compétences pour sortir de cette crise.

Elle songea à le rabrouer mais elle craignit qu'il s'en aille, et une part d'elle ne le voulait pas, à présent qu'ils avaient enfin rediscuté. De plus, maintenant qu'il lui avait fait miroiter la perspective d'un tel contrat, elle ne pouvait nier qu'elle en avait très envie.

Levi reprit la parole alors qu'elle réfléchissait à ses options.

— Et si je te donnais une motivation personnelle d'accepter ?

Sa gorge s'assécha à l'idée de ce qu'il pourrait proposer.

— C'est-à-dire ?

La bruyante horloge accrochée au mur lui rappela les quelques meubles bon marché achetés par son père en remplacement de tout ce qu'il avait perdu au jeu.

Une raison de plus pour accepter ce travail. Elle aimait son père malgré ses défauts, et elle souhaitait le voir heureux et pouvoir l'aider financièrement.

— Et si j'offrais à ton père une place au conseil d'administration de Gargoyle King ?

Il l'étudia dans la faible lumière qui filtrait par la fenêtre de la cuisine où l'on pouvait voir le temps se couvrir.

Elle essaya de ne pas laisser sa mâchoire se décrocher malgré le choc. Est-ce que Levi savait à quel point elle avait été anéantie par sa décision de racheter l'entreprise de son père ?

Toutes ces années à en vouloir au riche héritier de Kingsland sans vraiment savoir s'il avait conscience de tout ce qu'il leur avait pris. Seth Davies avait accepté l'offre et flambé toute la somme aux jeux de hasard en l'espace de trois jours. Mais ce faisant, il n'avait pas réfléchi au fait que la vente de l'entreprise le priverait d'un objectif productif dans sa vie.

Sans compter qu'il avait tout dilapidé.

Mais si Levi lui offrait ce poste, peut-être qu'il était parfaitement conscient du mal qu'il leur avait fait ?

— Tu pourrais arranger ça ?

Elle détourna les yeux de son regard trop perspicace en touchant nerveusement la sangle du sac de courses posé sur le plan de travail de la cuisine. Elle n'avait pas encore eu le temps de remplir les placards avec les affaires apportées de son appartement de Denver lorsque Levi était arrivé.

— Absolument. Nous ne sommes pas une société cotée en Bourse et le conseil d'administration est composé de personnes nommées par moi-même ; des gens dont je respecte l'opinion.

L'estomac de Kendra se noua en songeant à sa proposition compliquée... sans parler des déplacements : elle devrait voyager avec Levi et être sa cavalière durant des semaines. Un scénario qui mettrait à rude épreuve leur attirance mutuelle. Cependant elle ne pouvait nier que signer un tel contrat la faisait rêver.

De plus, son père pourrait retrouver un but dans la vie s'il pouvait concentrer son esprit vif et ses capacités créatives à quelque chose de constructif. Plus jeune, il avait écrit une œuvre de fiction à succès, et avait été salué par la critique comme une étoile montante littéraire. Il avait alors rencontré la mère de Kendra au cours d'une séance de dédicaces. Jennifer Leonard, âgée de vingt-deux ans, avait profondément enfoncé ses griffes en sentant l'opportunité de s'élever au-dessus de ses humbles origines et de quitter la ville du Kansas où elle avait grandi. Mais onze ans plus tard, lorsque l'argent de Seth s'était tari sans qu'il réussisse à écrire d'autres livres, Jennifer était passée à un mari plus fortuné, brisant le cœur du père de Kendra et le laissant sans but. La thérapie ne lui avait pas été d'une grande aide, mais Kendra croyait vraiment qu'un nouveau projet pourrait tout changer.

— Et tu écouterais son avis ? demanda-t-elle en s'éloignant de cet homme qui faisait dérailler sa capacité de raisonner. Ce ne serait pas juste un poste symbolique ? Je sais que mon père a fait des erreurs, mais il a de bonnes idées et une expérience précieuse.

Ses talons résonnèrent sur le parquet du salon presque vide. Quand elle se retourna, elle vit que le séduisant visage de Levi affichait une expression perplexe.

— Pourquoi donnerais-je un poste à quelqu'un qui n'aurait rien à m'offrir ? demanda-t-il avec étonnement. Bien sûr que j'écouterai ses opinions. C'est le sens des affaires de ton père qui a créé le concept de base de Gargoyle King.

La réponse apaisa quelque peu sa colère de longue date envers Levi. Au moins, il reconnaissait que son père avait du talent. Un soupir de soulagement lui échappa.

— Il faudrait que je consulte mon patron avant de te donner un devis pour une mission comme celle-ci, le prévint-elle avec honnêteté.

— Bien sûr. J'espère cependant signer le plus tôt possible, car chaque heure qui passe où le nom Kingsley est traîné dans la boue fait du tort à toutes nos entreprises.

Il sembla soudain moins tendu en s'avançant vers le porte-chapeaux pour récupérer son stetson.

Kendra n'aimait pas la façon dont son cœur tambourinait à son approche. Comment pouvait-elle envisager de passer du temps avec lui quand sa présence la mettait dans un tel état ? Serait-elle capable de le cacher ? Elle se figea quand leurs regards se croisèrent. Son corps se remémora ses caresses… et y aspira, même après tout ce temps.

— Je ferai mon possible.

Elle fit un effort pour rester droite et ne pas serrer ses bras autour d'elle. Cet homme leur avait infligé une telle trahison à son père et elle qu'ils n'avaient toujours pas réussi à s'en relever. Ce rappel l'aida à refroidir ses ardeurs.

— Dans le meilleur des cas, tu auras une estimation des frais et un contrat dans ta boîte mail d'ici la fin de la journée. En règle générale, nous demandons la moitié à l'avance.

— Pas de problème. Et j'apprécie que tu acceptes de travailler avec moi malgré…

Il laissa sa phrase en suspens pendant qu'il posait son chapeau sur sa tête.

— … tout.

Cette pause lourde de sens fit remonter en elle les souvenirs encore vivaces de leur nuit ensemble.

Pas la trahison, mais le sexe sans retenue qui les avait fait passer de simples connaissances à des amants connaissant tous les détails intimes sur la façon de se faire plaisir mutuellement, et s'arracher des gémissements et des soupirs de plaisir.

— Je pense qu'il serait préférable qu'on oublie le passé et qu'on se concentre strictement sur le travail, déclara-t-elle froidement en faisant un effort pour se ressaisir.

Elle savait que ce ne serait pas facile. Surtout quand le regard de Levi s'attardait sur sa peau nue, à l'endroit où son pull avait glissé de son épaule. Pouvait-il voir son pouls bondir à cet endroit ? Elle le sentait en tout cas, mais hors de question de faire savoir à Levi à quel point il continuait de l'affecter.

— Je ne demande qu'à me concentrer sur le travail. Mais oublier ce que nous avons partagé ?

Il saisit la poignée de porte sans la quitter des yeux et ajouta :

— Impossible.

Elle n'avait pas réalisé qu'elle retenait son souffle jusqu'à ce que la porte se referme sur lui. Puis, l'air s'expulsa avec une telle force de ses poumons qu'elle s'écroula sur le canapé.

Dans quoi venait-elle de s'embarquer ?

3

— Vous pourriez tester votre microphone, monsieur Kingsley ?

Assis derrière une table placée sur une estrade à l'intérieur de la piste d'équitation de Kingsland Ranch, Levi leva les yeux de ses fiches cartonnées où étaient notés les points à aborder. L'une des assistantes de production de Kendra, une brune athlétique, lui fit signe d'utiliser le microphone qu'elle avait épinglé sur le revers de sa veste quelques minutes plus tôt.

Levi prononça les premiers mots de son communiqué de presse soigneusement rédigé, jusqu'à ce que la petite brune acquiesce avec satisfaction et se précipite pour consulter l'homme qui notait les emplacements de la vingtaine de journalistes sélectionnés et attendus. Kendra était occupée à informer Gavin et Quinton – tous deux assis à la même table que lui – de leurs rôles dans la réunion à venir.

La jeune femme avait choisi l'arène de Kingsland pour sa conférence de presse. En effet, sa première ligne de défense avait été de réunir la presse afin que Levi puisse s'approprier les problèmes des entreprises Kingsley et répondre aux accusations de crimes environnementaux présumés de Duke Kingsley. Tout s'était rapidement enchaîné après la signature du contrat, deux jours auparavant. Levi croyait qu'elle commencerait par préparer la tournée dont elle avait parlé, mais sa toute première tâche avait été d'organiser une réponse publique aux accusations en faisant une déclaration scénarisée, suivie d'une brève séance de questions-réponses.

Des chaises pliantes métalliques étaient installées devant l'estrade où étaient assis Levi et ses frères ; une astuce qui, selon Kendra, ferait paraître la famille Kingsley en situation d'autorité et de contrôle.

Profitant du fait que Kendra était occupée avec le micro de Gavin, Quinton se pencha vers Levi.

— Tu as donc arrangé les choses avec Kendra ? demanda-t-il à voix basse.

— Il n'y avait rien à arranger, répondit Levi en couvrant son microphone d'une main. Et essaye de te rappeler que si tu as un micro, quelqu'un peut t'entendre.

Quinton détacha l'appareil de sa veste grise et le posa sur la table en métal alors que l'équipe de production s'activait sur les problèmes d'éclairage et de son.

— Là. Un problème en moins. Maintenant, s'il te plaît, ne me prends pas pour un idiot, car tout Silent Spring a remarqué que Kendra et toi étiez en froid ces dernières années.

Le regard de Levi se posa sur Kendra. Vêtue d'un tailleur bleu marine tout simple et d'un chemisier en soie couleur crème, elle était l'incarnation de l'élégance discrète. Des escarpins taupe à talons hauts mettaient en valeur ses mollets alors qu'elle se penchait en avant pour régler le micro de Gavin.

Levi retira également le sien et fronça les sourcils en regardant Quint.

— Si c'était vrai – et je ne dis pas que ça l'est – ça n'en resterait pas moins ma vie privée.

— Ta vie privée ? répéta Quinton en pressant ses tempes entre le pouce et l'index. Quand elle a le pouvoir de détruire nos entreprises ? Tu te moques de moi ?

— Je l'ai embauchée comme tu me l'as demandé, rétorqua Levi en pointant un doigt sur le visage de son frère.

Il en avait assez de la pression infernale des médias, des

retombées sur le ranch, et de l'attitude de Kendra pour des raisons qu'il ne comprenait pas.

— Ne dépasse pas les bornes en fouillant dans ma vie privée.

Son frère l'étudia avec attention. Autour d'eux, les pieds métalliques des chaises raclaient contre le sol de la plate-forme tandis que l'équipe du son testait les haut-parleurs à l'arrière de l'arène.

Enfin, Quinton secoua lentement la tête, pas du tout perturbé par l'explosion de colère de son frère.

— Je n'en reviens pas que tu n'aies pas arrangé les choses avec elle avant de l'engager. Qui es-tu et qu'as-tu fait de Levi, le diplomate responsable de la famille ?

Levi serrait les dents en luttant contre l'envie d'expliquer à son frère le sens précis des mots : « occupe-toi de tes affaires », quand Kendra s'avança vers eux.

— Tout va bien ici ? demanda-t-elle avec inquiétude. Levi, tu as l'air prêt à exploser. As-tu besoin d'une pause avant de commencer ? Tout le monde est prêt.

— Je vais bien.

Il ignora le bref sourire narquois de son frère, et tourna son attention vers les fiches devant lui.

— C'est quand tu veux.

Sans rien dire, Kendra fronça les sourcils en fixant le micro posé sur la table. Leurs mains se touchèrent quand ils voulurent le récupérer en même temps, et les doigts fins aux ongles rouges de Kendra se posèrent brièvement sur le poignet de Levi. Elle portait une délicate bague en argent sertie d'une opale scintillante à son majeur, et Levi sentit brièvement sa peau douce et fraîche contre la sienne alors qu'une fragrance de son parfum de jasmin lui parvenait.

L'odeur raviva une multitude de souvenirs de leur nuit ensemble, quand il avait taquiné son cou par des baisers et cherché les endroits où le parfum était le plus présent.

Le souffle court, Kendra lui prit le micro des mains.

— Laisse-moi faire.

D'un geste brusque, elle replaça l'appareil sur le revers de sa veste avant d'en régler l'angle.

— Il faut que tout se passe bien aujourd'hui, d'accord ? Le moment crucial dans la gestion de crise, c'est la première réponse.

Levi était entièrement d'accord, sauf qu'il était trop occupé à essayer d'ignorer les seins de Kendra qui se trouvaient au niveau de ses yeux, et ses boucles blondes qui caressaient sa main tenant toujours ses fiches.

— Nous serons prêts, lui assura-t-il, heureux qu'elle soit aux commandes. Merci d'avoir organisé cette conférence de presse.

— N'oubliez pas que le principal objectif est de nous approprier la situation. Il faut faire preuve d'honnêteté et d'intégrité, déclara-t-elle en se tournant vers Quinton, qui avait déjà replacé son micro.

Puis, elle adressa un sourire crispé à Levi, ce qui sembla lui coûter un gros effort.

— Et pas besoin de me remercier. C'est pour ça que tu me payes.

Alors qu'elle s'éloignait pour annoncer à la salle que les portes allaient bientôt s'ouvrir pour accueillir les médias, Quinton siffla doucement dans sa barbe.

— Bon sang, Levi. Avec tout le respect que je dois à ta vie privée, cette femme ne t'aime pas du tout, déclara-t-il alors que les journalistes entraient dans une vague bourdonnante de caméras et d'équipements de son.

Réprimant son irritation, Levi s'efforça de garder une expression neutre.

— Alors c'est une bonne chose qu'elle n'ait pas à m'aimer pour bien faire son travail.

— Peut-être. Mais pourquoi avoir insisté pour l'emmener en tournée alors qu'elle arrive à peine à te sourire, répondit son frère en étouffant un petit rire.

— Et ça t'amuse ? rétorqua Levi à voix basse, conscient qu'on pourrait les entendre.

Les chaises pliantes commencèrent à se remplir alors que les journalistes et les équipes de tournage s'installaient aux places qui leur avaient été attribuées.

— Un peu, oui. Tu es le plus aimable des Kingsley, alors je trouve amusant que la femme censée nous sauver ne soit pas du tout sous ton charme.

Il leva alors les yeux de la table pour observer la foule qui tiendrait bientôt l'avenir des entreprises Kingsley entre ses mains, et ajouta :

— Et étant donné que tout ce pour quoi nous avons travaillé si dur est en train de s'écrouler, tu peux difficilement me reprocher de me divertir un peu de la situation dans laquelle notre père nous a plongés.

Avec le poids de leur avenir dans la balance, Levi ressentit l'impact du naufrage des marques Kingsland. Et pour la première fois de la journée, il fut on ne peut plus d'accord avec son frère.

Debout devant le micro sur pied placé sur l'estrade qu'elle avait fait installer pour la conférence de presse et prête à intervenir si besoin était, Kendra écoutait Gavin Kingsley répondre à la question d'un journaliste au sujet de son haras.

Mais Gavin fut succinct, précis, et clair. Elle-même n'aurait pas pu mieux faire. En fait, les trois frères Kingsley furent des clients modèles durant cette réunion tendue avec les médias. Elle ne put faire autrement qu'admirer l'efficacité avec laquelle ils faisaient face d'un bloc et se soutenaient en famille ; une qualité qui avait cruellement manqué dans la maison où elle avait grandi.

Levi cita ses fiches avec une conviction vibrante, et assura qu'il financerait et superviserait personnellement la réparation des dommages, que son père en soit responsable ou pas.

Puis ses frères prirent la parole à tour de rôle pour laisser à Levi de temps de faire une pause, répondant aux questions par des réponses sincères et brèves, exactement comme Kendra le leur avait appris. Cependant la jeune femme se préparait à des questions plus compliquées. En tant qu'organisatrice, c'était elle qui décidait quel journaliste avait droit à la parole, et jusqu'à présent, elle n'avait choisi que ceux qui n'avaient pas la réputation d'être virulents.

Mais le moment était venu de donner la parole à l'un de ceux-là. Elle s'approcha du micro pour appeler le journaliste suivant.

— Monsieur Daniels de l'*American Economy*, annonça-t-elle en prononçant distinctement son nom.

Kevin Daniels à la coupe poivre et sel et vêtu d'une veste en tweet se leva.

— Ma question sera pour Levi, commença le chroniqueur en consultant un bloc-notes jaune à l'ancienne. Quelle est votre réponse aux écologistes qui disent que la dépollution des sols ne résoudra pas les dommages à long terme sur les nappes phréatiques et la santé des habitants ? Connaissez-vous le taux de cancers liés au déversement illégal de cendre ?

Un murmure parcourut la salle. Kendra s'apprêtait à censurer le journaliste sous prétexte qu'il avait enfreint le règlement en posant deux questions au lieu d'une, quand Levi prit la parole :

— La santé et le bien-être des habitants sont notre priorité absolue, déclara-t-il d'une voix grave et assurée en tournant ses puissantes épaules vers l'orateur. Nous accepterons toutes les recommandations de l'agence environnementale qui supervise le travail, et nous ferons tout notre possible pour revenir à la situation initiale.

Kendra l'observa attentivement pour intervenir aussitôt qu'il aurait terminé. Puis, elle prit la parole avant que quelqu'un d'autre puisse poser une question.

— Et cela conclut notre conférence de presse, déclara-t-elle dans le microphone en balayant la salle du regard. Comme nous vous l'avons expliqué, nos intervenants ont des urgences à gérer afin de mettre œuvre les prochaines étapes de ce dont nous venons de discuter.

Elle entendit quelques murmures de déception, mais la plupart des journalistes se levèrent et rangèrent leurs équipements.

Soudain, quelqu'un dans le public s'exclama :

— Donc pour vous, une tournée publicitaire de bonne volonté représente une intervention urgente de la part de Levi ?

Les têtes se tournèrent à nouveau vers l'estrade, tout le monde étant curieux de la réponse. Kendra ravala son agacement, espérant que cette question directe apaiserait une partie du mécontentement dirigé contre la famille Kingsley.

— Comme la tournée publicitaire vient de moi, j'aimerais pouvoir répondre à la question, dit-elle à l'attention de Levi aussi bien que des journalistes.

S'il tenait autant à sa présence, c'était pour qu'elle gère ce genre de problèmes, n'est-ce pas ? Comme il lui adressa un subtil signe de tête, elle continua, cette fois en dirigeant son attention vers les médias.

— C'était mon idée de dédier une partie des fonds caritatifs de Kingsland à des causes environnementales à un moment où cette famille veut montrer son intérêt pour la qualité de l'air et des eaux souterraines.

Elle avait déjà programmé des apparitions à travers tout le pays, aux plus grands événements de défense de la nature et de l'environnement durant ce mois.

— Ainsi, pendant que Gavin et Quinton superviseront sur place l'opération de dépollution, Levi profitera de cette opportunité pour attirer l'attention du public sur les meilleures pratiques en matière de durabilité.

À ses derniers mots, son équipe de production l'appuya en ouvrant les portes et en rallumant les lumières. Mia Barton, son assistante, fit signe aux frères Kingsley de quitter la scène.

Kendra les suivit, un pas en arrière, ce qui la plaça à côté de Levi. Ils descendirent les marches de l'estrade et se dirigèrent vers le bureau de l'arène.

Ou du moins, tous se rendirent au bureau, comme prévu, pour le débriefing post-conférence. Devant le seuil, Levi se tourna vers elle, son micro déjà retiré.

— Penses-tu qu'on emploie la bonne méthode compte tenu de cette dernière question ? Est-ce que je ne devrais pas plutôt rester durant l'opération de nettoyage pour montrer mon soutien et mon empathie ?

Elle leva le regard, et en voyant son expression inquiète, elle sentit sa vieille colère envers lui s'adoucir quelque peu. Quels que soient ses défauts, Levi était profondément affligé par les actes de Duke Kingsley. Alors que la presse sortait de la salle, supervisée par trois membres de son équipe, Kendra s'arrêta près de l'entrée du bureau – situé sous les échafaudages qui formaient les sièges de l'arène – afin que leur conversation reste privée.

— Je te garantis que c'est ce qu'il faut faire.

Elle travaillait depuis assez longtemps pour en être certaine.

— Tu as de la chance d'avoir des frères qui peuvent être sur place en ton absence, mais même si ce n'était pas le cas, je t'obligerais quand même à aller à la rencontre du public pour expliquer que tu prends la situation au sérieux, et montrer que tu es désireux de faire bouger les choses.

Levi fronça les sourcils et passa une main dans ses cheveux châtains.

— Ça semble tellement égoïste.

En voyant son dégoût à l'idée de faire quelque chose qui lui soit bénéfique dans une telle situation, elle se demanda comment il avait pu justifier le rachat de l'entreprise de son père. Mais elle chassa cette malheureuse pensée. Il fallait qu'elle reste concentrée sur le travail pour lequel il l'avait embauchée ; un travail qui propulserait sa carrière à un niveau supérieur.

— Mais ce n'est pas le cas. Songe aux sommes que tu aurais investies dans toutes ces bonnes œuvres si cette situation ne s'était pas produite.

— Rien du tout, admit-il à contrecœur. Ça ne veut pas dire que nous ne soutenons pas déjà des œuvres caritatives.

— Je n'en doute pas. Mais pas à ce point. Et toute cette publicité que tu détestes aujourd'hui va au final attirer beaucoup d'attention – et donc des donations.

Elle savait comment se déroulaient ces opérations et comment les utiliser à l'avantage de ses clients.

L'expression de Levi s'apaisa légèrement, et quelque chose comme du respect brilla un instant dans ses yeux bleus.

— J'espère que tu as raison. Ça sera une petite consolation après avoir découvert que mon père n'était pas la moitié de l'homme que je croyais.

Sa réponse éveilla sa curiosité. Habituellement, elle ne se permettait pas de poser des questions personnelles aux clients. Mais elle et Levi avaient franchi ces limites bien avant de travailler ensemble.

— Tu penses qu'il est coupable des crimes dont il est accusé ?

Elle n'arrivait pas à savoir ce qu'il en pensait. Durant la soirée où ils avaient fait connaissance, après le rodéo, elle avait eu l'impression qu'il respectait vraiment son père.

— Mes frères le pensent.

Comparé aux éleveurs du Montana, Levi avait tendance à s'habiller plus formellement. Aujourd'hui pourtant, il avait judicieusement choisi un jean et des bottes pour accompagner une veste grise et une chemise blanche, un look qui le rendait plus sympathique.

— Ils étaient peut-être assez lucides à son sujet, contrairement à moi. Mais cette mascarade de testament – écarter deux de ses fils – m'a aidé à voir son véritable visage.

Elle ressentit de l'empathie pour son sentiment de désillusion. Combien de fois avait-elle été forcée elle aussi de revoir ses opinions sur sa mère et son père ?

— Je suis sûre que ce n'est pas facile pour les parents d'admettre qu'ils ne sont pas les personnes que leurs enfants espèrent, déclara-t-elle.

Elle aurait pu développer davantage puisque le sujet la touchait personnellement, mais Mia s'approcha à ce moment-là d'un pas rapide.

— Il faut qu'on commence le débriefing, annonça-t-elle avec une expression tendue et le visage éclairé par la tablette qu'elle tenait à la main. Tu as un bureau plein de gens stressés et désireux d'être libérés.

— J'arrive, déclara Kendra en s'éloignant de Levi.

— Kendra, attends un moment, dit-il en tapotant l'écran de son téléphone. Je t'envoie les détails de notre vol de demain pour New York. Il serait logique d'utiliser le jet pour avoir plus de flexibilité dans notre voyage.

Son téléphone vibra dans la poche de sa veste comme une caresse fantôme de sa part. Elle s'éclaircit la gorge et les pensées.

— Je te remercie d'avoir organisé ça.

Même si la pensée de l'intimité qu'offrait un avion privé lui asséchait la gorge.

— Pas de problème. Tu veux que je passe te chercher pour aller à l'aérodrome demain matin ?

Son ventre se serra, et elle espéra que c'était parce qu'elle n'avait rien avalé depuis le petit déjeuner. Mais elle savait que la cause se tenait là, juste devant elle.

— Je te retrouverai là-bas, rétorqua-t-elle, sachant qu'elle aurait besoin du plus de temps possible pour s'habituer à l'idée de passer les trois prochaines semaines avec lui.

Elle se dirigea vers le bureau en s'efforçant de se concentrer sur le travail dans lequel elle excellait et qui l'aiderait à se sentir en contrôle.

Quant au temps passé en tête à tête avec Levi… Le frisson qui la parcourut à cette seule pensée prouvait bien à quel point il la troublait.

Il lui fallait un plan pour les prochaines semaines. Un plan qui n'aurait rien à voir avec la publicité, mais tout avec la survie.

4

Quelques heures plus tard, Kendra dirigeait sa berline sur l'allée de gravier le long de la rivière Madison qui séparait Kingsland Ranch de la propriété de Gavin Kingsley, l'Éperon Brisé. L'une de ses amies les plus proches, Lauryn Hamilton, avait emménagé avec Gavin quelques semaines auparavant et lui avait proposé de lui prêter quelques robes pour compléter sa garde-robe. Étant donné que Kendra allait devoir enchaîner les événements officiels, elle était plus que reconnaissante de cette offre.

De plus, après toutes ces émotions avec Levi, elle avait besoin d'une bonne conversation entre filles.

Après avoir terminé le débriefing de la conférence de presse, elle avait supervisé la répartition des emplois du temps de chacun, puis avait passé quelques coups de fil pour confirmer les prochains arrêts de la future tournée. L'heure du dîner approchait lorsqu'elle gara sa Lexus devant la maison en cèdre rouge construite en forme de L autour d'une allée en brique.

Lauryn, qui dirigeait un refuge pour chevaux pas loin d'ici, était assise sur les marches du perron. Vêtue d'un débardeur rose, d'un jean et de bottes, elle caressait un adorable chien noir avec des taches fauves. L'animal ressemblait à un rottweiler, mais son museau était plus long et il avait une queue fournie.

Les deux se levèrent en même temps pour saluer Kendra.

— Bonjour, ma belle, dit Lauryn en la serrant dans ses bras. Je suis partie plus tôt du refuge pour être à la conférence de presse et soutenir Gavin, mais tu étais tellement absorbée par le travail que je n'ai pas voulu te déranger. J'ai eu l'impression que ça s'était bien passé.

— Aussi bien qu'on pouvait s'y attendre compte tenu des accusations qui pèsent sur leur père.

Elle s'éloigna de son amie, et regarda autour d'elle avant de remarquer le chien qui l'observait avec espoir.

— Et qui est ce beau garçon ? Je peux le caresser ?

— Et comment ! Dis bonjour à Rocco, mon nouveau meilleur ami.

Lauryn rit en voyant le chien hocher la tête comme s'il encourageait Kendra à le caresser.

— Bonjour, Rocco, tu es un très bon garçon, dit Kendra en le grattant derrière l'oreille. On dirait un rottweiler, mais il doit être croisé avec autre chose. Il est vraiment mignon.

— Il doit sûrement avoir du husky, répondit Lauryn en indiquant la porte d'entrée. Mais entre, et viens voir les robes. J'ai dû acheter des choses un peu plus formelles depuis que Gavin et moi sommes ensemble.

— Je te remercie vraiment, dit Kendra en suivant son amie.

Une odeur de poulet rôti s'échappait des profondeurs de la maison. Rocco haletait à ses côtés, visiblement aussi à l'aise à l'intérieur qu'à l'extérieur.

— Je n'ai apporté que de quoi m'habiller pour un week-end en compagnie de mon père, et je n'ai pas le temps de retourner à Denver avant les premiers galas de Levi.

Elle comptait acheter des robes sur place, mais en attendant elle appréciait énormément la générosité de son amie qui la dépannait grandement.

— Franchement, je suis heureuse que mes vêtements servent. Ça me fait toujours mal au cœur d'acheter une robe que je ne porterai que quelques fois.

Lauryn monta des escaliers en rondins et pénétra dans une pièce en haut des marches. Rocco s'empressa de la rattraper.

— Mais raconte-moi comment Levi a pu te persuader de

l'accompagner durant cette campagne ? Je me trompe ou est-ce... euh... un service plus personnalisé que ce que tu offres normalement ?

Kendra suivit Lauryn dans une chambre couleur crème avec une couette de lit jaune pâle, et s'arrêta pour admirer un bouquet de renoncules blanches sur une petite table de chevet. L'absence d'objets personnels laissait penser à une chambre d'amis. Lauryn se dirigea vers le coin arrière et passa sous une arche menant à une salle de bains attenante et un dressing avec des étagères allant du sol au plafond. De discrètes suspensions étaient installées à intervalles réguliers, et au milieu se trouvait une causeuse.

— Ouah, fit Kendra en admirant le dressing de son amie. Cet espace est magnifique.

Rocco sembla sentir qu'ils avaient atteint leur destination car il tourna plusieurs fois devant la causeuse avant de se laisser tomber avec un soupir de chien, sa grosse tête posée sur ses pattes.

— Je me suis dit que c'était un peu exagéré quand je l'ai vu la première fois, mais j'avoue que c'est amusant d'avoir mon propre dressing. Je pourrais partager celui de Gavin dans la suite parentale, mais j'aime venir ici pour me préparer.

Lauryn s'arrêta devant la penderie où étaient accrochées de longues robes rouges, vertes, ivoire et noires.

— Voici les robes auxquelles je pensais. Mais d'abord, je veux un scoop sur toi et Levi.

— Il n'y a pas de scoop.

Kendra essaya de ne pas se hérisser à l'idée que ses amies et sa famille pensent qu'elle avait une relation intime avec Levi, et non d'affaire. N'avait--elle pas toujours essayé de ne pas reproduire le genre de flirts égoïstes dont sa mère était familière ? Consciente cependant que ce n'était pas ce que Lauryn sous-entendait, elle essaya de ne pas transposer son passé à la question. Elle passa ses doigts sur la soie noire d'une robe bustier fendue à la cuisse et répondit calmement :

— Il veut que je l'accompagne pour lui venir en aide, au cas où un journaliste le piégerait par une question.

— Et tu as accepté ? s'étonna Lauryn en prenant une courte robe verte avec un long nœud en crêpe. C'est ce qui m'étonne étant donné que toi et Levi semblez avoir des différends ?

Elle tendit la robe à Kendra en ajoutant :

— On l'a remarqué, Hope et moi, la dernière fois que nous sommes allées au Stockyard. Les commentaires que tu faisais sur Levi laissaient penser qu'il y avait une mésentente entre vous.

— Tu n'as quand même pas pris au sérieux ce que j'avais dit en état d'ivresse ?

Elle plaça la robe devant elle et admira la façon dont la couleur émeraude mettait ses cheveux en valeur.

— Je la prends, si ça ne te dérange pas.

— Tu es censée toutes les prendre, insista Lauryn en sortant un sac d'un tiroir. Et je doute que tu aies été ivre après une seule bière.

— Venant de la fille du shérif ? rétorqua Kendra en riant. Je suis sûre que ton père ne serait pas d'accord.

— Si je suis trop curieuse, dis-le-moi et je n'insisterai plus, dit Lauryn en remettant en place une boucle brune derrière son oreille. Mais je ne prétendrai pas que je ne meurs pas de curiosité.

Kendra ne tenait pas à parler de son aventure d'un soir avec Levi, mais elle ne pouvait nier que les conseils de son amie pourraient lui être bénéfiques. Au moins, ça la soulagerait d'en parler.

Elle laissa de côté les robes et se dirigea vers le fauteuil à oreilles jaune pâle au centre de la pièce pour s'y asseoir.

— Il y a trois ans de cela, Levi et moi avons couché ensemble après un rodéo, confessa-t-elle en laissant défiler ses souvenirs avec émotion. Tu n'étais pas en ville cette semaine-là et c'était juste avant que je déménage à Denver.

Ce déménagement était prévu depuis un moment afin de booster sa carrière, mais son aventure avec Levi avait accéléré les choses.

Lauryn, qui remettait la robe en place, se tourna vers elle avec étonnement.

— Toi et Levi ?

Kendra hocha la tête, s'autorisant pour une fois à se laisser emporter par les souvenirs de cette soirée qu'elle essayait habituellement d'oublier.

— Je le connaissais de loin, évidemment, mais je n'avais jamais vraiment discuté avec lui jusqu'à cette nuit-là. Et entre nous, ça a immédiatement... fait tilt.

Ils avaient parlé de tout et de rien. Il avait partagé sa frustration concernant les décisions professionnelles de son père. Elle s'était confiée sur la dépendance au jeu et la dépression du sien. Ils avaient tous deux grandi sans mère car celle de Levi était morte dans un accident de cheval quand il était enfant, et celle de Kendra avait quitté le domicile familial.

Il y avait eu une connexion immédiate.

— Vous avez eu une bonne alchimie, observa Lauryn avec un regard entendu en s'installant sur le bras du fauteuil.

— Sans aucun doute.

Mais elle ne pouvait se permettre de s'attarder sur cet aspect de leur rencontre, car cela avait été quelque chose d'incroyable qu'elle n'avait jamais pu retrouver avec un autre homme.

— Mais je croyais vraiment que c'était plus que de l'alchimie parce que nous avions beaucoup d'autres choses en commun. C'était du moins ce que je pensais.

— Que s'est--il passé ? demanda Lauryn en se penchant pour caresser la tête de Rocco qui agita aussitôt la queue.

— Levi s'est servi de ce que je lui avais confié sur les affaires de mon père pour racheter son entreprise à mon insu.

Avec le recul, elle n'en revenait toujours pas de la rapidité avec laquelle l'affaire s'était conclue. Un jour, elle travaillait sur le logo avec son père, et le suivant, Seth Davies jouait avec l'argent de la vente de l'entreprise.

— J'étais dévastée.

Lauryn cessa de caresser le chien et se redressa en secouant la tête avec incrédulité.

— Levi a fait ça ? Il semble toujours si responsable et honorable. Je ne peux pas imaginer…

— Je t'assure que c'est ce qu'il a fait.

Kendra se remémora ce qu'elle avait ressenti en apprenant que, grâce à Levi, son père était l'heureux propriétaire d'une petite fortune à dilapider dans les courses de chevaux. Elle avait été brisée.

— Il n'aurait jamais entendu parler de Gargoyle King si je ne lui avais rien dit…

— C'est ton père qui a inventé Gargoyle King ?

Un sourire éclaira brièvement le visage de Lauryn avant qu'elle se rappelle le contexte de l'histoire.

— Comme c'est horrible qu'il ne bénéficie pas du succès retentissant de la marque !

Kendra haussa les épaules comme si cela n'avait pas d'importance, même si au fond d'elle la douleur de la trahison subsistait toujours.

— Je me rends compte qu'une grande partie du succès est due au sens des affaires de Levi. Il a pris l'idée de papa et l'a développée avec ses importants moyens financiers, chose que papa n'aurait jamais pu faire. Pourtant, ça m'a fait du mal qu'il utilise ce que je lui avais confié pour en tirer bénéfice pendant que papa…

Elle se tut, submergée par l'émotion alors qu'elle pensait à la vie actuelle de son père après avoir tout flambé aux jeux.

— Chérie, je suis désolée d'avoir soulevé cette question, déclara Lauryn en enserrant les épaules de Kendra.

— Je suis contente que tu l'aies fait. Je n'avais pas réalisé à quel point j'avais besoin d'en parler. Toute ma rancœur envers lui est revenue en force quand il a sonné à ma porte pour me demander de l'aide.

Elles restèrent assises sans rien dire pendant un long moment, baignées dans le réconfort de l'amitié. Est-ce que ça l'aurait aidée à l'époque de se confier à son amie ?

— Comment vas-tu supporter les prochaines semaines ?

demanda Lauryn en retirant son bras. Ça ne sera pas difficile d'être constamment avec lui ?

Difficile ? C'était un euphémisme.

Kendra se leva et retourna à la penderie, déterminée à choisir quelques tenues pour pouvoir commencer à faire ses valises.

— Je vais me concentrer sur mon énorme commission et sur la certitude que mon patron devra me nommer associée après ça.

Elle accrocha la robe rouge près de celles qu'elle emmenait, puis prit le sac pour les y glisser.

— Ça rendra le temps que je passerai avec Levi plus supportable.

Lauryn la rejoignit et l'aida à ranger les vêtements.

— Ou peut-être que ce voyage vous aidera à vous réconcilier, émit-elle en hésitant avant de croiser le regard sceptique de Kendra. Peut-être que c'est un malentendu et qu'il avait de bonnes raisons de racheter l'entreprise de ton père ? Des raisons que tu ne connais pas ?

Kendra se mordilla la lèvre en essayant d'être objective envers Levi, mais elle ne voyait absolument pas comment y voir autre chose que de la trahison.

— J'apprécie ton optimisme, mais je dois être réaliste : Levi a trahi ma confiance. Mais je ne referai pas deux fois la même erreur.

Reconnaissante envers Lauryn, autant pour son oreille attentive que pour les robes, elle l'enlaça puis se pencha pour caresser le chien avant de se diriger vers la porte.

Elle avait encore sa valise à faire, et même si elle ne comptait pas répéter les erreurs du passé, elle voulait quand même être renversante à chaque seconde qu'ils passeraient ensemble.

Tout en faisant les cent pas devant la passerelle menant à son HondaJet compact, Levi revérifia sa montre après avoir rassuré le pilote sur l'heure de départ.

C'était il y a dix minutes. Où était Kendra ?

Elle aurait dû être ici il y a vingt minutes. Juste quand il allait lui renvoyer un SMS, il aperçut sa silhouette élancée vêtue d'une courte robe portefeuille noire. Les yeux protégés par de grosses lunettes de soleil, elle traînait une valise à roulettes avec un deuxième sac attaché dessus. Un sac à main couleur chamois reposait sur son avant-bras et des chaussures beiges à talons vertigineux lui faisaient des jambes renversantes.

Ses lèvres rouge vif s'entrouvrirent quand elle lui sourit.

— Bonjour, Levi.

Il chercha aussitôt à se souvenir de son sentiment d'irritation afin de mettre un frein à l'attirance qu'elle éveillait en lui.

— Tu es en retard, l'informa-t-il d'un ton plus dur qu'il ne l'aurait voulu en lui prenant ses bagages.

— Il me semble pourtant que j'ai presque..., commença-t-elle avant de vérifier sa montre. Huit minutes d'avance.

Levi lui fit signe de monter et la suivit en élevant la voix afin d'être entendu par-dessus le bruit du moteur qui tournait déjà.

— Je t'ai demandé d'arriver une demi-heure avant le décollage car le pilote a besoin de temps pour charger.

— Désolée. J'ai cru que tu rajoutais une demi-heure au cas où je serais le genre de personne à être en retard. Ce qui n'est pas le cas. Mais je le saurai à l'avenir.

En montant les marches, elle lui offrit une vue incroyable de ses jambes. Il se força à attendre un moment avant de la suivre, même si l'odeur de son parfum lui donnait envie de lui emboîter le pas afin de la respirer. Dès qu'elle eut franchi le seuil du jet et qu'il la vit installée devant un hublot, Levi monta l'escalier.

Il rangea ses sacs à côté des siens puis ferma la porte de l'avion. Quelques instants plus tard, après s'être assis dans le siège en cuir de l'autre côté de l'allée, il envoya un SMS au pilote pour lui annoncer qu'ils étaient prêts à décoller.

Ou du moins, aussi prêts que possible, songea-t-il sombrement en la regardant. Est-ce que l'arrivée de Kendra à la dernière minute était une indication de son mécontentement au fait de travailler avec lui ? Il ne voulait vraiment pas commencer cette mission du mauvais pied.

— Écoute, Kendra...

Elle le coupa en tapotant de son ongle rouge le cadran rose et or de sa montre :

— Prêts pour le décollage à 10 h 30 précises.

Ses lunettes de soleil étaient à présent sur sa tête et repoussaient ses cheveux de son visage.

— Un point pour toi, concéda-t-il avec lassitude. Je veux juste être sûr que nous sommes sur la même longueur d'onde avant de commencer.

Il s'interrompit en la voyant le fixer d'un air préoccupé.

— Tu as un problème avec l'avion ? demanda-t-elle en retirant ses lunettes de soleil de sa tête pour les ranger dans son sac à main. Je vois que tu as un patch derrière l'oreille. Je n'avais pas réalisé...

— Ce n'est rien, dit-il d'un geste dédaigneux de la main.

Il n'avait pas envie de lui expliquer qu'il avait du mal à ne pas être aux commandes.

— Je suis un simple cow-boy du Montana qui préfère rester sur le plancher des vaches. Mais je prends souvent l'avion pour affaires.

Elle hocha la tête, semblant accepter sa réponse, même si son regard restait dubitatif.

Pourquoi est-ce que ce qu'elle pensait de lui lui importait tant ? Frustré contre lui-même de se laisser affecter ainsi par cette femme, il sortit sa tablette et ouvrit son planificateur numérique.

— Est-ce qu'on pourrait revoir le programme ? J'ai remarqué que tu avais ajouté quelques événements et je veux être sûr qu'on pourra faire des pauses.

Il tapa sur les dates et ajouta :

— On dirait qu'il n'y a pas de répit ici.

Elle se redressa sur son siège et regarda son écran. Quand elle souleva ses longs cheveux de son cou pour les poser sur une épaule, il sentit une fragrance de son parfum de jasmin.

L'effet fut aphrodisiaque. Il lui rappela leur nuit ensemble et l'odeur subtile conservée par ses draps les jours suivants.

— Ça sera serré, mais il y a la grande Foire de la Terre qui se déroule à Long Island le week-end prochain et je t'ai réservé un stand. La couverture médiatique sera excellente.

Elle sortit son téléphone de son sac à main et ouvrit une application.

— Je travaille avec des stagiaires de l'équipe de dépollution pour créer une présentation informative et interactive. Tu peux faire défiler les photos pour voir ce qu'ils ont fait jusqu'à présent.

Elle lui passa son appareil alors qu'il essayait d'assimiler ce qu'elle venait de dire. Il regarda l'écran, et vit un tableau aux couleurs vives représentant une centrale électrique qui décrivait le processus de production de cendre. En passant à l'image suivante, il vit des explications sur la méthode d'élimination des cendres et l'usage qui pouvait en être fait dans l'industrie. Dire qu'il venait à peine d'entamer des recherches sur le sujet et d'apprendre l'utilisation de ce matériau dans la fabrication du ciment Portland et des plaques de plâtre… des explications justement abordées sur une troisième page avec une autre photo.

— Quand est-ce que tu dors ? lui demanda-t-il finalement, en réalisant la haute valeur ajoutée de ses services. J'avais déjà vu le travail impeccable de ton équipe durant la conférence de presse. Mais là, c'est encore une autre équipe qui a dû travailler là-dessus ? Sans oublier la coordination de la couverture médiatique des événements auxquels nous assisterons.

Il lui rendit son téléphone, tout résidu d'irritation envolé. Pendant qu'il emballait ses smokings, elle s'était arrangée pour qu'il participe à des événements écologiques très ciblés à travers le pays, tout en préparant les documents explicatifs et pédagogiques nécessaires.

— Je suis douée dans ce que je fais, Levi. Tout comme toi dans ce que tu fais, rétorqua-t-elle en rangeant le téléphone dans son sac.

Elle posa alors sa tête sur le repose-tête et ajouta :

— Ce qui, malgré ce que tu en dis, représente bien plus que ce que fait un simple cow-boy du Montana.

Il y avait une légère amertume dans son ton. Comme si elle n'appréciait pas qu'il dirige une grande entreprise ou qu'il soit bon dans ce qu'il faisait. Pourtant, cela n'avait aucun sens.

Un jour, il découvrirait ce qui l'avait fait changer d'attitude, et fait passer d'une femme s'abandonnant à la passion dans ses bras à quelqu'un qui ne voulait rien avoir à faire avec lui. Mais pour le moment, alors qu'ils se lançaient dans cette aventure professionnelle qu'il avait désespérément besoin de réussir, il n'allait pas faire de vagues.

5

— Je ne pense pas que ce soit le bon chemin.

Les sourcils froncés, Kendra consulta son téléphone afin de vérifier l'adresse de l'hôtel alors que le chauffeur du luxueux SUV roulait à travers Midtown à Manhattan.

— Je suis sûre que l'endroit que j'ai réservé était juste au coin de la rue.

Elle avait donné leur adresse de destination au moment de la réservation du taxi, et quand le véhicule était venu les chercher à l'aérodrome, elle avait cru qu'il avait les bonnes informations. La jeune femme se redressa sur son siège en cuir couleur crème afin d'appuyer sur le bouton d'appel du conducteur.

Levi arrêta sa main juste avant.

— C'est le bon chemin. J'ai demandé à ton assistante de changer quelques hôtels.

— Tu as fait ça ?

Elle se hérissa, vexée de ne pas en avoir été informée... et également qu'il ait mis en doute ses choix.

— Je m'en serais occupée si j'avais su...

— Évidemment, dit-il en laissant retomber sa main. Mais je savais que tu avais beaucoup à faire, alors j'ai demandé à mon assistante de contacter la tienne. Et à Midtown, j'ai eu une bonne expérience avec le Plaza.

Elle essaya de se rappeler qu'avec n'importe quel autre client elle n'aurait rien trouvé à redire. C'était lui qui payait la facture, après tout. Mais en raison de leur histoire passée, Kendra ne pouvait s'empêcher de se sentir manipulée.

Est-ce que choisir un hôtel de luxe n'était pas un moyen de la séduire ? Elle n'avait pourtant pas eu le sentiment qu'il essayait de recréer le passé. Peut-être qu'elle était simplement mal à l'aise car entrer dans ce monde de luxe lui rappelait sa mère. Celle-ci se serait jetée sur le jet privé et l'hôtel Plaza sans réfléchir au prix ni à l'impact sur l'environnement.

La voix de Levi interrompit ses pensées.

— J'espère que ce n'est pas un problème ?

Sa voix profonde résonna en elle, lui rappelant à quel point ils étaient collés l'un à l'autre à l'arrière du SUV.

Sa puissante paume reposait sur le siège entre eux, à quelques centimètres de sa cuisse à elle.

— Bien sûr que non, réussit-elle enfin à articuler.

Il fallait absolument qu'elle se ressaisisse.

— Je veux juste m'assurer que ça n'aura pas d'incidence sur notre emploi du temps, ajouta-t-elle.

Un sourire se dessina lentement sur les lèvres de Levi.

— Comme moi, quand tu étais en retard pour prendre l'avion ce matin. Nous ne sommes pas si différents, toi et moi. Nous aimons que les choses soient faites à notre façon.

— Je croyais qu'on était d'accord pour dire que je n'étais pas en retard puisque je n'ai pas retardé le décollage, rétorqua-t-elle, piquée par ses propos.

Ils étaient très différents, bon sang. Elle ne poignardait pas les gens dans le dos !

— Et je ne pense pas qu'on soit pareils, juste parce qu'on aime que les choses soient faites à notre manière.

Son sourire ne fit que s'élargir, le rendant encore plus beau et lui donnant un air espiègle.

— C'est bien ce que je disais.

Elle faillit continuer à argumenter, quand elle réalisa l'absurdité de la conversation. Et puis ce n'était pas facile de discuter avec lui quand il était si charmant et que le souvenir de sa main posée sur la sienne lui picotait encore la peau.

La jeune femme s'adossa au dossier de son siège en se disant que la semaine promettait d'être terriblement longue si elle comptait avoir toujours le dernier mot. Il lui suffirait de rester concentrée sur leur relation professionnelle - en se souvenant des préférences de Levi en matière d'hôtel - pour survivre avec sérénité à cette campagne publicitaire.

— Je suis sûre que ça fera l'affaire, concéda-t-elle alors que le SUV s'arrêtait devant l'hôtel Plaza, situé sur la partie de la 57e Rue connue sous le nom de « l'allée des milliardaires ».

Déjà, un homme en livrée s'approchait du véhicule.

— Espérons-le, rétorqua Levi en détachant sa ceinture et en lui frôlant accidentellement le genou. J'ai réservé une suite avec terrasse donnant sur Central Park. Je me suis dit que ce serait un endroit discret et agréable pour dîner avant le gala de ce soir.

L'idée de partager un repas intime avec un homme qui l'attirait comme aucun autre la troubla et la laissa sans voix.

Heureusement le groom la sauva en ouvrant sa portière.

— Bienvenue à l'hôtel Plaza, déclara-t-il en souriant alors qu'elle descendait du SUV.

— Merci, murmura-t-elle.

Elle s'imprégna des images et des sons de la ville alors que les piétons se pressaient vers l'entrée de Central Park de l'autre côté de la rue. Les odeurs de gaz d'échappement de la circulation au ralenti se mêlaient à celles d'un *food truck* garé au coin de la rue.

— Prête ? demanda la voix de Levi près de son oreille tandis qu'il posait des doigts légers au creux de ses reins.

L'était-elle ?

C'était le premier jour de cette aventure et elle craignait déjà de perdre le contrôle durant ce voyage. Pas seulement de l'itinéraire, mais également sur le fait de le tenir à distance. Alors que le personnel de l'hôtel s'occupait de leurs bagages, Kendra se concentra sur sa prime à la fin de la mission.

— Plus que prête, dit-elle en se dirigeant vers les portes vitrées. J'ai hâte d'assister au premier gala et commencer à changer l'opinion publique.

— Moi aussi. Mais... Kendra... ?

Quand Levi lui tint la porte, elle fut accueillie par l'air frais de la climatisation.

— Hum ? répondit-elle distraitement en admirant l'opulence du hall avec son sol en marbre et les énormes colonnes encadrant l'entrée d'un espace bar.

— J'espère qu'on pourra faire une pause et parler d'autre chose que de la tournée pendant le dîner.

Prise au dépourvu par sa demande, elle se retourna pour jauger son expression. Les yeux bleus de Levi la fixaient avec sincérité.

— Si c'est ce que tu veux, dit-elle hésitante.

Elle n'était pas préparée à parler d'autre chose que du travail. Rester professionnelle était sa meilleure défense contre son attirance envers Levi.

— J'ai besoin de décompresser entre deux engagements. D'où les hôtels surclassés. Nous ne pouvons pas travailler vingt-quatre heures sur vingt-quatre et sept jours sur sept.

Sa bouche s'assécha à l'idée de s'éloigner du domaine professionnel, mais elle n'allait pas recommencer à argumenter. Elle se contenta donc de hocher la tête.

— Bien sûr. Je comprends.

Visiblement satisfait de sa réponse, Levi se rendit à la réception pour les enregistrer dans leur suite.

Kendra resta un peu plus loin en se consolant à l'idée de retrouver sa chambre dans quelques heures. Il lui fallait un plan pour pouvoir survivre à un dîner en tête à tête sur une terrasse surplombant Central Park, avec un homme magnifique qui avait encore le pouvoir de lui faire tourner la tête. Elle serait entourée de luxe et mangerait probablement des mets exquis... sans pouvoir se cacher derrière son travail ou s'en servir comme bouclier.

La situation lui paraissait sans espoir.

Jusqu'à ce qu'elle se souvienne que son père vivait dans une maison presque vide, car il n'avait pu s'empêcher de dilapider tout l'argent procuré par Levi au jeu. Sortant son téléphone de son sac, elle se dit que c'était le moment idéal pour prendre de ses nouvelles.

Il était temps de se rappeler les conséquences qui pouvaient survenir quand on se laissait guider par quelque chose d'aussi éphémère que l'attirance physique.

Tout en ajustant son nœud papillon noir alors qu'il traversait sa suite à deux chambres, Levi posa sa veste de smoking sur le dossier d'un fauteuil avant d'ouvrir la porte.

Deux personnes du service d'étage se tenaient là avec des chariots de nourriture.

— Entrez, dit-il en leur indiquant la terrasse.

Cette tournée ne l'avait jamais emballé puisque les projecteurs étaient son pire cauchemar. Il prévoyait donc de faire tout son possible pour rendre les trois prochaines semaines le plus supportable possible, aussi bien pour lui que pour Kendra. Il n'avait pas oublié qu'elle avait commencé par refuser de l'accompagner, chose qui l'agaçait encore compte tenu de leur nuit torride il y a trois ans. Chaque seconde passée avec elle était comme demander à du fer de ne pas être attiré par un aimant. Plus tôt, en entendant l'eau couler dans la baignoire, il avait été en proie à des visions de son corps nu au milieu des bulles.

Il était en train d'écrire au gérant du Stockyard, quand il entendit la porte de la suite de Kendra s'ouvrir.

Sa réaction en sa présence devenait de plus en plus difficile à ignorer.

Il ne l'avait pas encore vue, mais le simple fait de savoir qu'elle serait bientôt là le rendait nerveux et incapable de se concentrer. Après avoir posé son téléphone sur un secrétariat en acajou, il se tourna vers elle.

Et sa mâchoire faillit se décrocher.

Avec ses cheveux relevés en chignon telle une ballerine et sa double robe, l'une en soie noire et l'autre en tulle, elle semblait tout droit sortie d'un magazine haute couture. La partie en soie était sans manches et descendait jusqu'aux cuisses, et la partie en tulle transparent était presque sage avec ses manches bouffantes et son col qui lui couvrait la gorge. L'effet était renversant. Tellement sexy qu'il voulait...

Il passa une main sur son visage comme pour bloquer ses pensées. Cette robe lui donnait envie de faire des choses qu'il n'avait pas à faire avec elle.

— Tu es incroyable, dit-il finalement en réalisant qu'elle le regardait avec inquiétude.

— Peut-être que c'est trop pour un gala de charité ? demanda-t-elle en baissant les yeux sur elle-même et évaluant ses jambes à travers l'écran soyeux du tulle noir. Je l'ai empruntée à Lauryn et j'ai failli tomber à la renverse en lisant l'étiquette du créateur. Je n'arrive pas à croire qu'elle m'ait prêté une Valentino sans me prévenir.

— Elle te va bien, lui assura-t-il en regrettant que son moment d'hébétude l'ait fait douter d'elle-même. Je vais rendre jaloux tous les hommes de la salle.

Un sourire ironique recourba ses lèvres peintes en corail pâle.

— Je ne suis pas sûre que ce soit le but, mais merci.

Ses yeux noisette le parcoururent et elle s'éclaircit la voix.

— Tu n'es pas mal non plus.

Voyant que, malgré son attirance, elle prévoyait de combattre ce sentiment bec et ongles, Levi repoussa la vision de ses jambes couvertes d'une étoffe transparente.

— Je fais de mon mieux.

Il désigna alors la terrasse visible à travers les portes-fenêtres.

— Prête à passer à table ? On dirait qu'ils ont fini de tout installer.

Ils prirent place sur les chaises du patio, autour d'une table en fer forgé surmontée d'un plateau en mosaïque. Après s'être assurés qu'ils ne manquaient de rien, les serveurs partirent en emportant leurs chariots, les laissant seuls face à une vue à couper le souffle sur Central Park et la rivière Hudson. À plus de trente étages, ils apercevaient tous les bâtiments emblématiques qui se trouvaient au-delà de la courte haie de cèdres bordant la balustrade du balcon.

Tandis que Kendra dégustait une salade de tomates vinaigrette au poulet poêlé, Levi se régalait de *pappardelle* au homard. Il espérait qu'après ce repas elle finirait par discuter d'autre chose que du travail. Tout à l'heure, il avait essayé de lui faire comprendre qu'il ne pouvait passer son temps à songer aux catastrophes engendrées par son père.

Mais quand de longues minutes s'écoulèrent sans un mot de sa part, Levi s'efforça de trouver un sujet neutre.

— Qu'as-tu pensé de la nouvelle Gargoyle King ? demanda-t-il en se souvenant de sa visite au Stockyard quelques semaines auparavant.

Il leur avait fait apporter un assortiment de bières Gargoyle King, à elle et ses amies, Lauryn Hamilton et Hope Alvarez, ce jour-là. Il savait donc qu'elle était au courant de la dernière nouveauté de sa brasserie.

La fourchette de Kendra racla l'assiette.

— Je ne peux pas croire que tu en parles.

— Pourquoi ? C'est donc impossible de parler d'autre chose que du travail ? demanda-t-il sans arriver à comprendre.

— Gargoyle King est une entreprise qui t'appartient, lui rappela-t-elle froidement en reprenant sa fourchette pour poignarder son poulet. Ça reste donc du travail.

Dérouté, Levi réfléchit à ce qui avait pu la bouleverser. Il prit la carafe d'eau en cristal et remplit leurs deux verres.

— Je comprends ton point de vue, mais c'était de la tournée publicitaire dont je parlais, pas des entreprises Kingsland, dit-il en reposant la carafe. J'aime énormément mon travail. Surtout le bar et la brasserie qui me permettent de décompresser des soucis que me cause le ranch depuis le décès de mon père.

Kendra s'adossa au dossier de sa chaise alors que le soleil couchant colorait la terrasse en rose et or et faisait scintiller ses cheveux blonds.

— Je suis désolée pour ton père, répondit-elle doucement. Malgré les désagréments du testament, je sais que le perdre a dû être difficile.

Son regard compréhensif rappela à Levi la soirée où ils s'étaient rencontrés. Leurs relations compliquées avec leurs pères les avaient immédiatement rapprochés. Kendra comprenait parfaitement l'amour qu'on pouvait porter à un parent défaillant.

— Merci, dit-il en s'éclaircissant la voix et en écartant son assiette vide. Je ne comprends pas comment il a pu déshériter mes demi-frères. J'aimerais qu'il soit encore en vie pour pouvoir lui expliquer la terrible erreur qu'il commet en les privant de ce qui leur revient de droit. Mais je ne saurai jamais pourquoi il a fait ça, et je ne pourrai jamais le faire changer d'avis.

Ça faisait mal de se rendre compte qu'il n'avait finalement pas si bien connu son père.

— D'ailleurs, je ne saurai jamais si j'aurais pu le faire changer d'avis.

Kendra serra sa main posée sur la table, le regard compatissant. Il répondit à son geste par une douce pression, avant qu'elle retire sa main.

Le silence s'étira entre eux.

Kendra finit par lever son verre d'eau pour en prendre une longue gorgée, et Levi, les yeux rivés sur les mouvements de sa gorge, songea au goût de sa peau. Quand elle reposa finalement le verre en cristal, elle déclara d'une voix plate :

— Ta nouvelle bière est excellente. Des notes d'agrumes avec juste ce qu'il faut d'amertume.

— Tu as aimé ? demanda-t-il, à la fois surpris et ravi qu'elle approuve, même si c'était à contrecœur.

— Oui.

Elle détourna le regard, et perdue dans ses pensées, fixa les ombres qui s'allongeaient sous les arbres de Central Park.

— Mon père aussi l'a essayée, et il pense que c'est l'une des meilleurs de la marque.

— Je suis vraiment heureux de l'apprendre. Ça me fait plaisir de savoir que ton père approuve mes choix à ce niveau.

Le front de Kendra se plissa et ses jolies lèvres corail se retroussèrent, tandis que son regard se durcissait.

— Qu'est-ce qu'il y a ?

Inquiet, il reposa sa serviette sur la table. Sa main était si proche de la sienne qu'il lui aurait suffi d'étendre les doigts pour la toucher.

— Est-ce que ton père désapprouve ma façon de gérer l'entreprise ? J'ai vraiment hâte de le voir prendre ses fonctions au sein du conseil d'administration. Je lui ai déjà envoyé les informations sur la prochaine réunion.

Il avait déjà songé à lui proposer ce poste par le passé, mais il n'était pas sûr que Seth soit en état, psychologiquement et émotionnellement, d'assumer ce genre de responsabilités. Kendra lui avait confié qu'il luttait contre des problèmes de dépendance, et la dernière chose que souhait Levi, c'était créer des problèmes pour elle ou son père.

Brusquement, Kendra s'écarta de la table et se leva, le tulle noir bruissant autour de ses jambes.

— Il va falloir y aller si on ne veut pas arriver en retard, dit-elle en prenant son téléphone de la table où elle l'avait posé plus tôt. J'envoie un message au chauffeur pour lui dire de venir nous récupérer.

Ce changement d'attitude lui fit l'effet d'une gifle. Il ne comprenait pas la réaction de Kendra et il avait besoin de savoir.

En rependant à la soirée au Stockyard, il se souvenait leur avoir offert une tournée à elle et ses amies après qu'un client les avait importunées. Gavin avait fini par demander à l'individu de quitter le bar, et Levi avait voulu faire un geste pour qu'elles oublient ce désagrément.

— Attends une minute, dit-il en la rejoignant pour poser une main sur son bras. Est-ce que tout va bien ? Il s'est passé quelque chose ce soir-là au bar ?

Il n'aimait pas l'idée qu'on importune une femme, mais que ce soit celle-ci en particulier éveillait en lui des instincts primaires. En le réalisant, il la relâcha aussitôt, ne voulant pas lui laisser voir à quel point elle l'affectait.

— Il ne s'est rien passé au bar, le rassura-t-elle en le regardant dans les yeux. Et tout va bien.

Il vit son pouls pulser à la base de son cou, juste au-dessus du délicat col en tulle. Est-ce qu'elle mentait en affirmant que tout allait bien ? Ou est-ce qu'elle sentait également la chaleur qui émanait de lui ?

Il espérait que c'était la deuxième option car il mourrait d'envie de la toucher et la serrer contre lui jusqu'à ce qu'elle se souvienne du plaisir qu'il lui avait déjà donné.

Quand elle ferma les yeux à demi, il ressentit un petit sentiment de triomphe.

— Kendra, murmura-t-il sans pour autant la toucher.

Il avait besoin qu'elle le veuille autant que lui.

Elle leva alors la main, comme pour toucher son torse, mais ses doigts restèrent en suspension au-dessus de son cœur, comme si elle pouvait le sentir marteler. Soudain son téléphone portable se mit à sonner, les faisant sursauter tous les deux.

Kendra reculant rapidement, les mains tremblantes, alors qu'elle récupérait l'appareil et lisait le message à l'écran.

— Notre voiture nous attend en bas, l'informa-t-elle d'une voix glaciale et professionnelle.

Puis, sans un regard en arrière, elle passa devant lui dans un nuage de tulle noir.

Levi resta quelques instants de plus sur la terrasse afin de se calmer. Il fallait qu'il comprenne ce qui avait creusé un tel fossé entre eux. Ce soir, il avait découvert un soupçon de l'ancienne

Kendra passionnée. Il lui restait à présent à comprendre pourquoi elle était si déterminée à l'oublier.

Car le temps n'avait rien fait pour apaiser sa soif d'elle. Au contraire, Levi réalisait chaque jour qu'il la désirait plus que jamais.

6

Relevant le menton face à la brise printanière qui soufflait sur la terrasse surplombant la Cinquième Avenue, Kendra s'accordait un moment de répit bien mérité alors que le gala de charité battait son plein derrière elle.

Appuyée à la balustrade en pierre sculptée, elle regardait les lumières d'un feu de circulation en contrebas. Le gala se déroulait sur un toit terrasse couvert qui permettait d'être utilisé en toute saison. Après sa conversation frustrante avec Levi à l'hôtel, elle ressentait le besoin de s'isoler un moment afin de remettre ses idées en ordre.

Tandis que le tulle délicat de sa robe lui caressait doucement les mollets, Kendra se laissa bercer par les sons des bavardages et de la musique du petit orchestre. Si seulement l'air frais pouvait refroidir le mélange de frustration et d'attirance qui s'emparait d'elle chaque fois qu'elle passait du temps avec son irrésistible client...

— Je peux me joindre à toi ? demanda une voix familière derrière elle.

Une voix qui lui faisait l'effet d'un doigt léger passé le long de sa colonne vertébrale. Elle se retint de frissonner et se tourna vers l'homme qui occupait constamment ses pensées. Levi tenait deux verres d'eau à la main. Il lui en tendit un.

— Tu es le bienvenu, lui assura-t-elle en enfilant le masque de politesse requis par l'événement.

Elle vérifia alors sa montre au cadran incrusté de petites pierres et déclara :

— Je pense qu'on pourra partir dans une petite demi-heure. Tu as été parfait.

À leur arrivée, Kendra l'avait présenté au président de l'association Environmental Defense Society, et à deux membres très respectés des médias. Levi les avait tour à tour charmés, discutant des méthodes d'éco-pâturage pratiquées à Kingsland Ranch et leur demandant des conseils afin de jouer un plus grand rôle dans la sauvegarde de l'environnement.

C'était un client idéal, toujours une parole optimiste et positive à la bouche, et passant facilement d'un groupe à l'autre. Mais elle n'avait même pas pu profiter de ce succès tant elle était frustrée par leur échange de tout à l'heure.

— C'est facile quand tu es là pour me présenter les gens.

Il posa son verre sur la rambarde et admira la vue, en passant par le Flatiron Building à gauche jusqu'à l'Empire State Building à droite.

— J'apprécie que tu sois là ce soir, ajouta-t-il.

Elle but une gorgée d'eau en essayant de le comprendre. Pourquoi se donnait-il la peine d'être aussi gentil alors qu'il ne lui avait jamais présenté la moindre excuse après ce qu'il leur avait fait, à son père et à elle ?

— Tu n'as pas à me remercier quand tu me payes pour ma présence.

— Je ne suis pas d'accord. Je me dois de te remercier, parce que nous savons tous les deux que tu aurais préféré refuser, dit-il en reprenant son verre pour en boire une longue gorgée.

En voyant sa pomme d'Adam monter et descendre sous son nœud de papillon noir, elle sentit sa gorge s'assécher malgré l'eau qu'elle venait de boire.

Le voir ainsi, vêtu d'un smoking, et échangeant des confidences un peu à l'écart de la fête, lui rappela leur rencontre à l'after party du rodéo. Elle avait tellement été sous son charme ce soir-là qu'elle avait baissé la garde.

Face à son silence, Levi poursuivit :

— Ce que je ne comprends pas, c'est pourquoi tu voulais refuser ? Ou même ta réaction pendant le dîner ?

Était-ce possible qu'il ne sache pas ? Qu'il ne réalise pas le désarroi dans lequel il l'avait plongée avec le rachat de Gargoyle King ?

Les musiciens étaient passés d'un morceau classique à une chanson d'amour moderne, tandis que l'éclairage avait été baissé.

— Quelle importance tant que le travail est fait ? demanda-t-elle en tendant son verre vide à un serveur qui passait.

— C'est très important, rétorqua-t-il en lui prenant la main. Accorde-moi cette danse et je t'expliquerai pourquoi.

Elle faillit refuser, car elle savait que c'était ce qu'il fallait faire. Mais entre la chaleur de ses doigts tenant les siens, et la lueur hypnotique de son regard séducteur, elle ne trouva pas la volonté de s'éloigner.

— Juste une danse, acquiesça-t-elle, le corps déjà penché vers lui, comme attiré par une force irrésistible.

Il serra la mâchoire en hochant la tête avec satisfaction. Puis, sans lui lâcher la main, il la guida à travers la foule jusqu'à la piste de danse qui se trouvait sous les étoiles.

Une douzaine de couples les rejoignirent, ce qui leur laissait suffisamment de place pour bouger... Et d'intimité pour discuter. Mais quand Levi l'attira vers lui et enroula un bras autour de sa taille, Kendra eut toutes les peines du monde à s'intéresser à la conversation.

Elle était trop occupée à analyser la multitude d'émotions qui s'étaient emparées d'elle à son contact. Le frôlement de sa hanche contre la sienne alors qu'ils dansaient, la sensation de sa robe transparente autour de ses jambes... Elle inspira les notes de cèdre et de musc provenant de son après-rasage, qu'elle pouvait sentir autour de sa mâchoire et de son cou alors qu'ils se balançaient au rythme de la musique.

Elle était tellement perdue dans les sensations qu'elle en oublia presque leur discussion. Mais quand la voix de Levi gronda près de son oreille, elle se souvint qu'il voulait connaître la raison de son refus initial de l'accompagner dans ce voyage.

— C'est important pour moi, parce que je pensais qu'on avait vécu quelque chose de spécial cette nuit-là. Pourtant, tu me repousses depuis, et tu ne m'as jamais donné d'explications.

Il recula pour l'observer au clair de lune avant d'ajouter :

— Si on veut que ce voyage se passe bien, il faut qu'on puisse mettre notre passé de côté. Chose que je ne peux pas faire si je ne comprends pas la raison de ton changement d'attitude d'il y a trois ans.

Kendra sentit alors son estomac gronder, et se souvint qu'elle n'avait pas terminé son repas avant de partir.

En repensant à la somptueuse suite de l'hôtel Plaza et au repas attentionné qu'il leur avait commandé, elle dut faire un effort pour s'accrocher à sa vieille rancœur. S'il ignorait la raison de sa froideur, elle allait se faire un plaisir de lui expliquer.

— Tu as racheté l'entreprise de mon père dans une période vulnérable de sa vie, alors que c'était la seule chose qui lui donnait de la stabilité, expliqua-t-elle, la main crispée sur l'épaule de Levi. Il lutte contre la dépression et la dépendance au jeu depuis que ma mère l'a quitté, mais il était encore plus fragile à l'époque car ma mère venait tout juste de se remarier.

L'expression de Levi s'assombrit.

— Tu m'avais parlé de son problème de dépendance au jeu. Tu avais également mentionné la possibilité d'un déplacement de cette dépendance avec le lancement d'une entreprise de spiritueux.

Surprise par la précision de sa mémoire – puisqu'elle avait pratiquement oublié ce détail – Kendra manqua un pas. Agile, Levi évita son pied et la stabilisa aussitôt avec sa force tranquille.

— Je m'en souviens, admit-elle avec hésitation en essayant de se remémorer cette conversation ancienne.

Ils étaient dans sa cuisine, en train de se préparer un en-cas après avoir fait l'amour pour la première fois… ou était-ce la deuxième ?

— Son médecin l'avait prévenu que certaines personnes remplacent une dépendance par une autre. Donc, même si le démarrage de son affaire l'aidait à se remettre de son problème de jeu, papa devait faire attention à ne pas développer une relation malsaine avec l'alcool.

Un couple d'âge mûr en parfaite harmonie et les yeux rivés l'un sur l'autre virevolta près d'eux. Kendra se demanda si elle se sentirait un jour aussi en phase avec quelqu'un. Elle n'était sortie qu'avec un seul homme depuis cette nuit mémorable avec Levi, et la relation de huit mois s'était terminée lorsque son petit ami avait accepté un emploi sur la côte Ouest et qu'elle avait réalisé qu'elle ne souhaitait pas le suivre.

Après ces deux échecs en amour, Kendra s'était plongée dans le travail.

— C'est exactement ce dont je me souviens, approuva Levi. Tu étais très anxieuse à ce sujet. J'ai donc acheté son entreprise pour te décharger de ce souci.

Les pieds de Kendra s'immobilisèrent et le monde cessa de tourner.

— Excuse-moi ?

Levi arrêta de danser et la relâcha.

— J'ai cru te rendre service en lui rachetant Gargoyle King, dit-il troublé.

Il semblait sur le point de développer, mais l'organisateur de l'événement – un homme grand et dégingandé vêtu d'un smoking bleu marine – s'arrêta au bord de la piste de danse et leur fit signe.

— Excusez-moi, Levi, dit Bruno Delacorte en tenant une tablette dans une main et une coupe de champagne dans l'autre. Nous aimerions faire une photo avec nos plus grands donateurs. Accepteriez-vous de vous joindre à nous au niveau de l'entrée ?

— J'en serais ravi, déclara Levi, tandis que ses yeux s'attardaient sur Kendra. Tu veux bien venir aussi ? Nous n'avons pas terminé cette discussion.

Mais elle s'éloignait déjà.

Elle avait besoin de prendre l'air pour assimiler ce qu'elle venait d'apprendre. Et, peut-être aussi un coup de fil à son père pour se rafraîchir la mémoire sur quelques détails. Avait-elle mal jugé Levi ?

— Je dois retourner à l'hôtel, murmura-t-elle. On en reparlera dans la matinée.

— Kendra..., commença Levi, en effleurant son bras.

Mais elle ne resta pas pour entendre la suite. Parce que, si Levi lui disait la vérité, il venait de bouleverser tout ce qu'elle pensait savoir sur lui.

Le lendemain après-midi, Levi se promenait le long de Great South Bay à Long Island, afin de respirer l'air salin du lagon. Après une journée bien remplie à assister à des événements et à voir Kendra habillement éviter toute conversation, il avait besoin de s'accorder quelques instants de solitude.

Il était vêtu d'un pantalon cargo et de chaussures bateau à l'occasion de ce festival écologique organisé dans un refuge faunique à Islip, sur la rive sud de Long Island. Le sanctuaire accueillait une multitude d'expositions, de jeux et de démonstrations sur les pratiques respectueuses écologiques, et le rivage était resté ouvert pour que les visiteurs puissent profiter de la beauté naturelle de l'espace protégé. La musique folk entraînante d'un duo de guitaristes se mêlait au bruit sourd des vagues qui clapotaient sur le rivage aux pieds de Levi tandis que deux adolescentes couraient dans l'eau en hurlant.

Kendra n'avait pas eu le temps de réserver un stand à la foire, mais elle avait dit que leur présence leur donnerait des idées pour les autres festivals. Aujourd'hui, il était uniquement chargé de rassembler des idées et discuter avec les visiteurs, et bien sûr, faire un don important au refuge faunique qui parrainait cet événement. Il avait déjà remis un énorme chèque aux organisateurs, ce qui lui avait permis de se faire photographier. Son travail de la journée était donc terminé.

Il ne restait plus qu'à retrouver Kendra.

Il n'accepterait plus aucun prétexte de sa part pour éluder leur conversation de la nuit dernière.

Levi se détourna de l'eau et étudia la rangée de tentes d'exposition en cherchant la silhouette de Kendra, mais son téléphone vibra dans la poche de son pantalon avant qu'il puisse la trouver.

Comme il espérait voir son nom à l'écran, il eut un moment de déception en voyant celui de son frère Quinton s'afficher à la place. Mais il écarta rapidement ce sentiment et décrocha, avide d'avoir des nouvelles du ranch.

— Salut, Quint. Quoi de neuf ?

— Désolé de te déranger, répondit son frère manifestement agité. Je sais que tu es occupé avec la tournée, mais j'ai pensé que tu devais savoir qu'il y a eu un... incident... au Stockyard hier soir.

— Tu y étais ?

Levi était habitué à ce que ce soit son frère Gavin qui passe au bar de temps en temps. Pas Quinton qui ne pensait qu'à son travail.

— Je suis passé voir comment se portaient les affaires après les dernières frasques de papa.

— C'est une catastrophe, répondit Levi en passant une main dans ses cheveux.

Il détestait que son bar fasse les frais des activités malhonnêtes de son père. Son chiffre avait déjà diminué par le passé, quand le public avait su que Duke avait déshérité deux de ses fils.

— Et ça continue, confirma Quint. Mais j'ai noté la présence de Seth Davies.

Levi cessa de marcher, à la fois curieux et inquiet.

— Le père de Kendra était dans mon bar hier soir ?

Il n'y avait encore jamais vu l'homme auparavant.

— Peut-être qu'il voulait voir comment se portent les affaires étant donné que je lui ai offert un siège au conseil d'administration de Gargoyle King.

— À mon avis, sa présence là-bas n'avait rien à voir avec le travail, répondit Quint. Seth était complètement ivre et il répétait à qui voulait l'entendre que Gargoyle King était son entreprise et non la tienne.

Choqué et consterné, Levi sentit ses sourcils se lever.

— Il était ivre ? répéta-t-il inquiet.

— Complètement. Le barman a dû lui appeler un taxi.

En entendant des bruits de glaçons qu'on remuait dans un verre, Levi imagina son frère dans le bureau de Kingsland Ranch, ce qui était très rare car Quinton ne restait jamais à Silent Spring plus longtemps que nécessaire.

— Et est-ce que quelqu'un d'autre l'a entendu ? demanda-t-il en faisant demi-tour une fois au bout de la plage.

Il parcourut mentalement la liste des personnes qui continuaient à fréquenter l'endroit : quelques éleveurs du coin et de vieux habitués qui s'y retrouvaient pour une partie de fléchettes hebdomadaire.

— Trois ou quatre personnes que je ne connaissais pas. Mais le shérif Hamilton était là, en compagnie de sa femme.

Le cliquetis des glaçons semblait plus agité.

— Bon sang, jura Levi en se pinçant l'arête du nez alors qu'une migraine commençait à pointer.

Leur frère Gavin était en conflit avec le shérif depuis des années. Mais Levi avait bon espoir que les choses s'arrangent à présent que Gavin sortait avec Lauryn, la fille de celui-ci.

— C'est ce que je me suis dit aussi. Je vais appeler Gav pour voir s'il peut demander à Lauryn de parler à son père. Il ne faudrait pas que le shérif prenne les délires de Seth au sérieux.

— Mais ça ne veut pas dire que les autres clients ne sont pas déjà en train de se passer le mot, grommela Levi.

Est-ce que Kendra avait discuté avec son père la veille ? Raison de plus pour qu'ils terminent leur conversation.

— Tu pourrais peut-être demander à Kendra quelle mouche a piqué son père ? suggéra Quinton. Peut-être qu'elle peut lui parler ?

Si seulement Quinton savait à quel point Levi avait peu d'influence sur Kendra Davies.

— Je vais voir ce que je peux faire, dit-il en s'éloignant de la plage pour se diriger vers les tentes d'exposition. Merci de m'avoir appelé.

Il raccrocha et hâta le pas, déterminé à obtenir des réponses auprès de sa cavalière aux lèvres pincées.

Et bien sûr, cette image lui fit penser à des façons plus agréables de lui faire desserrer les lèvres. Le souvenir de leur nuit ensemble lui revint alors avec vivacité.

Leur danse de la veille lui avait rappelé à quel point ils s'accordaient bien, et à quelle vitesse son léger parfum de jasmin pouvait enflammer ses sens et lui donner envie d'elle. Et surtout, cette danse lui avait montré qu'elle n'était pas indifférente à lui, elle non plus. Il l'avait entendue soupirer quand il l'avait serrée contre lui, et avait senti sa respiration s'arrêter quand il avait posé ses mains sur ses hanches pour la guider durant la danse.

Au moment où il repéra ses cheveux blonds à deux tentes de là, sa faim d'elle faisait bouillonner son sang. Elle était en compagnie de deux femmes devant un tableau d'affichage coloré qui détaillait les différentes espèces d'oiseaux de la région.

Vêtue d'une robe d'été moulante bleue ornée de boutons blancs à l'avant, et chaussée de sandales assorties, ses cheveux étaient détachés aujourd'hui, et ses boucles lui couvraient les épaules comme pour l'envelopper, chose qu'il avait très envie de faire lui aussi.

Elle se retourna à son approche, comme si elle avait senti sa présence. Leurs regards se verrouillèrent l'un à l'autre et l'air autour d'eux crépita.

La jeune femme s'excusa alors auprès de ses compagnes et se dirigea vers lui.

— Tout va bien ? demanda-t-elle en étudiant son visage de ses yeux noisette.

— Il faut qu'on parle.

Levi lui prit la main et l'entraîna à travers la foule qui s'était multipliée durant la dernière heure. Ils passèrent près d'une tente qui servait à manger et qui débordait de promeneurs et de jeunes familles alors que les odeurs de barbecue et d'épices s'échappaient des grils parrainés par les restaurants locaux.

— Nous devons parler à quelques associations avant de partir…, commença Kendra en jouant avec une de ses boucles d'oreilles de sa main libre.

Levi s'arrêta devant l'allée qui menait au centre environnemental – un impressionnant château reconverti – et se tourna vers elle.

— Tu m'as évité toute la journée, lui fit-il remarquer en passant son pouce sur sa peau sans savoir si c'était elle ou lui qu'il essayait d'apaiser elle. Je ne veux plus parler à un seul étranger tant qu'on n'aura pas discuté.

Elle baissa les yeux sur leurs mains jointes comme si elle était surprise de le voir la toucher. Ou peut-être qu'elle était surprise de voir qu'elle l'autorisait à le toucher. Il lui prit également l'autre main.

Ils étaient bien en vue des passants, mais avec toutes les attractions et les tentes d'exposition il n'y avait qu'eux devant le bâtiment en pierre qui abritait le centre éducatif.

— Je fais le travail pour lequel tu m'as embauchée, lui rappela-t-elle d'une voix étrangement rauque. À toi de voir si tu préfères ignorer les contacts que j'essaye d'établir dans l'intérêt de ton entreprise.

Le regard de Levi se posa sur sa bouche où le rouge à lèvres s'était presque effacé, et il eut envie d'effacer également le reste par un baiser. Faisant un effort, il se força à remonter son regard sur ses yeux.

— Je ne peux pas travailler à chaque minute de la journée. Et tu sais très bien que nous n'avons pas terminé notre conversation d'hier soir.

Elle exhala un souffle et retira ses mains.

— Mais que reste-t-il à dire, Levi ? demanda-t-elle avec exaspération. Qu'il y a eu un malentendu ? Que mes inquiétudes à propos de mon père ne comptaient pas assez pour t'empêcher de t'emparer de son affaire ? Que tes intentions n'étaient pas aussi néfastes que je l'imaginais ?

— Oui. C'est exactement ce dont il faut discuter, dit-il en étrécissant le regard. Est-ce que tu te rends compte à quel point ça change les choses entre nous ?

Elle secoua la tête.

— Ça ne change rien. Peu importe ce qui s'est passé il y a trois ans, ça ne change rien à la situation dans sa globalité et au fait que tu as directement envoyé mon père aux tables de jeu en lui donnant tout cet argent.

Elle croisa les bras autour d'elle et ajouta :

— Les bonnes intentions ne changent rien à ce qui s'est passé.

— Elles pourraient changer ce que tu ressens à propos de moi… à propos de nous.

— Il n'y a pas de nous, rétorqua-t-elle le regard brillant de colère.

Ou était-ce un autre genre d'émotion passionnée ?

Testant sa théorie, il s'approcha d'elle et vit ses pupilles se dilater.

— Tu en es sûre ? demanda-t-il d'une voix basse alors qu'il inclinait la tête.

Sa bouche plana sur la sienne et la respira. Kendra parut vouloir dire quelque chose, et soudain elle le surprit en comblant la distance entre eux et posant ses lèvres sur les siennes.

7

As-tu perdu la tête ? résonna une voix dans la tête de Kendra.

Mais quand il passa une langue séductrice le long de sa lèvre inférieure, son cerveau préféra ne rien écouter et faire fi de tout bon sens.

Les échos de la foire s'estompèrent, ainsi que les rires et les conversations de la tente de restauration. Des enfants riaient et la musique folklorique de deux guitares s'élevait dans la brise, mais rien ne pouvait l'empêcher de savourer la sensation des mains de Levi sur ses hanches.

Ou la sensation de son large torse quand ses douces courbes se moulèrent contre ses muscles durs.

En sentant son propre cœur tambouriner contre sa cage thoracique et la supplier de renouveler la nuit inoubliable d'il y a trois ans, elle dut serrer les poings pour empêcher ses doigts de se faufiler sous sa chemise et caresser son torse.

Levi taquina ses lèvres en les mordillant et les léchant. Ils étaient cachés des passants, derrière un coin du bâtiment, et sachant que personne n'en saurait rien, elle se laissa pleinement aller contre lui.

Un gémissement silencieux parcourut Levi. Ses doigts se resserrèrent sur la courbe de ses hanches, donnant à Kendra l'impression d'un courant électrique qui la parcourait jusqu'au plus profond d'elle.

Mais il s'éloigna un instant plus tard, et rompit leur baiser pour appuyer son front contre le sien. Ils respirèrent à l'unisson, leurs poitrines se soulevant et s'abaissant rapidement alors qu'elle essayait de se ressaisir.

— Je n'ai jamais voulu nuire à ta famille, dit-il finalement en lui caressant la mâchoire du pouce. J'aurais dû en parler avec toi avant de faire cette offre à ton père.

Toute sensation de chaleur s'éteignit en elle à ce rappel. Pourtant, Levi était en train de lui offrir ce qu'elle attendait depuis si longtemps : une explication et des regrets.

— Oui, tu aurais dû.

Elle rejeta ses cheveux en arrière en s'écartant. Si seulement elle pouvait être indifférente, leur relation professionnelle ne s'en porterait que mieux. Mais comment oublier que Levi avait voulu lui faire plaisir, sans s'interroger sur les conséquences de ce rachat ?

— C'est du passé à présent. Au moins, je sais que tes intentions n'étaient pas mauvaises. Alors merci de me l'avoir dit.

Levi la regarda s'éloigner. Elle pouvait sentir son regard même en ayant le dos tourné, comme si un lien invisible les reliait depuis qu'ils s'étaient embrassés. Inspirant une profonde bouffée d'air marin, elle contourna le bâtiment et retourna au festival.

Derrière elle, elle entendit les pas de Levi qui la suivaient.

— Allons-nous parler de ce qui vient de se passer ? demanda-t-il d'une voix rauque qui la fit frissonner malgré la chaleur.

Cherchant son téléphone à tâtons, elle le retira de la poche de sa robe pour se concentrer sur autre chose.

— Il serait peut-être préférable de faire une pause avant de retourner aux tentes, dit-elle en essayant de garder un ton calme et désinvolte.

À l'intérieur, au contraire, elle était nouée et complètement déboussolée.

Qu'est-ce qui l'avait poussée à jeter toute prudence aux orties et à l'embrasser alors qu'elle essayait de garder ses distances ?

— Tu ne penses pas que notre travail va s'en ressentir ?

demanda-t-il avec sérieux. Il y a de quoi créer un malaise si on évite de parler de ce baiser.

Elle serra les dents en tapotant sans réfléchir l'écran de son téléphone afin d'éviter son regard.

— Il t'a fallu trois ans pour parler de ton erreur. Tu ne penses pas que j'ai droit à quelques heures pour mettre de l'ordre dans mes pensées avant d'être bombardée de questions ? dit-elle en rangeant son téléphone et levant enfin les yeux sur lui.

Levi l'étudia pensivement, ses yeux bleus attisant les braises encore chaudes de ce baiser.

— Très bien, acquiesça-t-il finalement. On a encore pas mal de travail avant l'étape de Los Angeles. On reparlera du baiser à ce moment-là.

Kendra sentit alors la tension dans ses épaules se relâcher. Il fallait vraiment qu'elle se ressaisisse avant de faire quelque chose de fou comme se jeter à nouveau sur lui.

— Bien. Tu es prêt à retourner à l'hôtel ? Il faut qu'on se prépare si on veut pouvoir s'arrêter à Milwaukee pour récupérer le stand d'exposition.

Elle était reconnaissante à Levi d'avoir proposé de faire livrer le matériel d'exposition qu'elle avait commandé pour leur première foire écologique à Chicago. Mais, pour le transporter à bord de son avion privé, ils devraient faire une escale supplémentaire ce soir.

— Tu as raison. Nous devrions être en route, dit-il en glissant un bras autour d'elle pour la guider à travers la foule. Mais j'étais tellement distrait par ce baiser que j'ai oublié de te dire quelque chose d'important.

Le souffle de Kendra s'accéléra à son contact, mais il la relâcha une fois qu'ils furent arrivés à une zone dégagée menant au parking.

— J'écoute, dit-elle en suivant ses longues enjambées, prête à se remettre au travail.

— J'ai parlé à Quinton tout à l'heure, et il m'a dit que ton père était passé au Stockyard hier soir.

À son ton hésitant, elle se retourna pour le regarder.

— Qu'est-ce que tu ne me dis pas ?

Elle voyait bien qu'il y avait autre chose.

Comme toujours, quand il s'agissait de son père, elle craignait le pire. Mais l'établissement de Levi était un bar, pas un casino. Quel genre d'ennuis avait-il bien pu se créer ?

— Il a beaucoup bu apparemment, répondit Levi en levant le bras pour faire signe à leur chauffeur qui attendait plus loin. Quinton a dit qu'il était ivre.

— Est-il bien rentré ? demanda-t-elle soudain morte d'inquiétude. Quelqu'un a pu vérifier ?

— Notre barman s'en est occupé, la rassura-t-il tandis que le SUV noir s'arrêtait devant eux. Il lui a appelé un taxi.

Le chauffeur sortit aussitôt pour leur ouvrir la portière. Kendra grimpa dans la fraîcheur climatisée de l'habitacle en cuir, ses pensées se bousculant alors qu'elle réfléchissait au comportement de son père. Était-ce un acte isolé ou fallait-il s'inquiéter de sa consommation d'alcool ?

— J'ai essayé de le joindre hier soir, mais il n'a pas encore répondu à mon SMS, murmura-t-elle en s'attachant. Je réessayerai tout à l'heure.

Elle comptait également l'interroger sur la vente de Gargoyle King. À l'époque, elle avait été si furieuse qu'il ait tout perdu au jeu qu'elle ne l'avait pas questionné sur les détails de la vente. Mais maintenant, après avoir parlé à Levi, elle s'interrogeait.

Levi prit place à côté d'elle, sa longue jambe frôlant la sienne alors qu'il s'installait confortablement. Le contact fit à Kendra l'effet d'un courant électrique et lui rappela leur baiser. Sa peau s'échauffa à cette pensée.

— Je t'en parle car je sais que tu t'inquiétais de la possibilité d'un remplacement de dépendance il y a trois ans, lui rappela Levi en attachant sa ceinture de sécurité. Je voulais m'assurer qu'il ne s'était pas mis à boire.

Il sortit sa tablette de la pochette du siège du SUV où il l'avait laissée plus tôt et, fidèle à sa parole, se concentra sur le travail.

Kendra suivit son exemple en lisant les mails sur son téléphone pour faire un point sur les prochaines étapes de la tournée, mais elle ne pouvait se sortir les mots de Levi de la tête.

Était-il possible que son père se soit mis à boire ?

Elle n'avait rien entendu à ce sujet jusque-là, mais il était vrai qu'elle passait le plus clair de son temps à Denver. L'inquiétude lui serra le ventre et elle se promit de garder un œil vigilant sur son père, que ce soit au niveau professionnel ou personnel.

Dès leur arrivée à l'hôtel, elle l'appellerait et aurait une conversation sérieuse avec lui.

Plus tard dans la soirée, dans un petit aéroport du Milwaukee, Kendra marchait le long du jet loué par Levi. Le pilote avait fait atterrir l'appareil une demi-heure auparavant, mais ils avaient dû attendre l'arrivée de la camionnette transportant les présentoirs destinés à leur futur stand Kingsland Ranch, pour la foire écologique de Chicago.

Levi et le pilote supervisaient le déchargement de la camionnette à la lueur des quelques feux de piste. Les odeurs de kérosène et de gaz du véhicule se mêlaient à la brume de début de soirée. Kendra se tenait à l'écart, de l'autre côté de l'escalier escamotable menant à l'avion, et faisait défiler ses messages.

Une partie concernait des problèmes au travail qu'elle résolut rapidement en mettant en contact des collègues ou en déléguant les tâches.

Elle écouta ensuite celui de sa mère qui avait vu sa photo sur les réseaux sociaux et qui lui disait à quel point elle aimait sa robe Valentino. Elle l'exhortait ensuite à « mettre le grappin » sur le magnifique homme qui était à son bras sur la photo : en d'autres termes, Levi Kingsley. Kendra effaça le message sans même écouter le reste de l'inévitable diatribe.

Les conseils de sa mère au sujet du mariage et des relations étaient toujours les mêmes. Ça commençait par un discours sur le fait que Kendra devait davantage penser à sa famille et moins à sa carrière – comme si elle ne pouvait pas avoir les deux dès qu'elle serait prête –, puis ça se terminait par des propositions de mise en relation avec les progénitures de ses amies ou des inconnus qu'elle rencontrait grâce à ses activités caritatives.

Tous ces hommes n'avaient qu'un seul point commun : de l'argent à jeter par les fenêtres.

Comme si Kendra choisirait un homme en se basant sur ce critère.

Perturbée par la nouvelle lubie de sa mère au sujet de Levi, elle appuya sur l'écran de son téléphone pour fermer la fenêtre de la messagerie vocale juste au moment où un autre message commençait :

— Chérie, c'est papa...

Le message s'arrêta quand le téléphone s'éteignit.

— Oh zut, grommela-t-elle en s'éloignant de l'escalier.

Son père avait finalement tenté de la joindre et elle avait manqué l'appel pendant qu'ils étaient en vol.

Au lieu d'écouter le message, Kendra préféra l'appeler directement. Après plusieurs sonneries, son père finit par décrocher.

— Bonjour, chérie, déclara Seth Davies de ce ton paternel affectueux qui avait toujours le don de la réconforter.

Quels que soient ses problèmes, son père s'efforçait toujours de lui montrer qu'il l'aimait.

— Que me vaut le plaisir de tous les messages que tu m'as laissés ?

Refusant d'ergoter sur le fait de savoir si deux SMS et un appel téléphonique en deux jours étaient excessifs quand son père avait des problèmes de dépendance et de dépression, Kendra fit les cent pas sur le tarmac pendant que les ouvriers chargeaient le panneau d'affichage sous la cabine passager.

Il avait l'air en forme, mais elle savait que la distance pouvait permettre de cacher les vrais sentiments. Elle était devenue experte au fil des ans à lire entre les lignes tout en vivant loin de lui.

— Je voulais savoir si tu allais bien, papa, expliqua-t-elle doucement. On m'a dit que tu étais au Stockyard il y a deux nuits.

Elle avait lâché ce commentaire en espérant qu'il se montrerait franc en cas d'un éventuel problème de boisson.

— Eh oui, admit-il d'une voix joviale. Il faut bien que j'aie des distractions quand je n'ai pas de famille en ville.

Kendra attendit la suite sans rien dire. Elle n'avait pas l'intention de lui faciliter la tâche et de le laisser lui cacher des vérités inconfortables. Cependant elle devait se montrer prudente.

Un instant plus tard, son père poursuivit :

— Le shérif et sa femme étaient là.

Elle entendit alors le bip de la cafetière indiquant qu'il se préparait un café.

— Il m'a offert un verre en guise de remerciement pour mon livre. Est-ce que je t'ai déjà dit que c'est un grand fan ?

Elle avait déjà entendu cela. La notoriété de son père s'était peut-être estompée ces dix dernières années, puisqu'il n'avait plus rien écrit depuis son dernier roman à succès, mais il aimait revire les moments forts de sa carrière à l'occasion. Il n'avait jamais oublié que le shérif Hamilton avait assisté il y a longtemps à une dédicace de livre.

— Je m'en souviens, dit Kendra en regardant les gens de la société de livraison serrer la main de Levi avant de retourner à leur camionnette.

En voyant le pilote fermer la soute, elle décida d'en venir au fait.

— Papa, tu as eu besoin d'un taxi pour rentrer. Tu ne crois pas que tu avais un peu trop bu ?

Le rire ironique de Seth ne fit rien pour calmer son inquiétude. Autour d'elle, le vent soufflait si fort qu'elle dut se tourner sur le côté afin d'empêcher sa robe de se soulever comme un parachute.

— Je pensais que mon problème était le jeu ? demanda-t-il, avec une pointe d'agacement bien que sa voix demeurât agréable.

Elle entendit le grincement familier de la porte moustiquaire à l'arrière de la maison, et l'imagina en train de prendre son café à l'extérieur.

— Un homme peut bien avoir un petit vice, ajouta-t-il alors. Je fêtais une nouvelle idée de roman.

— Vraiment ? Tu as une idée pour un roman ?

Bien que consciente qu'il essayait probablement de la distraire en inventant cette histoire de livre, elle ne put empêcher d'un sursaut d'espoir.

— C'est juste un embryon d'idée, la prévint-il. Je dois d'abord cogiter tout ça dans ma tête avant de pouvoir écrire. Mais oui, j'ai quelque chose de juteux, Kendra. Quelque chose qui fera taire les critiques.

Levi lui fit alors signe de monter dans l'avion, lui indiquant qu'il était temps de repartir. Elle tourna le regard vers le hublot du pilote et vit qu'il avait déjà repris sa place dans le cockpit. Elle détestait écourter cet appel et elle ne voulait pas non plus interrompre son père s'il avait vraiment une idée de roman.

Rejoignant Levi qui l'attendait, elle baissa la voix :

— Donc l'incident d'hier soir n'est pas quelque chose d'habituel chez toi ?

Elle n'avait remarqué aucun autre signe de problème de dépendance qui aurait pu l'inquiéter.

— Bien sûr que non, dit-il distraitement, comme s'il pensait déjà à autre chose. Tu as eu des nouvelles de ta mère récemment ? Comment va Jenny ?

Kendra hésita au pied des marches, et se raidit face à l'attirance automatique de son corps envers Levi qui se tenait là. Elle n'en revenait toujours pas de l'avoir embrassé plus tôt.

Ces brefs instants avaient été incroyables, aussi merveilleux que dans ses souvenirs, et même plus.

Elle se souvint alors que son père était toujours là, et se dépêcha de répondre :

— Maman va bien.

Si seulement il pouvait voir son ex-femme avec la même

clairvoyance qu'elle. Seth Davies était l'exemple parfait de ce qui pouvait arriver quand on tombait fou amoureux de la mauvaise personne. Un exemple que Kendra refusait de suivre.

— Je dois y aller, papa. Essaye de travailler un peu aujourd'hui, d'accord ? Tu sais aussi bien que moi que l'écriture fait toujours ressortir le meilleur de toi.

— Bien sûr, chérie. Prends bien soin de toi.

Elle raccrocha et glissa le téléphone dans sa poche.

— Tout va bien ? demanda Levi de sa voix chaude alors qu'ils montaient les marches ensemble.

Un frisson la parcourut, et elle se morigéna de réagir ainsi en sa présence ; ce genre de sensation n'avait pas sa place dans leur relation.

— Je l'espère. Mon père m'a dit que l'incident du bar était exceptionnel. Et comme personne d'autre ne m'a rapporté des problèmes d'ivresse, je veux bien le croire.

Mais elle savait également que les personnes dépendantes étaient capables de mentir avec aisance pour cacher leurs problèmes. Une fois à l'intérieur, Kendra s'installa dans le siège qu'elle considérait comme le sien.

— Il a dit qu'il fêtait une nouvelle idée de roman.

Levi vérifia la porte de l'avion et prévint le pilote qu'ils étaient prêts, avant de s'installer dans son siège, de l'autre côté de l'allée.

— Beaucoup de gens boivent un peu trop de temps en temps sans que ça devienne un problème, commenta-t-il en attachant sa ceinture et tournant ses yeux bleus vers elle. L'as-tu interrogé sur le jour où je lui ai racheté Gargoyle King ?

Le cœur de Kendra se serra en se rappelant l'autre raison de son appel.

— J'ai oublié. J'étais trop inquiète par la possibilité d'un problème d'alcoolisme.

Elle agrippa les accoudoirs de son siège alors que le petit jet prenait un virage pour rejoindre la piste de décollage. En repensant à sa conversation avec Levi sur le fait qu'il ait racheté l'entreprise pour lui rendre service, elle réalisa qu'elle le croyait sans avoir besoin de vérifier son histoire. Levi Kingsley avait peut-être tendance parfois à décider pour les autres, mais il n'était pas un menteur.

— Peut-être que vous pourriez en discuter la prochaine fois ? émit-il en inclinant son siège et baissant son stetson sur ses yeux. Ne travaille pas trop. On a deux semaines chargées devant nous.

Il avait raison. Ils atterriraient à Chicago sous peu, où il y aurait pas mal de travail avec la mise en place du stand Kingsland Ranch à « Justice pour la Faune et la Flore ».

Kendra avait prévu un après-midi rencontre avec les médias, puis un gala de charité où il devrait prononcer un bref discours et faire un don important. Le programme était chargé.

Mais cela ne faisait pas peur à Kendra, car Levi lui avait dit qu'il lui laisserait un peu de temps avant de lui poser des questions sur leur baiser. Gérer la charge de travail n'avait jamais été un problème pour elle. En revanche, ses sentiments compliqués vis-à-vis de Levi, c'était une tout autre histoire.

Son estomac se noua au souvenir de ses lèvres alors que des rubans soyeux de plaisir la chatouillaient de l'intérieur chaque fois qu'elle s'autorisait à revivre ces moments passionnés. Que souhaitait-elle qu'il se passe avec lui ?

La question était dangereuse car ce qu'elle voulait, c'était une chose qu'elle devait s'interdire.

8

Les épaules réchauffées par le soleil de Beverly Hills, Levi se tenait sur la terrasse de leur villa de location et réglait les flammes du barbecue haut de gamme. Ils étaient arrivés la veille et ne restaient que deux nuits, même s'il avait fallu signer un contrat de location de deux semaines car l'agence avait refusé de louer en dessous de cette durée.

Levi avait cependant tenu à la louer, car ses frères devaient se joindre à eux pour le prochain événement. Gavin et Quinton étaient attendus d'une minute à l'autre afin que Kendra les briefe sur le gala « Planète plus Verte » du lendemain. Ils avaient ensuite prévu de passer le week-end ensemble avant de se séparer : Silent Spring pour ses frères, tandis que Levi et Kendra continueraient leur route vers Denver et Seattle.

Levi referma le couvercle du barbecue et passa en revue les préparatifs de leur dîner au bord de la piscine. Kendra sortit juste à ce moment-là par la baie vitrée qui ouvrait la cuisine et le salon de la villa à l'air frais. Vêtue d'une robe d'été en soie blanche imprimée d'une orchidée violette, elle avait attaché ses cheveux en un chignon lâche et portait un plateau blanc.

La brise qui plaquait légèrement la fine étoffe de sa robe contre ses courbes rendait Levi fou. C'était toujours pareil avec elle : il avait constamment envie d'elle. Pourtant, après les échecs en amour de son père, il connaissait parfaitement les risques qu'il y avait à écouter ses instincts primaires, mais il ne pouvait s'empêcher de la chercher du regard dès qu'ils étaient dans la même pièce.

Il avait tout de même accepté de lui laisser du temps après leur conversation à New York. Elle avait semblé sincèrement surprise d'apprendre ce qui l'avait motivé à racheter l'entreprise Gargoyle King. Il ignorait si elle comptait vérifier son histoire, ou si elle voulait simplement un peu de répit pour revoir l'idée qu'elle se faisait de lui, mais il avait fait de son mieux pour lui laisser du temps après ce baiser inattendu. Depuis, il avait limité leurs discussions au travail, mais ce délai expirait cette nuit, et la chaleur qui l'avait lentement consumé ces derniers jours semblait s'être soudain intensifiée.

Kendra s'avança vers lui en faisant claquer ses talons sur le sol carrelé, et posa le plateau sur le plan de travail en bloc de boucher de la cuisine extérieure.

— La sécurité vient de signaler l'arrivée de tes frères, l'informa-t-elle.

Elle se rinça les mains au lavabo près du gril, faisant tinter ses deux minces bracelets en argent.

— Je me suis dit que tu pourrais commencer à faire les steaks ?

— Merci de les avoir apportés.

Il regarda alors les assiettes en grès gris sur la table du patio, ainsi que le vase et les fleurs posés sur le chemin de table blanc : contribution de Kendra à ce repas.

— Et merci de tout ce que tu as fait pour rendre cet endroit accueillant pour Quint et Gavin. Je sais qu'un traiteur aurait été plus simple, mais…

Elle lui serra doucement le bras à l'endroit où il avait retroussé la manche de sa chemise. Le contact fut bref, mais après le nombre de fois où il s'était imaginé en train de la toucher, cela lui parut électrique.

— C'était un plaisir, lui assura-t-elle avec un sourire chaleureux.

Elle recula cependant d'un pas. Avait-elle ressenti la même pulsion dans ses veines ?

— Tu as trouvé plaisant de passer à la supérette sur le chemin de la villa, pour me voir réfléchir devant des morceaux de bœuf pendant vingt minutes ? demanda-t-il sceptique en se souvenant du temps qu'il lui avait fallu pour faire ses courses. En tout cas, tu n'as sûrement pas signé pour ça.

— Pourtant, je maintiens ce que je viens de dire, affirma-t-elle en redressant le chemin de table qui venait d'être déplacé par une petite brise. C'était amusant de te voir si désireux de rendre le séjour de tes frères agréable. Je n'ai pas de frères ou de sœurs, et mes parents se sont séparés quand j'étais encore enfant. Je trouve donc amusant d'avoir une place au premier rang pour assister à des retrouvailles en famille.

L'espace d'un instant, Levi vit les bons côtés de la famille Kingsley à travers les yeux de Kendra. Bien qu'il en voulût à son père d'avoir essayé de monter ses fils les uns contre les autres, il connaissait sa chance d'avoir des frères. Même Clayton, qu'il n'avait pas vu depuis trois ans, occupait une place à part dans son cœur.

Il était sur le point de la remercier pour ce rappel quand une voix s'éleva du côté du portail fermé.

— Levi Kingsley est demandé à la porte.

Impossible de savoir si c'était Gavin ou Quinton car leurs voix se ressemblaient trop.

— Y a-t-il un Kingsley dans la maison ?

Cette fois la voix provenait de l'arrière de la cuisine extérieure, où une autre porte menait à la cour latérale. Levi tourna son regard vers Kendra et tous deux se sourirent.

— J'arrive, répondit-il en allant leur ouvrir.

— Je vais vous laisser vous retrouver en famille, proposa Kendra en reculant vers la maison.

— Pas la peine, dit Levi en s'arrêtant pour la regarder. Ils auront besoin que tu leur expliques leur rôle lors du gala de demain.

— Nous pourrons parler affaires plus tard, dit-elle avec un geste dédaigneux de la main. Profite de ta famille. Je sais à quel point c'est important pour toi de te ressourcer.

Pris au piège de ses propres mots…

Mais il ne comptait pas la laisser s'en tirer aussi facilement.

— Si ça avait été hier, quand j'ai accepté de te laisser du temps, j'aurais dit pourquoi pas ? Mais on avait convenu de discuter de notre relation une fois à Los Angeles.

Il ne mentionna pas ouvertement leur baiser, mais le souvenir de celui-ci emplissait l'air entre eux de manière si tangible qu'elle ne put s'empêcher de faire un pas hésitant vers lui. Le silence brûlant fut rompu par un autre cri provenant de la cour latérale.

— Levi, frangin, appela à nouveau un de ses frères. Si tu n'es pas là, je rentre direct à Silent Spring. J'ai un haras à gérer, moi.

Levi ne bougea toujours pas, jusqu'à ce que Kendra acquiesce rapidement, faisant par ce geste vaciller son chignon.

— Très bien. Je resterai.

Elle s'avança vers la table du patio en bambou et posa ses mains sur le dossier d'une des chaises assorties. Le menton haut, elle semblait plus préparée à une bataille qu'à une réunion de famille, et il comprit qu'elle n'était pas pressée d'avoir la discussion dont il venait de parler.

Mais ce serait pour plus tard, et il était bien décidé à évoquer l'épisode du baiser dans ses moindres détails. De préférence avec reconstitution des faits.

Rien que d'y penser, il avait envie d'accélérer ce repas pour arriver au lendemain, car il comptait attendre d'en avoir d'abord fini avec le gala afin qu'ils aient tout le temps nécessaire pour réfléchir à l'après et à ce qu'ils voulaient.

Quant à lui, il savait exactement ce qu'il souhaitait : avoir Kendra Davies dans son lit pendant au moins le reste de ce voyage.

Kendra se rendit à la cuisine afin d'apporter le dessert après le délicieux repas préparé par Levi. De là, elle jeta un coup d'œil à la table du patio et à ses occupants.

Quinton. Gavin. Et, bien sûr, Levi.

Ils avaient tous les trois un port de tête haut et fier qui lui rappelait leur père, Duke. Mais, alors que Quinton et Levi avaient hérité les cheveux et le teint plus foncés de leur mère créole, Gavin était plus clair de peau et avait des cheveux bruns. Levi était le seul des fils Kingsley à avoir hérité les yeux bleus de son père, mais ce n'était pas la première chose qui attirait le regard de Kendra sur lui.

Ce qui la fascinait, c'était de le voir diriger cette réunion avec la décontraction de quelqu'un qui avait eu des responsabilités toute sa vie. Ses manières étaient plus douces que celles de ses frères, et pourtant ces derniers le regardaient comme s'ils s'en remettaient entièrement à son jugement.

Elle ne pouvait nier que cette qualité chez lui l'attirait. Kendra était fatiguée d'être la seule personne de sa famille à faire des choix prudents et réfléchis. Bien que Levi ait clairement dépassé les bornes en décidant d'acheter Gargoyle King sans la consulter, elle avait eu le temps de réfléchir à ses motivations et elle voyait à présent la situation de son point de vue à lui. Elle comprenait qu'il n'avait pas voulu trahir sa confiance et qu'il avait vraiment cru bien faire à l'époque.

Combien de personnes dans sa vie avaient vraiment cherché à l'aider ? Savoir que Levi avait racheté Gargoyle King pour lui rendre service l'avait stupéfiée, et elle était bien sûr en colère qu'il ne l'ait pas consultée, mais elle était tout de même touchée qu'il ait fait cela dans l'unique but d'atténuer ses inquiétudes.

C'était pour cette raison d'ailleurs qu'elle lui avait donné ce fameux baiser qui tournait encore en boucle dans ses rêves. Heureusement, elle était trop avisée pour se laisser aveugler par ses sentiments. Même si Levi avait eu des intentions louables ce jour-là, il avait quand même agi sans la consulter et décidé seul de ce qui était le mieux pour elle. Ce genre de situation ressemblait un peu trop à ce que sa mère recherchait dans une relation, et Kendra refusait de se laisser cantonner au rôle d'objet décoratif dans la vie d'un homme riche.

Détournant le regard de Levi, elle ouvrit le réfrigérateur et sortit le plateau qu'elle avait préparé plus tôt. Le dessert avait été sa seule contribution au repas : des fraises et des myrtilles du marché fermier, ainsi que des fromages et un assortiment de chocolats.

Elle piocha une myrtille avant d'emporter le plateau en argent sur le patio donnant sur la piscine. Levi la croisa alors qu'il se dirigeait vers la cuisine, les bras chargés d'assiettes qu'il venait de débarrasser. Pendant ce temps, Quinton ouvrait une bouteille de porto et Gavin branchait son téléphone sur une enceinte. Les douces notes d'un air de jazz emplirent le patio à l'instant où l'éclairage extérieur s'alluma, probablement à partir d'une minuterie programmée, reflétant une lueur dorée dans l'eau de la piscine.

Kendra reprit sa place en face de la chaise vide de Levi. Elle l'entendit remplir le lave-vaisselle et en profita pour s'adresser à ses frères :

— J'espère que vous n'hésiterez pas tous les deux à me donner votre avis sur nos efforts pour gérer cette crise. Je ne m'attends pas encore à des résultats tangibles, mais j'espère que vous avez remarqué par de petits indices que nous allons dans le bon sens.

— Du genre ? s'enquit Quinton qui remplissait les verres.

Il portait une chemise blanche, un jean noir et des bottes, une tenue à mi-chemin entre la veste plus formelle de Levi, et le jean délavé et le T-shirt gris à manches longues de Gavin.

— Une baisse des publications négatives sur les réseaux sociaux ? suggéra-t-elle, nullement surprise par son scepticisme. Une augmentation de la couverture médiatique positive sur l'implication de Kingsland au niveau environnemental ?

Levi qui était revenu s'assit en face d'elle. Le cœur de Kendra manqua un battement. Elle prit un chocolat et quelques fraises, espérant se distraire avec des douceurs.

— Ça parle encore boulot ? demanda-t-il, un sourcil levé en les passant tous en revue.

— C'est pour ça qu'on est ici, lui rappela Gavin en se coupant un morceau de brie. Et je ne peux pas dire que j'aie vu une différence mesurable au niveau de mon entreprise, mais j'en sais suffisamment sur la gestion de crise pour savoir qu'on suit la bonne ligne de conduite. Je vais donc te faire confiance et espérer que ça s'arrangera.

— Je suis d'accord, renchérit Quinton en levant son verre de porto. Même si je pense toujours que le mieux serait de retrouver Clayton et de partager les parts du ranch.

Confuse, Kendra se tourna vers lui en penchant la tête, et l'observa à travers le bouquet de tournesols acheté au marché.

— Je ne comprends pas. En quoi ça résoudrait votre problème de relations publiques ?

Elle se souvenait des commérages entendus sur le départ de Clayton Reynolds de Silent Spring, il y a trois ans. Il s'était disputé avec son père et avait juré de ne plus jamais revenir. C'était du moins ce qui se disait.

Levi s'éclaircit la voix.

— Quinton et moi avions constaté une baisse du chiffre d'affaires avant même que papa fasse la une avec ses affaires frauduleuses. Ça a commencé avec le testament. Beaucoup des clients de mon bar et de la société de cybersécurité de Quint n'ont pas apprécié l'idée que l'on soit des fils privilégiés et qu'on donne l'impression de ne pas vouloir partager l'héritage familial avec nos demi-frères.

Renfrogné, Quinton s'appuya contre le dossier de sa chaise.

— J'ai essayé pourtant de céder mes parts du ranch à Clay pour en finir avec ce nom de famille et tout ce qui va avec, s'exclama-t--il avec frustration en abaissant sa main sur la table. Mais impossible de le retrouver.

— On va y arriver.

Le ton de Levi était calme et assuré. Son regard croisa brièvement celui de son frère, puis celui de Gavin. Et enfin Kendra.

— C'est juste une question de temps. Jusque-là, gardons le cap pour minimiser les retombées de la publicité négative.

Semblable à n'importe quel expert en relations publiques, Levi naviguait dans les eaux troubles de la famille comme s'il avait maintenu la paix toute sa vie – un trait de caractère qui faisait cruellement défaut à la famille de Kendra. La jeune femme le regarda changer de sujet de conversation et parler de choses plus amusantes : les progrès des veaux, une anecdote sur la foire de Chicago lorsqu'ils s'étaient retrouvés à court de T-shirts taille enfant et qu'il avait promis d'envoyer à toute une classe de primaire des vêtements aux motifs de leurs choix : taureau, agneau ou cheval avec le logo du ranch.

Kendra sourit en le revoyant noter minutieusement les tailles et les animaux choisis par chaque enfant avant de faire confirmer l'adresse de l'école et le nom de l'enseignante. Elle était même sûre d'avoir vu la maîtresse se pâmer devant lui.

Et qui aurait pu le lui reprocher ?

Levi Kingsley était non seulement un rancher fortuné et un entrepreneur prospère, il était également d'une beauté à couper le souffle et savait être très charmeur quand il le voulait. Les gens ne demandaient en général qu'à suivre un leader-né.

Toutes ces appréciations chaleureuses à son sujet lui firent réaliser deux choses. Premièrement, elle n'aurait probablement pas dû boire ce dernier verre de porto, car c'était sûrement cela la raison de la tournure sensuelle que prenaient ses pensées. Deuxièmement, elle était certaine d'être encore en train de le fixer.

— Il se fait tard, murmura-t-elle pour elle-même en se levant.

En voyant les trois têtes masculines pivoter dans sa direction, elle comprit qu'elle avait parlé plus fort qu'elle le pensait. Les trois frères Kingsley se levèrent.

Les joues rouges, elle ajouta aussitôt :

— Je veux dire qu'il est tard pour moi. J'ai encore quelques points à confirmer avant le gala de demain.

Elle prit son assiette à dessert et son verre à porto vide.

— Mais continuez sans moi.

Levi fit le tour de la table pour lui tirer sa chaise.

— Je t'accompagne.

Elle voulut protester, mais elle remarqua que Gavin et Quinton avaient déjà quitté la table pour admirer la vue de Beverly Hills depuis la balustrade de la terrasse. De plus, la présence forte et chaleureuse de Levi avait un effet bien plus enivrant que n'importe quel vin sur elle.

— Ce n'est pas nécessaire, protesta-t-elle faiblement alors qu'ils étaient déjà à mi-chemin de la cuisine. J'ai vraiment quelques appels à passer.

Même si cela aurait pu attendre le lendemain.

— Pour moi, ça l'est, objecta-t-il en lui prenant les couverts des mains pour les poser sur le plan de travail de la cuisine. J'ai attendu toute la soirée de passer un moment seul avec toi.

En voyant la passion dans son regard bleu, Kendra en eut soudain la bouche sèche.

Ils se tenaient bien trop près l'un de l'autre, même s'ils étaient cachés de l'extérieur par le mur de la cuisine. Le tic-tac de l'horloge au-dessus de la cheminée de la salle à manger parut soudain très bruyant comparé au silence.

— Je pensais qu'on devait attendre pour parler de… ça… après le gala.

Elle se sentait comme une adolescente maladroite qui bafouillerait devant un garçon mignon. Sauf que Levi Kingsley était un homme et qu'il la dévorait du regard. Le cœur de la jeune femme battait si fort qu'elle n'entendait plus rien d'autre.

— Juste pour être clair, tu veux parler de notre baiser ? demanda-t-il en caressant son épaule couverte par la fine bretelle de sa robe. Ou de l'air chargé de tension dès qu'on est ensemble, au point que je n'arrive plus à réfléchir ?

Un frisson la parcourut.

Arrivé à son cou, il caressa sa clavicule avec son pouce, attisant le feu en elle.

— Je veux dire tout, répondit-elle les lèvres sèches. Le baiser. L'air chargé. Les pensées embrumées quand on est ensemble. On doit attendre la fin de l'étape la plus importante de cette tournée pour avoir cette conversation.

Le regard de Levi descendit sur sa bouche et s'y attarda.

— C'est demain, dit-il sans cesser de caresser sa peau.

Il devait forcément sentir le martèlement de son cœur en réaction à ses caresses.

— Après le gala, précisa-t-elle d'une voix essoufflée, sachant qu'elle prenait des risques à rester dans cette cuisine plongée dans l'obscurité.

Mue par une force irrésistible, elle leva la main et toucha sa mâchoire ombrée d'une barbe de quelques heures.

— Parfait. Demain soir sera consacré à la discussion, dit-il.

Il s'approcha un peu plus en plaçant ses jambes de chaque côté d'elle jusqu'à ce qu'elle soit bloquée dans son retrait par le plan de travail en marbre.

— Et ce soir, à ça.

Il glissa alors ses bras autour de sa taille et la rapprocha, lui laissant tout le temps de protester. Mais elle répondit à la question tacite en passant ses doigts dans ses cheveux noirs.

Son grognement de satisfaction masculin la fit vibrer avant même qu'il pose sa bouche sur la sienne, la testant et la dégustant.

Et, finalement, se régalant.

9

Un seul baiser qui déclencha un brasier.

La chaleur irradia la colonne vertébrale de Levi et les flammes lui léchèrent la peau alors que la langue de Kendra caressait la sienne.

Il aurait juré entendre le rugissement du brasier dans ses oreilles, le son emplissant sa tête jusqu'à ce qu'il ne puisse plus rien entendre d'autre. Car, enfin, Kendra s'accrochait à ses épaules et s'arquait contre lui en gémissant de désir.

Comment faire autrement que répondre à cet appel ?

Il la serra contre lui avec une urgence décuplée par tous les regards qu'elle lui avait lancés ce soir-là. Par tous ses sourires séducteurs, ses rires de gorge, et ses douces courbes pressées contre lui.

En ce moment, ses cuisses s'agitaient entre ses jambes, et ses hanches ondulaient à un rythme qui ne pouvait signifier qu'une seule chose.

Juste au moment où il songeait à la hisser sur le plan de travail, la voix d'un de ses frères à l'extérieur traversa ses pensées et refroidit sa passion.

La réalité refit surface, et il réalisa avoir été sur le point de tout oublier. Une réaction dangereuse pour un homme comme lui qui se targuait de toujours rester maître de ses sentiments.

Quand il rompit le baiser, elle leva un regard interrogateur vers lui, comme si elle aussi s'était perdue dans le moment.

— Demain, lui promit-il d'une voix rauque alors qu'il inclinait son visage vers le sien. On terminera ça après le gala.

— J'y compte bien, acquiesça-t-elle d'une voix haletante.

Techniquement, ils n'avaient convenu que d'une conversation. Mais quand Kendra lui adressa un hochement de tête solennel et le fixa de ses yeux noisette presque dorés, Levi se demanda s'ils ne venaient pas de s'engager pour bien plus que cela.

Il resta à l'intérieur longtemps après que la jeune femme se fut retirée dans sa chambre, prenant comme prétexte de ranger la cuisine afin de calmer ses pensées et se ressaisir.

Enfin, une fois maître de lui, il traversa le patio à grands pas jusqu'à la bande de pelouse près de la balustrade où ses frères avaient allumé un feu dans un brasero en cuivre. Quinton était étalé de tout son long sur un canapé, un oreiller calé sous son dos pendant qu'il faisait défiler son téléphone. Gavin était assis sur une chaise longue un peu plus loin, et passait un appel vidéo à Lauryn, sa fiancée.

Levi s'installa sur une chaise près de Quinton, désireux de mettre au clair certaines choses dites par son frère tout à l'heure. Apprendre que Quint était si désireux de renoncer à ses parts de terres familiales une fois qu'ils auraient retrouvé leur frère disparu l'avait ébranlé.

Gardant la voix basse, il demanda :

— Tu penses que c'est sage de révéler nos pires histoires familiales à la femme qui est censée convaincre le monde entier que nous sommes des personnes responsables et dignes de confiance ?

Lentement, Quint baissa son téléphone et le posa sur le coussin à côté de lui.

— Si elle est douée dans son travail, elle sait déjà tout ce qu'il y a à savoir sur la famille Kingsley.

Levi sentit l'irritation le gagner.

— Kendra est excellente dans son travail, comme tu me l'as si bien fait remarquer quand tu as insisté pour que je l'embauche.

Mais ça ne veut pas dire qu'elle connaît toutes nos querelles et nos conflits privés.

Il passa une main dans ses cheveux, frustré d'être loin de son ranch et des activités qu'il aimait. Cela faisait à peine deux semaines, et il se sentait déjà claustrophobe après avoir passé autant de temps en ville et dans les petits espaces. Il avait besoin de ciel bleu, de montagnes, et des champs infinis où paissait le bétail.

Il avait besoin de terminer ce baiser avec Kendra.

— Que veux-tu dire par là, Levi ? Que j'ai détruit ses illusions sur notre grande et belle famille ? demanda Quinton en se redressant. Je suis sûr que le monde entier sait déjà que ce n'est pas le cas. Il suffit de lire les journaux.

Plus loin, Gavin discutait toujours avec sa petite amie, ce qui convenait très bien à Levi qui préférait le laisser en dehors de cela.

— Le public est peut-être au courant du testament de papa, concéda Levi en fulminant devant l'attitude de Quint. Mais personne d'autre que nous trois n'est au courant de ton désir d'abandonner ton héritage et de le laisser à Clay.

— Et pourquoi est-ce que ça t'énerve ? demanda Quint en croisant les bras sur son torse. Ça te surprend que je n'aie jamais voulu faire partie du ranch ?

La question fut comme une flèche en plein cœur de Levi dont la patience était déjà mise à rude épreuve. Quinton avait des souvenirs traumatisants de la mort de leur mère à Kingsland. Elle l'avait sauvé lorsqu'un cheval s'était rué sur lui, mais ce faisant, elle s'était placée entre son fils et les sabots de l'animal.

Levi avait toujours essayé d'être compatissant après l'épreuve traversée par son frère, mais il n'arrivait pas à comprendre sa profonde aversion pour l'endroit où ils avaient grandi.

— Je n'ai jamais pensé que tu resterais au ranch..., commença Levi en déplaçant son siège pour éviter la fumée qui avait changé de direction.

Puis, voyant le sourcil levé de Quint, il changea de ton. Quinton était resté à Kingsland pour s'occuper du ranch ces deux dernières semaines afin que Levi puisse effectuer cette tournée. Et avant cela, il avait été présent pour trier et étudier les documents de leur père après sa mort.

Il reformula donc ses propos :

— La situation que nous vivons, depuis la mort de papa, est exceptionnelle. Avant ça, j'ai toujours soutenu ton désir de faire autre chose. J'ai investi dans ton entreprise de technologie et je ne me suis jamais plaint de ton départ pour la Silicon Valley...

— Tu m'as parfois soutenu, oui, mais tu n'arrives pas à accepter que je puisse rester un Kingsley si je n'ai pas mon nom sur la propriété.

Quinton se leva et prit un bâton pour déplacer les bûches du brasero. Des étincelles volèrent et leur lueur orange se répandit avant qu'il ajoute une autre bûche.

Levi ne pouvait contester ce dernier point car c'était vrai : il voulait que les noms de tous ses frères figurent sur le titre de propriété, et il voulait qu'ils forment une famille unie, malgré leur père.

De plus, leur mère avait adoré ce ranch. Elle n'aurait jamais accepté qu'un de ses fils renonce à cet héritage. Mais ce n'était pas le moment d'aborder ce sujet.

— J'admets avoir du mal avec ça.

Il remarqua alors que la lumière d'une des chambres était allumée à l'étage ; celle de Kendra. Et cela fut suffisant pour que le souvenir de leur baiser dans la cuisine lui revienne, détournant ses pensées de son frère.

— Tôt ou tard, il faudra l'accepter, dit Quint. Mais jusqu'à ce qu'on trouve Clayton, je resterai avec vous.

Une grande ombre s'abattit sur eux lorsque Gavin les rejoignit.

— Qu'est-ce que j'ai raté ? demanda celui-ci en observant ses demi-frères alors que le feu crépitait derrière eux. Vous faites la même tête que quand vous avez appris que Ruby-Marie Reed me préférait à vous.

Levi échangea un rapide regard avec Quinton avant qu'ils

n'éclatent tous les deux de rire. La conversation se tourna alors vers les années rodéo de Gavin. C'était une période qu'ils avaient tous les trois mise à profit pour respirer un peu, loin des attentes de Duke Kingsley. Alors que Gavin avait fait cela par rébellion, Levi avait apprécié l'excuse de se rendre dans les États environnants pour assister aux compétitions. Quinton les rejoignait souvent depuis la ville où il essayait de développer son entreprise de technologie.

Quand la conversation finit par se tarir et le feu à faiblir, Levi se demanda alors si Quinton n'avait finalement pas raison ? Leur lien allait au-delà de ce ranch où ils avaient grandi.

Malgré cette agréable soirée à se remémorer le passé, et son regard qui revenait sans cesse à la fenêtre où se trouvait Kendra, il ressentait le vide laissé par leur frère. Mais jusqu'à ce qu'ils retrouvent Clay et le convainquent de rentrer, il n'avait d'autre choix que de patienter. Ils s'attendaient tous à ce que leur petit frère conteste le testament à son retour, ce qui aurait été tout à fait légitime.

Pour l'instant, Levi devait se contenter de le rechercher tout en essayant de maintenir la famille et les entreprises. Et s'il pouvait convaincre Kendra que ressusciter leur ancienne flamme – du moins, temporairement – était une bonne idée, ce serait encore mieux.

Au moment où le chauffeur de Kendra s'arrêta à la collecte de fonds de Greener Planet, située dans une résidence privée à Pacific Palisades, la fête battait déjà son plein. Toutes les fenêtres du manoir de style européen étaient illuminées quand le SUV entra dans l'allée en forme de fer à cheval. Devant eux, un voiturier prenait les clés d'une McLaren argentée tandis qu'un autre s'installait derrière le volant d'une Bentley décapotable.

Kendra était soulagée de pouvoir gagner un peu de temps dans la file des voitures, car cela lui laissa le temps de vérifier son rouge à lèvres dans le miroir de son poudrier et de s'encourager intérieurement.

Elle avait quitté la maison de Beverly Hills tôt ce matin en emportant sa robe afin de pouvoir s'habiller en chemin. Ça n'avait pas été très glamour de se changer dans les toilettes d'un grand magasin de luxe de Los Angeles, mais cela lui avait permis d'aérer ses pensées après leur tête-à-tête passionné, la nuit dernière.

Elle avait à peine fermé l'œil de la nuit à force de penser à ce baiser et à quel point elle était prête à tout oublier pour être avec Levi.

On terminera ça après le gala.

Ses mots avaient résonné en boucle dans sa tête, se mêlant aux siens : *J'y compte bien.*

Au lever du soleil, Kendra avait compris qu'elle ne serait jamais capable de se concentrer en restant sous le même toit que Levi. Les hormones et le désir ne cessaient de lui embrouiller les pensées, alors qu'elle avait besoin de toute sa concentration. Car peu importait son attirance pour Levi, elle ne pouvait se permettre d'oublier que c'était le plus gros contrat qu'elle ait jamais signé pour sa petite agence de relations publiques : la campagne devait être un succès. Comme elle avait une longue liste de tâches à accomplir avant le gala, elle avait appelé un taxi après avoir laissé un mot sur la table de la cuisine, expliquant à Levi qu'elle les reverrait, lui et ses frères, directement à la soirée.

Après avoir remis un peu de rouge à lèvres, Kendra referma le capuchon de l'étui et le rangea, avec le poudrier, dans sa pochette ornée de perles argentées. Elle venait de détacher sa ceinture de sécurité lorsqu'un voiturier ouvrit sa portière.

L'odeur saline lui indiqua qu'ils étaient proches de l'océan, et elle se demanda si on aurait pu entendre les vagues sans la musique du groupe qui entonnait un air de rock des années 1950.

Une brise tiède repoussa doucement ses cheveux de ses épaules alors qu'elle s'avançait dans l'allée.

— Madame Davis ? demanda un jeune valet en lui prenant

la main afin de l'aider à marcher sur les pavés de pierre dans sa robe moulante en satin blanc.

Surprise, elle lança un regard curieux au jeune homme. Il avait à peine la vingtaine, des yeux bruns sérieux et un sourire sympathique. Sur son étiquette, elle lut le nom « Freddy ».

— Oui, dit-elle en lui retournant son expression amicale. Est-ce qu'on se connaît ?

— Non, fit le voiturier en secouant la tête.

Il sortit alors son téléphone de la poche de son gilet et tapota quelque chose à l'écran, avant de s'expliquer :

— Mais M. Kingsley a demandé aux voituriers de surveiller votre arrivée et de le prévenir.

— Je vois.

Elle se demanda comment Levi leur avait fait passer le mot à tous, et comment il avait fait pour être assez précis dans sa description pour que le jeune homme la reconnaisse immédiatement. Mais ça n'avait pas d'importance.

Freddy désigna un tapis rouge menant à la porte d'entrée de l'élégant manoir en pierre où les festivités avaient déjà commencé.

— M. Kingsley a dit qu'il vous retrouverait à l'intérieur.

Son estomac se retourna à l'idée de le revoir après le baiser qu'ils avaient partagé. Si elle l'avait évité aujourd'hui, c'était en partie parce qu'elle craignait de s'enflammer dès le premier regard.

Elle espérait que ce n'était pas possible, mais après la nuit dernière, elle avait compris qu'elle s'était lourdement trompée en pensant pouvoir travailler en étroite collaboration avec Levi, et résister à l'attraction magnétique entre eux. Après cette tournée, ils allaient devoir redéfinir les frontières.

Mais pour le moment, pourquoi ne pas consacrer une nuit à exorciser cette attraction ? Une nuit pour se débarrasser des sentiments enchevêtrés qui n'avaient fait qu'empirer depuis la dernière fois qu'ils avaient été ensemble.

Après avoir traversé l'immense entrée et donné son nom à une femme tenant un bloc-notes, Kendra s'arrêta un instant pour se repérer. Devant elle se trouvait un impressionnant escalier de pierre avec une rampe de style baroque noire et or, tandis qu'une tapisserie d'un banquet médiéval couvrait un autre mur. Les invités se pressaient autour d'un bar visible à travers une arche, dans une autre pièce aux murs sombres et au sol en parquet. Le manoir entier était un clin d'œil à une autre époque. De là où elle se tenait, Kendra vit également un groupe de musiciens installés à l'extérieur des portes-fenêtres qui donnaient sur une terrasse. Le groupe jouait une chanson entraînante des Beatles que les invités étaient en train de reprendre en chœur.

— Bienvenue, madame Davies, déclara l'hôtesse après avoir trouvé son nom sur la liste.

Elle lui remit deux jetons de poker bleus juste au moment où Levi apparut sur le seuil de la pièce voisine.

— Profitez de nos tables de jeu. La première partie est offerte...

La femme continua son explication sur l'organisation de la soirée, mais l'attention de Kendra était entièrement tournée vers Levi, captivée par la vision de sa silhouette athlétique dans son smoking sur mesure. Il aurait parfaitement pu être un habitant d'Hollywood avec ses yeux bleus perçants, sa mâchoire bien dessinée et ses cheveux noirs qui ondulaient sous l'effet de l'air humide.

Et en parlant d'air – sa présence semblait l'aspirer entièrement de la pièce. Kendra prit une profonde inspiration, étourdie à l'idée de ce qui allait se passer entre eux ce soir. Sauf si elle faisait marche arrière, bien sûr.

Impensable.

— Merci, murmura-t-elle distraitement à l'hôtesse qui lui expliquait quand – ou peut-être où – démarrerait l'enchère silencieuse.

Le cœur de Kendra battait trop fort pour pouvoir entendre quoi que ce soit de toute façon. Après avoir rangé ses jetons de poker dans sa pochette, elle traversa le hall jusqu'à Levi dont le regard suivait chacun de ses mouvements.

Avait-elle eu peur de s'enflammer en le voyant ? L'inquiétude semblait fondée. Sa température corporelle monta à mesure qu'elle s'approchait de lui et de son regard qui la détaillait longuement, avec minutie.

Une fois face à lui, elle se demanda comment ils avaient tenu jusque-là. Car ce soir une barrière semblait avoir été supprimée, ne laissant entre eux qu'un désir brut et primal.

— Il paraît que tu me cherches ?

Elle n'avait pas eu l'intention de flirter, mais c'était plus fort qu'elle.

Il se pencha pour lui parler à l'oreille, tout en posant une main au creux de ses reins afin de l'attirer plus près.

— Te chercher n'est même pas un début pour définir toutes les façons dont j'ai envie de toi en ce moment, Kendra. Tu es magnifique ce soir.

Il pressa brièvement ses doigts contre la douce étoffe de sa robe avant de la relâcher et de lui prendre le bras pour l'escorter à travers la fête et les tables de jeu où se pressaient les invités. Les tables de black jack occupaient la moitié de la pièce, tandis qu'une roulette, des tables de craps et de baccarat se partageaient l'autre moitié.

Des serveurs en uniforme blanc proposaient des hors-d'œuvre et du champagne tandis que la musique du groupe s'élevait depuis la terrasse extérieure, et Kendra comprit que la mer était proche. Même ici, l'air était salin et humide.

— Merci, répondit Kendra en passant une main sur le satin blanc de sa robe dos nu. Heureusement que Lauryn et moi faisons la même taille car j'ai pu lui emprunter des affaires. Je n'avais jamais assisté à autant d'événements en l'espace de trois semaines, et je n'avais jamais non plus été autant photographiée qu'en ta compagnie.

Levi fronça les sourcils et s'arrêta avant de la tourner vers lui.

— Je n'avais pas pensé que ce voyage représenterait des frais supplémentaires pour toi. J'espère que tu les as ajoutés à la facture...

Elle le coupa aussitôt.

— Certainement pas. M'habiller convenablement pour les événements des clients fait partie de mon travail.

Comme il semblait prêt à débattre de ce point, elle le guida vers le président de l'association Greener Planet, prête à commencer la ronde des poignées de main.

Elle parcourut la terrasse du regard, à la recherche de Gavin ou de Quinton, afin de leur faire également rencontrer les bonnes personnes. Mais soudain une vision de son passé se matérialisa devant elle.

— Bonsoir, chérie.

Jennifer Leonard Davies St. Simon se tenait devant elle, vêtue d'une longue robe bustier en soie bleue qui comportait, au niveau de la cuisse, une fente à la limite de la décence.

Elle avait opté pour une nouvelle coupe de cheveux, à la fois hérissée et moderne qui mettait en valeur ses traits délicats. Avec ce nouveau style, elle n'avait rien à voir avec la dernière fois où Kendra l'avait vue.

— Maman ? s'exclama la jeune femme surprise.

Elle ne s'était pas préparée mentalement à une rencontre avec la femme qui les avait abandonnées, elle et son père. Mais sa mère vivait à Los Angeles, et sortir avec des hommes fortunés était sa principale occupation. Kendra n'aurait donc pas dû être surprise de la voir ici, au bras d'un homme beaucoup plus âgé.

Entre le soutien-gorge push-up qui propulsait ses atouts à des sommets vertigineux et le tour de cou en cuir orné d'un pendentif qui ressemblait fortement à un anneau de téton, rien d'étonnant à ce qu'elle reste bouche bée.

Non pas que Kendra ait eu un problème avec les anneaux de téton.

Mais pourquoi fallait-il que sa mère se réinvente à chaque homme qu'elle rencontrait ? Ce dernier look était carrément une nouveauté. Il était très différent de sa phase baba cool, lorsqu'elle était sortie avec un chiropracteur à Sedona, et qu'elle suivait des cours de médecine alternative.

— C'est si bon de te revoir, s'exclama Jennifer en l'étreignant mollement.

Elle regarda alors Levi qui discutait avec le président de Greener Planet et ajouta :

— Et accompagnée d'un spécimen très prometteur en plus.

Il fallut à Kendra tout son contrôle pour ne pas exploser en constatant que sa mère la réduisait au simple statut d'accompagnatrice.

— Je travaille, maman, protesta-t-elle finalement.

Elle détestait qu'elles ne puissent pas avoir une meilleure relation, mais après de nombreux efforts, des larmes et énormément de séances de thérapie, Kendra avait compris que laisser sa mère être trop proche était source de souffrance à long terme.

— Mais c'est vraiment super de t'avoir revue. Et si agréable de vous rencontrer également, ajouta-t-elle à l'attention du vieil homme bien charpenté qui transpirait abondamment dans son smoking.

— Bonne chance avec ta nouvelle prise ! lui cria sa mère alors que Kendra s'éloignait rapidement en direction des portes-fenêtres qui menaient à la terrasse surplombant la mer.

Elle respira profondément en essayant de se ressaisir tout en serrant la balustrade de pierre, savourant la forte brise qui soufflait du Pacifique. Le groupe jouait toujours des airs entraînants à l'autre bout de la terrasse, mais la foule dansante était loin d'elle.

Son cœur battait encore trop vite. Elle continua donc d'inspirer lentement, jusqu'à ce qu'elle sente son pouls ralentir à nouveau.

— Tu vas bien ?

La voix profonde de Levi derrière elle la fit frissonner, et elle tressaillit encore plus lorsqu'il posa une main sur sa hanche.

Au prix d'un effort considérable, elle réussit à ne pas s'appuyer contre son corps puissant : ils n'avaient pas encore terminé leur travail ici.

— Pas vraiment, avoua-t-elle en se tournant dans le cercle de ses bras. Mais ça sera le cas dès qu'on partira d'ici.

Les sourcils de Levi se haussèrent en percevant la tension dans sa voix.

— Alors nous sommes sur la même longueur d'onde, dit-il. Car j'ai hâte que cette journée se termine.

Ses mots attisèrent un nouveau un feu en elle, mais cette fois elle n'essaya pas de l'étouffer ou de l'ignorer. Au contraire, elle accueillit cette chaleur pour brûler toute l'énergie négative suscitée par la rencontre avec sa mère.

— Bien. Je pense qu'on pourra bientôt faire une séance photo et partir d'ici une heure. Peut-être que tes frères pourraient rester un peu plus pour serrer des mains et représenter Kingsley ?

Levi passa un bras possessif autour de sa taille.

— J'en ai déjà discuté avec eux. Ils savent qu'on partira séparément ce soir.

Kendra se détendit un peu, heureuse que Levi soit tout aussi impatient de passer la nuit avec elle.

— Quelle organisation ! plaisanta-t-elle en profitant du fait de se trouver dans un coin reculé de la terrasse pour se rapprocher de lui. Si seulement nous n'avions pas une heure de route pour retourner à la villa.

Levi afficha un sourire sauvage.

— Dans ce cas, j'ai bien fait de prendre des dispositions pour loger dans le pavillon des invités ce soir.

— Le pavillon des invités ? Comment cela ?

Levi posa ses mains sur ses épaules et la fit pivoter vers la plage où les vagues se brisaient sur le rivage.

— Tu vois cette maison, derrière la piscine ?

Grâce aux lumières extérieures, elle aperçut une petite maison en pierre près de la piscine à débordement. Gagnée par l'excitation, elle hocha la tête.

Levi se pencha plus près, son torse musclé pressé contre son dos, alors qu'il lui chuchotait à l'oreille :

— C'est là que je t'emmènerai, dès que nous aurons terminé ici.

10

Levi n'avait rien laissé au hasard pour cette soirée.

Il serra la clé du pavillon dans la poche de sa veste, impatient de se retrouver seul avec Kendra. Le temps lui avait paru long depuis leur première rencontre torride il y a trois ans qui l'avait marqué à jamais. Il avait planifié ce rendez-vous dans les moindres détails, depuis la location du pavillon – à quelques pas du lieu de la fête – jusqu'à la présence de ses frères afin que Kendra et lui puissent s'éclipser plus tôt. Il voulait que cette soirée soit parfaite pour elle.

Cette nuit devait être spéciale afin de rester gravée à jamais dans leurs mémoires. Parce que, même s'il ne voulait pas d'une relation sur le long terme, il comptait bien profiter de leur attirance mutuelle aussi longtemps que possible.

Alors que la séance photo touchait à sa fin, il prit congé du groupe avec lequel ils discutaient et la guida vers une sortie privée à un étage plus bas.

— Ça me fait penser au *Fantôme de l'Opéra*, fit remarquer Kendra alors qu'ils descendaient les étroites marches en pierre. Je ne m'attendais pas à devoir me rendre au pavillon par un labyrinthe souterrain.

Les sons de la fête – le groupe, les rires, même les vagues de l'océan – s'éteignirent alors qu'ils progressaient, comme si le monde se refermait sur eux.

Levi s'arrêta le temps de lui prendre la main.

— Notre hôte m'a suggéré ce chemin car les escaliers extérieurs peuvent être glissants quand les vagues sont hautes.

Il lança un regard dubitatif à ses talons avant d'ajouter :

— Surtout avec ce genre de chaussures.

En bas des marches se trouvait un long couloir de marbre orné d'appliques murales en fer forgé à intervalles réguliers. Devant eux, une porte voûtée peinte en bleue semblait les attendre. Kendra sourit en regardant ses chaussures qui résonnaient dans le couloir souterrain.

— Les talons aiguilles sont faits pour donner du style, pas pour faire de la randonnée.

Admirant ses jambes toniques visibles par la haute fente de sa robe en satin blanc, Levi combattit l'envie de la soulever dans ses bras et de la porter durant le reste du chemin. Mais c'était un gentleman et non une bête en rut qui emmenait sa conquête dans son repaire, même si ce passage caché se prêtait à ce genre d'idées.

— Tu fais tourner les têtes quoi que tu portes, lui dit-il en sortant la clé de la poche de sa veste. En fait, je continue à faire des rêves très explicites de toi et des bottes rouges que tu portais le jour où on s'est rencontrés.

— C'est vrai ? demanda-t-elle heureuse, les joues rosies.

Ils étaient à présent devant la porte bleue flanquée de deux appliques scintillantes. Pas de bougies, mais des ampoules conçues pour en imiter l'effet.

— Peut-être que j'aurais dû les remettre ce soir ? Je ne voudrais pas que notre soirée ne soit pas à la hauteur de tes souvenirs.

Il se tourna vers elle, désireux de clarifier immédiatement ses propos.

— Il n'y a aucune chance que ça se produise, lui assura-t-il en lui tenant toujours la main Je te le garantis.

De son autre main, il caressa sa joue, appréciant la façon dont ses yeux noisette se dilatèrent à son contact. Elle poussa un lent soupir qui lui réchauffa la main. Dans la lumière chaude du couloir, la peau de Kendra brillait d'un éclat de bronze tandis que les paroles de Levi faisaient doucement écho sur les murs en marbre. Elle était si belle dans sa robe de satin blanc, si désirable et féminine qu'il avait passé la soirée à fantasmer sur toutes les façons de la déshabiller.

— C'est bon à savoir, murmura-t-elle. Je suis si impatiente. Je veux que rien ne puisse gâcher notre soirée.

Levi sentit le pouls de Kendra bondir et battre contre sa main. Son propre cœur tambourinant exigeait qu'il lui avoue vouloir plus qu'une nuit avec elle, mais il refusait de lui mettre la pression. Il ne chargerait pas ce moment de trop d'attentes quand le simple fait d'être avec elle l'emplissait déjà de bonheur.

— C'est impossible, murmura-t-il en se penchant plus près pour embrasser sa tempe et respirer son parfum de jasmin.

Il la désirait au point d'en avoir mal.

Le regard langoureux, Kendra posa des doigts légers sur sa veste en soie.

— Alors ouvrons cette porte avant que ma robe prenne feu sur moi, l'exhorta-t-elle.

Levi dut faire appel à toute sa volonté pour se détourner d'elle et ouvrir la porte, alors qu'il ne pensait qu'à la serrer contre lui et lui arracher ses vêtements. Il se força à insérer la clé dans la serrure et à tourner la poignée, puis il poussa la porte et s'écarta pour la laisser entrer dans une autre cage d'escalier qui montait en serpentant vers une petite tourelle qui agrémentait l'une des façades du cottage.

— La porte suivante mène à la cuisine, expliqua-t-il en la suivant.

L'extérieur était à nouveau visible à travers les fenêtres étroites censées ressembler à des meurtrières à l'ancienne.

Par l'une des fenêtres, on apercevait la maison principale tout illuminée et la fête qui battait encore son plein sur la terrasse. Il n'aurait pu être plus heureux d'être loin de la foule. Essayer de tenir une conversation normale alors qu'il ne pensait qu'à Kendra avait été une torture.

Il s'arrêta, attendant qu'elle franchisse une autre porte bleue.

La lumière éclaira la sobre cuisine campagnarde où le parquet et les meubles de cuisine donnaient à cette nouvelle construction un aspect ancien. Il avait demandé qu'un feu soit allumé afin d'éliminer le froid et l'humidité, et grâce à une cheminée à deux faces le brasier serait également visible depuis la chambre.

Après avoir fermé et verrouillé la porte, il retira sa veste et la posa sur une solide chaise en bois pendant que Kendra tournait lentement sur elle-même et observait l'endroit. La chaleur qui l'envahit lui fit penser à une allumette qu'on venait de craquer.

Surtout quand elle lui fit à nouveau face et passa les mains derrière son cou pour détacher le licou de sa robe. Le satin blanc glissa le long de son buste dans une invitation évidente, dévoilant un soutien-gorge en dentelle sans bretelles.

Il en oublia ses mots, trop étourdi pour faire autre chose que la fixer.

Kendra ne plaisantait pas en disait que sa robe était sur le point de prendre feu. Les regards de Levi toute la soirée avaient été des invitations flagrantes et torrides, et après avoir été si longtemps privée de ses caresses, elle se sentait incapable de résister une seconde de plus.

Pourtant, en le voyant se figer après son début de strip-tease, elle eut un instant d'hésitation. Ils se tenaient près de l'îlot en bois brut où était posé un bol en bois de teck empli de citrons qui diffusaient leur parfum d'agrume.

Elle regarda les pupilles de Levi se dilater au point de rendre ses yeux bleus presque noirs, et réalisa qu'il n'était pas indifférent à son petit spectacle. Encouragée, elle chercha la fermeture Éclair située sur le côté de sa robe et l'abaissa centimètre par centimètre, les taquinant tous les deux avec la lente révélation de sa peau qui se terminait par un minuscule string blanc.

Le son guttural qu'il émit lorsque ce soupçon de dentelle apparut donna un nouvel élan de courage à Kendra. Elle se tortilla pour faire tomber la robe sur le parquet de bois sombre autour de ses talons tandis que l'air chaud de la cheminée en pierre réchauffait sa peau nue.

Sans un mot, il passa un doigt sous son nœud papillon afin de desserrer la soie noire et la retirer. Hypnotisée par ses mouvements, Kendra le regarda détacher ses boutons un par un, exposant son torse et ses abdominaux illuminés par la lueur dorée du feu de cheminée. Les muscles sculptés de son torse ondulaient, témoignant d'un mode de vie sportif et actif.

Des muscles qu'elle avait désespérément besoin de toucher, goûter et sentir contre sa peau.

S'approchant de lui, elle glissa ses mains dans la chemise à moitié ouverte et posa ses paumes à plat sur sa chaleur et sa force. Puis elle retira ses chaussures et se rapprocha davantage de lui et de tous les plaisirs que son contact promettait.

— J'ai attendu si longtemps, dit-il d'un ton rauque alors que ses mains remontaient de ses hanches à sa taille et encore plus haut. Mais l'attente en valait la peine.

Des frissons dansaient sur la peau de Kendra tandis que le souffle de Levi lui réchauffait le cou ; des frissons provoqués par ses mots et ses caresses. Elle aimait savoir qu'il avait pensé à elle. Il prit ses seins en coupe, et de ses pouces encercla ses mamelons sensibles qui se tendaient à travers la dentelle transparente de son soutien-gorge.

— Alors n'attendons plus, dit-elle en se cambrant en avant afin de se presser contre ses mains. J'ai tellement envie de toi.

Elle était prête depuis des heures, comme si son corps avait été sur la lame tranchante du désir toute la soirée, incapable d'endurer une minute d'attente de plus. Après avoir déboutonné le dernier bouton de la chemise de Levi, elle la fit glisser de ses bras.

— Parfois, l'attente rend la récompense encore plus douce, argua-t-il.

Il l'embrassa sous l'oreille, sa langue la caressant d'une manière qui la rendait hyper consciente de tous les endroits restant à embrasser. La douleur en elle s'accentua.

— En ce qui concerne ce genre particulier de récompense…, dit-elle en faisant onduler ses hanches contre les siennes de manière explicite. Je choisis la quantité à la qualité.

— Tu me mets au défi.

Il passa ses bras autour de sa taille et la souleva contre lui tout en reculant à travers une porte voûtée vers une chambre blanchie à la chaux. La pièce ne comportait aucun meuble, à l'exception d'un immense lit blanc et d'une table de chevet en bois. Un petit paquet en aluminium de préservatifs sur la table de chevet brillait à la lueur du feu, attestant de la présence de Levi ici un peu plus tôt. Une lampe tempête reposait sur un rebord de fenêtre, et une planche en bois brut servait de manteau de cheminée.

Le cottage donnait l'impression d'appartenir à un autre monde, comme s'ils étaient entrés dans un siècle différent, un lieu intemporel.

C'était tellement approprié pour une nuit qui ne pourrait plus jamais se renouveler. Pendant un instant, cela lui parut surréaliste.

Mais, ensuite, les mains de Levi parcoururent ses hanches, et elle en oublia tout sauf le bonheur d'être avec lui. Elle l'aida à retirer son smoking et le reste de ses vêtements, jusqu'à ce que la seule barrière entre eux soit ses propres sous-vêtements.

Après avoir dégrafé son soutien-gorge et l'avoir laissé tomber au sol, elle allait s'attaquer à son string quand Levi l'en empêcha en posant une main sur la sienne.

— Laisse. La première récompense viendra avant même que tu le retires, promit Levi en la poussant contre le matelas.

Le souffle coupé par l'excitation, elle ouvrit la bouche pour protester – mollement –, et se ravisa quand il la renversa sur l'épaisse couette blanche.

— Si tu insistes, dit-elle en l'attirant sur elle.

Mais il posa un coude sur le matelas à côté d'elle et fit glisser sa main entre ses cuisses.

Le plaisir monta en elle à une vitesse vertigineuse.

— Oh ! mais j'insiste.

Le ton profond de sa voix vibra le long de la colonne vertébrale de Kendra tandis que les doigts de Levi la caressaient à travers la dentelle humide de son string.

— Si c'est la quantité que tu veux…

Elle laissa échapper un gémissement tandis que ses jambes se mettaient à trembler.

Son désir pour lui avait grandi tout au long de la journée – cela avait commencé même avant aujourd'hui, si elle était honnête –, au point que son corps attendait le moindre contact pour être libéré. Avec de surcroît la voix rauque et enfumée de Levi et son regard pénétrant… Kendra fut incapable de faire durer ce doux tourment une minute de plus.

L'orgasme qui la traversa fut si rapide et intense qu'elle se cambra violemment, ses mains agrippant le poignet de Levi pour le maintenir là où elle en avait besoin. Non pas qu'il parût désireux de la relâcher, au contraire. Il continua à la caresser jusqu'aux derniers soubresauts de plaisir, lui faisant enchaîner de doux frissons l'un après l'autre.

Ce ne fut que lorsqu'elle fut vidée et à bout de souffle qu'il fit glisser la culotte en dentelle de ses hanches.

— Ce n'est que le premier, l'informa-t-il alors qu'il tendait la main vers le paquet de préservatifs sur la table de chevet. D'autres vont suivre.

Elle n'en doutait pas un instant, mais elle voulait clarifier les choses.

— Quand j'ai parlé de quantité, je ne parlais pas uniquement de moi, dit-elle en déchirant le paquet d'aluminium pour enrouler le préservatif sur lui. J'en prévois tout autant pour toi.

Tendu à l'extrême et la mâchoire serrée, il la laissa le caresser.

— J'avais oublié que tu avais un sens de la compétition aussi développé que le mien, dit-il en posant ses mains des deux côtés des épaules de Kendra avant de s'enfoncer en elle.

Elle fut aussitôt submergée par le plaisir. Quelques instants auparavant, elle s'était sentie pourtant totalement rassasiée, et voilà qu'elle avait à nouveau envie de lui.

— Mais là, nous pouvons tous les deux gagner, fit-elle remarquer presque à bout de souffle.

Elle saisit ses cheveux, s'accrochant à lui alors qu'il s'enfonçait de plus en plus profondément.

Un cri primal monta en elle, mais elle le ravala, ne voulant pas jouir sans Levi. Serrant les dents contre les sensations qui menaçaient de la submerger une fois de plus, elle repoussa son torse afin d'inverser leurs positions et de s'asseoir sur lui.

Tout en l'embrassant passionnément, elle fit onduler ses hanches lentement. Encore et encore, cherchant sur son beau visage des indices montrant ce qu'il préférait – accélérant parfois, frottant ses hanches contre lui à d'autres moments. Lorsqu'il enfonça les doigts dans ses courbes afin de l'immobiliser, elle se figea afin de voir le plaisir inonder ses traits.

Un instant plus tard, ils jouirent à l'unisson, leurs cris se mêlant l'un à l'autre. Les puissants muscles de Levi tremblaient et l'expression de son visage traduisait un plaisir intense. Un plaisir qu'elle avait réussi à lui donner.

Cette pensée la remplit d'une joie égale à celle de l'orgasme qu'il lui avait procuré. Peut-être plus grande même, car elle ne pensait pas que le Levi Kingsley toujours si maître de lui-même se laissait souvent aller dans la vie.

Il ouvrit les yeux un instant plus tard et la vit qui le fixait. Le moment était intime. Et intense. Elle fut tentée de refermer les yeux et de se blottir contre lui, mais quelque chose dans son expression l'empêcha de détourner le regard.

Elle sentit son cœur manquer un battement, puis se serrer. À cet instant, elle s'inquiéta pour elle-même.

Ravalant l'enchevêtrement déroutant de ses sentiments, elle esquissa un demi-sourire.

— Au moins, le score est à égalité maintenant.

Ses yeux bleus se rétrécirent juste avant qu'il la retourne sur le dos.

— Tu cherches les ennuis.

Elle éclata de rire, soulagée de cet instant de légèreté.

— Non, pas du tout.

— Oh que si, dit-il en tirant la couette en duvet sur eux. Mais comme j'ai besoin de quelques minutes pour reprendre mon souffle, tu as un bref répit avant que je te fasse payer de ta personne.

Il caressa ses longs cheveux emmêlés tandis qu'ils fixaient les flammes dans l'âtre. L'une des fenêtres devait être fissurée car l'air frais de la mer soufflait dans la chambre et la rafraîchissait malgré le feu. Les volets leur procuraient une intimité bienvenue vis-à-vis des passants qui auraient pu se trouver sur le rivage rocheux.

Longtemps, elle savoura le bonheur d'entendre battre le cœur de Levi contre son oreille, et de sentir ses respirations ébouriffer ses cheveux qu'il caressait. Elle glissa sa jambe sur la sienne et se blottit davantage contre lui. Dans cinq minutes, elle se souviendrait que cette nuit était consacrée au sexe, à la faim et au désir. Mais pour le moment elle ne pouvait s'empêcher de penser à ce qui aurait pu se passer si Levi n'avait pas bouleversé sa vie trois ans auparavant.

S'il n'avait pas été le genre d'homme riche et puissant à vouloir tout diriger dans une relation. Le genre d'homme qui fonçait tête baissée en pensant tout savoir mieux que les autres. Sa logique lui disait qu'elle ne pourrait pas s'entendre avec ce genre de tempérament, elle qui avait passé sa vie à tenter de se démarquer de sa mère.

Pourtant, dans des moments comme celui-ci, quand Levi la faisait rire et lui rappelait la vitesse à laquelle ils étaient tombés dans les bras l'un de l'autre il y a trois ans, elle aurait presque souhaité que les choses soient différentes.

Presque.

Des images de son père ivre au Stockyard lui traversèrent

l'esprit, lui remémorant les raisons pour lesquelles elle ne devait pas baisser sa garde.

Elle se releva sur un coude, et le regarda à la lueur dorée du feu.

— Il faut que je retourne à Silent Spring durant la semaine, un jour où on sera moins chargé, pour voir comment va mon père.

— Très bien, acquiesça-t-il après un moment. J'irai avec toi.

Elle secoua la tête en détournant le regard.

— Ce n'est pas nécessaire...

— Ça l'est, déclara-t-il en posant un doigt sur sa mâchoire pour tourner à nouveau son visage vers lui. J'en profiterai pour passer quelques heures au bureau.

Kenza se mordilla la lèvre en se demandant s'il fallait accepter son offre. Comme cela lui faciliterait énormément le voyage, elle finit par hocher la tête.

— Si tu insistes. Merci.

— Est-ce que tout va toujours bien entre nous ? demanda-t-il en posant sa paume chaude et réconfortante sur son épaule.

Prenant une profonde inspiration, elle se rappela que rien n'avait changé entre eux. Elle pouvait prendre du plaisir à faire l'amour avec lui sans y mêler ses sentiments.

— Absolument, dit-elle finalement.

Puis elle l'embrassa sur le torse et plus bas. Bien plus bas. C'était bien plus sûr que de plonger dans son regard magnétique trop perspicace.

— Mais tes cinq minutes sont écoulées.

11

Quelque part dans les recoins de son cerveau, Levi comprit que Kendra essayait de le distraire. Mais difficile de résister quand elle passait ses lèvres sur ses hanches et que sa langue traçait des cercles sur sa peau à lui en faire perdre la tête.

Il se promit de revenir sur le sujet juste avant que sa jolie bouche se referme sur lui. Après cela, il n'eut d'autre choix que de se livrer à la douce chaleur de ses soins.

— Kendra, gémit-il en passant ses doigts dans ses cheveux.

Qu'y avait-il de si spécial chez cette femme pour lui faire tout oublier ? En trois ans il n'avait jamais réussi à passer à autre chose, et à présent qu'il l'avait de nouveau à ses côtés, il ne pensait qu'à des moyens de la garder un peu plus longtemps.

Les cheveux de Kendra retombèrent en avant et lui chatouillèrent le ventre, finissant de le rendre fou. Il se redressa sur le lit et la souleva afin qu'elle soit face à lui. Ses yeux noisette brillaient à la lueur du feu, et sa respiration était saccadée.

Il prit un autre préservatif et le mit en place avant d'installer Kendra sur ses genoux, ses jambes sur les siennes de sorte qu'elle le chevauche. Elle était si belle à la lueur des flammes. Comme si tous ses fantasmes étaient devenus réalité, elle enroula ses bras autour de son cou et souleva ses hanches afin de le prendre en elle.

Quelle sensation incroyable.

Mais il n'était pas encore prêt à se perdre dans la douceur de son corps. Pas quand il faisait du plaisir de Kendra sa priorité.

Passant un bras autour de sa taille afin de l'immobiliser, il posa la main entre eux pour la caresser comme elle aimait.

En la voyant secouée de tremblements, il comprit qu'elle était sur le point de jouir. Il encercla son clitoris, lentement au début, avant de prendre de la vitesse à mesure qu'elle se tendait. Puis il prit un mamelon en bouche et l'aspira avec force.

Le dos de Kendra s'arqua, et tout son corps trembla sous l'effet de l'orgasme. Il saisit alors ses hanches et accéléra ses coups de reins, désireux de sentir chacune de ses contractions et prenant ce dont il avait besoin pendant qu'elle savourait les dernières vagues de plaisir. Le simple fait de la voir ainsi, perdue dans le bonheur, combiné à la sensation d'être intimement enserré par son corps, ne lui laissa aucune chance de tenir une seconde de plus.

Il cria son nom et la serra contre lui tandis qu'il succombait au plaisir. Pendant de longs instants, elle lui parut comme une bouée de sauvetage à travers la tempête des sensations. Il se laissa retomber contre les oreillers sans la lâcher, leurs cœurs battant à l'unisson alors que leurs respirations ralentissaient.

Mais le bonheur ressenti menaçait de lui voler une partie de la nuit, car il avait un besoin pressant de fermer les yeux et de s'endormir. Il se dit qu'il se réveillerait dans un instant afin de continuer à rendre cette nuit spéciale, et qu'il chercherait par la même occasion à comprendre sa réaction réticente lorsqu'il avait été question de son père.

Quelque chose l'avait perturbée à la fête, mais il n'avait pas compris quoi. Elle avait semblé emballée à l'idée de quitter la soirée et de se rendre au pavillon, ce qui l'avait ravi. Cependant, il ne devait pas passer à côté de ce qui la tracassait.

Mais d'abord, il lui faudrait un peu plus de cinq minutes pour récupérer cette fois. Entre la respiration calme et régulière de Kendra et ses cheveux soyeux contre son torse, Levi ne put faire autrement que s'endormir.

La vibration du téléphone portable le réveilla.

Confus de se trouver seul au lit, Levi se redressa et essaya de rassembler ses idées. Le feu s'était éteint dans la chambre blanchie à la chaux, et le côté du matelas de Kendra était froid. Pourtant, son oreiller gardait toujours l'empreinte de sa présence.

Son téléphone vibra à nouveau sur la table de chevet, et l'écran éclaira la pièce encore sombre. Prenant l'appareil, il vit le nom de Quinton, ainsi que l'heure : 4 heures.

Il se racla la gorge et décrocha.

— Je suis là. Que se passe-t-il ?

Il enfila son boxer en se demandant où était passée Kendra.

— Désolé de te réveiller, déclara Quinton d'une voix laconique. Mais j'ai pensé que tu aurais besoin de temps pour trouver une parade à notre dernier problème de relations publiques.

Soulagé que cet appel au milieu de la nuit ne soit pas une urgence personnelle, Levi essaya de mettre son cerveau en marche tout en ouvrant la porte de la chambre.

— Que s'est--il passé ?

Après un rapide coup d'œil dans la cuisine et le salon, il ne vit aucun signe de Kendra. Sa robe, en revanche, avait disparu du sol à l'endroit où elle l'avait retirée la nuit précédente. L'anxiété lui serra le ventre à l'idée de son départ. Mais ses chaussures étaient toujours là. Il espéra donc qu'elle n'était pas trop loin.

— Vérifie tes messages, suggéra Quinton alors qu'un bip électronique retentissait. Je t'ai envoyé des captures d'écran.

— Attends une seconde.

Levi éloigna le téléphone afin d'ouvrir les SMS et activer la fonction haut-parleur.

La première pièce jointe était une photo de lui et de Kendra en train de danser à la soirée Greener Planet. Son regard s'arrêta sur Kendra qui le fixait, une expression douce et heureuse. Lorsqu'il réussit à détourner son attention, il lut la légende qui l'accompagnait, postée par la mère de Kendra :

Nous n'aurons peut-être pas à attendre longtemps pour des fiançailles ! Félicitations, Kendra et Levi. En vous souhaitant le même bonheur que Doug et moi. #KingslandHappyEver- Après #KingslandForever #MereFilleFiancées #Doublemariage ?!

Il y avait une dizaine d'autres hashtags liés à Kingsland, dont la plupart avaient été créés par Kendra dans le cadre de ses efforts pour renverser l'image de Kingsland. Le cœur de Levi se serra car il imaginait déjà la réaction de la jeune femme. Était-ce pour cela qu'elle était partie ? Quelqu'un l'avait alertée du message de sa mère au milieu de la nuit ?

— Ce n'est même pas vrai, émit prudemment Levi, bien qu'il dût admettre qu'ils ressemblaient à s'y méprendre à un couple sur cette photo. Mais pourquoi est-ce un problème ?

Quinton éclata d'un rire sec et sans humour.

— Tu n'as pas encore lu les commentaires. Regarde les autres pièces jointes.

Levi se laissa tomber sur une des lourdes chaises en bois de la cuisine, et passa à la photo suivante. C'était une capture d'écran de commentaires sur une page de médias sociaux parlant de Kingsland Ranch. Il y avait un tollé général à propos des héritiers « pourris gâtés » de Kingsland qui cherchaient à se sortir de leurs problèmes à coups d'argent. Ou dans ce cas particulier, à se faire de la publicité positive en inventant des fiançailles avec une gestionnaire de crise en relations publiques.

Levi devina qu'il y avait des mots et des accusations bien plus horribles sur ces forums et que son frère avait probablement sélectionné les plus *soft* par gentillesse. Comme il n'avait aucune envie de lire des critiques plus virulentes, il apprécia grandement le tact de Quinton.

Lâchant un juron, il retira le haut-parleur et colla le téléphone à son oreille pour ne plus avoir à regarder les messages.

Quinton poussa un long soupir à l'autre bout du fil.

— Le problème, c'est qu'elle a mis tous les hashtags que Kendra utilise pour sa tournée publicitaire. Nous recevons des reproches acerbes de la part d'une association écologique que tu es censé rencontrer la semaine prochaine.

— Et le soleil n'est même pas encore levé, fit remarquer Levi, frustré que sa parenthèse avec Kendra se termine de cette façon, mais également inquiet pour elle. Je vais voir avec Kendra et je te rappellerai.

Dès qu'il l'aurait retrouvée.

Après avoir raccroché, Levi chercha son sac de voyage et en retira un T-shirt propre et un jean. Guidé par son intuition, il sortit du cottage par la porte d'entrée menant à la plage, au lieu du passage par la cuisine emprunté la veille.

En regardant vers le rivage rocheux, il vit une silhouette blanche éclairée par la demi-lune. Les vagues s'écrasaient à ses pieds et mouillaient le bas de sa robe.

Kendra.

Le soulagement qui le traversa lui fit réaliser à quel point il avait eu peur qu'elle soit partie. Ne voulant pas l'effrayer, il s'avança plus près avant de l'appeler.

Égoïstement, il espérait qu'elle était bouleversée par cette photo dans le journal et non parce qu'elle regrettait leur nuit ensemble.

— Kendra ? dit-il doucement dans la brise de l'océan.

Il s'était préparé à ce qu'elle soit affolée, mais pas à la fureur froide dans son regard quand elle se tourna vers lui.

— Tu as vu ça ? s'exclama Kendra en agitant son téléphone qui affichait le message de sa mère sur les réseaux sociaux.

En voyant l'expression consternée de Levi, elle comprit qu'elle donnait l'impression de réagir de manière excessive à une petite erreur maternelle. Elle devait sûrement avoir l'air hystérique, pieds nus dans sa robe de soirée, à arpenter une plage rocheuse en plein milieu de la nuit. Mais elle avait été tellement en colère d' avoir été réveillée par les bourdonnements répétés de son téléphone sur lequel elle avait programmé des alertes sur l'utilisation de ses hashtags.

Elle dormait si profondément après leur nuit de passion. Mais, une fois sortie de la brume de l'amour, elle avait été profondément secouée de voir les agissements de sa mère. Elle avait enfilé sa robe et avait quitté le cottage pour prendre l'air et essayer de se calmer. Mais une demi-heure plus tard elle était toujours aussi irritée. À présent, sachant que Levi avait également vu le message, un autre sujet l'embarrassait : et s'il pensait – ne serait-ce qu'un instant – qu'elle partageait les plans matrimoniaux de sa mère ?

— J'ai vu. Mon frère m'a appelé et m'a envoyé des captures d'écran, dit-il en s'approchant et tendant une main vers elle. Et je comprends que tu sois contrariée. Mais rentre, s'il te plaît, avant de te blesser davantage les pieds.

Un instant plus tard il l'enlaçait, et elle eut toutes les peines du monde à ne pas se laisser aller contre lui, en fermant les yeux pour laisser sa force et sa compréhension absorber une partie du tumulte qui faisait rage en elle. Elle prit un moment pour respirer l'odeur de sa chemise fraîchement lavée, ainsi que son parfum de cèdre qu'elle associait à son après-rasage. Mais elle réussit à s'empêcher d'enfouir sa tête contre son torse.

Leur nuit ensemble était terminée, écourtée par le rappel qu'elle ne serait jamais le genre de femme à se laisser façonner par les amants qui croiseraient sa route, comme c'était le cas de sa mère.

Elle s'écarta alors de ses bras et hocha la tête.

— Tu as raison. Je n'avais pas les idées claires en venant ici.

Soulevant le bas détrempé de la robe pour ne pas trébucher dessus, Kendra avança avec prudence vers le cottage.

— Le moins qu'on puisse dire, c'est que ma mère et moi avons une relation compliquée. Depuis qu'elle nous a abandonnés, mon père et moi, elle est toujours restée en dehors de ma vie. Mais j'aurais dû deviner qu'elle voudrait s'incruster dans mon univers en nous voyant ensemble.

Jennifer n'avait--elle pas qualifié Levi de « spécimen prometteur » ? Kendra savait que sa mère avait un faible pour les hommes riches… Visiblement, cela concernait également les gendres potentiels.

— Tu n'aurais pas pu le prévoir, la rassura Levi, alors qu'ils marchaient sur le sable humide vers le sentier dallé qui entourait le cottage.

— Oh ! que si ! Elle a quitté mon père dès que l'argent a commencé à manquer, pour aller ferrer de plus gros poissons.

Elle serra les dents, essayant d'arrêter les mots de colère qui venaient du plus profond d'elle. Mais elle avait trop mal pour rester calme. Quelle erreur d'avoir été si négligente et cherché à prendre du bon temps avec Levi, alors qu'elle aurait dû être sur ses gardes après sa rencontre avec sa mère.

— Pour une raison quelconque, elle semble penser que je vais suivre ses traces.

— Tu ne pourrais pas être plus différente d'elle, observa Levi avec assurance.

Quelques heures auparavant, elle était entrée dans ce charmant cottage, animée d'un désir ardent et prête à se laisser consumer toute la nuit. Au lieu de cela, ils finissaient tous deux carbonisés, car ses efforts acharnés pour renverser la publicité négative de Kingsland avaient peut-être été réduits à néant. Elle aurait dû savoir qu'ils seraient photographiés. C'était son boulot, non ?

— Les élucubrations de ma mère pourraient bien nous coûter tous nos efforts.

Elle avait lu les messages disant que les Kingsley se croyaient tout permis et qu'ils pensaient pouvoir se défausser des crimes de leur père en achetant tout le monde.

Suggérant ainsi qu'ils l'avaient achetée.

Levi poussa la porte d'entrée et la conduisit vers une des chaises de la cuisine avant de disparaître dans la salle de bains. Il revint avec un antiseptique et des pansements pour ses pieds qu'elle avait écorchés sur les rochers, ainsi qu'une couverture.

Elle n'avait pas réalisé, jusqu'à ce qu'il la pose autour de ses épaules, qu'elle tremblait. Était-ce l'émotion ou le froid ?

— Ce n'est pourtant pas si ridicule, non ?

La question de Levi résonna dans la cuisine silencieuse tandis qu'il se penchait pour enrouler un torchon autour de ses pieds.

Sa gentillesse, dans un moment où il aurait eu tous les droits d'être furieux à cause des idioties de sa mère, la prit au dépourvu et l'émut.

— Comment cela ?

— Tu dis que les propos de ta mère sont ridicules, expliqua-t-il en examinant ses pieds à la lumière de la cuisine. Et même si c'était irréfléchi de sa part, je pense qu'elle avait de bonnes raisons de croire qu'on formait un couple quand on nous voit l'un contre l'autre sur cette photo.

Kendra battit des cils et resserra la couverture autour de ses épaules.

— Tu ne vas quand même pas cautionner son comportement ?

Levi étudia brièvement son visage dans la cuisine trop éclairée, avant de saisir l'antiseptique.

— Je ne prétends pas comprendre votre relation, dit-il en nettoyant une écorchure sur son orteil avant d'ouvrir un pansement. Je dis juste qu'elle n'est pas le premier parent à nourrir l'espoir de voir sa progéniture se marier. Je ne peux pas lui en vouloir pour ça.

Puis, d'un geste lent et précis, il pressa le bandage sur elle.

Kendra se mordit la lèvre pour refréner son envie d'argumenter et d'expliquer que l'intérêt soudain de sa mère pour sa vie n'avait rien à voir avec l'amour maternel. Puis elle se souvint que Levi avait perdu la sienne quand il était enfant. Il y a trois ans, ils s'étaient liés en discutant du vide laissé par leurs mères : lui avec la mort d'Adele Boudreaux Kingsley, elle avec le départ de Jennifer.

Adoucie, elle poussa un soupir en s'adossant au dossier de sa chaise. Comment mettre des limites avec un homme si attentionné ?

— C'est gentil de ta part. Et je te promets de trouver un moyen de réduire la publicité négative.

— J'en ai déjà un, dit-il en se levant. Ne faisons rien. Laissons les gens croire qu'on est amoureux et ne répondons pas aux spéculations.

Il avait suggéré cela avec une telle simplicité. Pourtant, cela fut suffisant pour qu'en entendant ces mots son estomac se noue et qu'elle soit prise de vertige, ce qui était une réaction exagérée. Mais après tout, peut-être ne comprenait-il tout simplement pas comment fonctionnait la communication de crise ?

Oui. Ce devait être ça.

— Je ne pense pas que ce soit une bonne approche, dit-elle finalement en réalisant qu'elle était restée silencieuse un peu trop longtemps. Mieux vaut prendre les devants en déclarant clairement que nous ne sommes pas ensemble...

Levi secoua la tête.

— Je ne suis pas d'accord. Les gens apprécient les histoires d'amour. Si nous ne réagissons pas aux commentaires négatifs, le public finira par se lasser. Qui n'a pas envie de croire que l'amour triomphe de tout ?

Kendra se leva de sa chaise ressentant le besoin de mettre de la distance entre eux et de repousser les souvenirs de la nuit avant d'être privée de raison.

Elle chercha ses chaussures et les enfila. Il fallait qu'elle s'occupe.

— Je crois que c'est une erreur. Mais c'est toi qui décides, donc à toi de voir.

Son cœur battait trop vite et son corps entier s'était réchauffé sous le regard bleu de Levi qui ne la quittait pas des yeux. Elle serra plus fort son téléphone.

— Pendant que tu y réfléchis, j'aimerais en profiter pour rentrer chez moi et voir comment va mon père. Il va être bouleversé par le message de ma mère et son annonce de fiançailles.

— Je t'ai déjà dit que je rentrerais à Silent Spring avec toi, lui rappela-t-il en jetant un regard par la porte ouverte de la chambre où on pouvait voir le lit où ils avaient passé des heures à s'aimer. Pourquoi ne pas dormir quelques heures avant de...

— J'aimerais partir le plus tôt possible, mais je ne veux pas te déranger.

Si elle retournait dans ce lit, elle était sûre qu'ils recommenceraient à s'arracher leurs vêtements.

Ils n'allaient pas dormir, et elle se connaissait trop bien pour prétendre le contraire. De plus, si son père était contrarié par les fiançailles de sa mère, cela augmentait le risque qu'il se réfugie dans l'une de ses addictions pour se réconforter.

— Ça ne me dérange absolument pas, dit Levi d'un ton froid.

Il sortit son téléphone et appuya sur les touches avant d'expliquer :

— J'informe le pilote qu'on aimerait partir à la première heure et qu'on se retrouve à l'aérodrome.

Un frisson parcourut Kendra alors qu'un froid s'installait entre eux. Leur nuit était bel et bien terminée, et c'était elle qui avait repoussé ses efforts pour la prolonger.

— Merci.

Elle savait qu'elle lui devait plus que des remerciements. Il avait été attentif à ses sentiments et avait pardonné le comportement de sa mère. C'était peut-être pour cela d'ailleurs qu'elle ressentait le besoin de retrouver son père, car elle avait beau voir à quel point Levi était gentil, elle ne pouvait oublier que sa décision brutale de racheter l'entreprise familiale sans la consulter avait plongé son père dans sa pire spirale de dépendance.

— Il faut juste que je récupère mes affaires à la villa.

— Bien sûr, dit-il sans lever les yeux de son téléphone. Je demanderai au chauffeur de s'y arrêter en chemin.

C'était pourtant elle qui avait donné le ton à leurs nouveaux rapports. Pourtant, elle ne pouvait s'empêcher de pleurer la perte de leur intimité.

— Et tes frères ? Est-ce qu'ils vont rentrer avec nous ?

Elle ne connaissait pas les projets de Gavin et Quinton, mais ils lui avaient bien stipulé qu'il fallait se référer à Levi pour ce qui concernait la campagne publicitaire. Elle ne s'attendait donc pas à ce qu'ils restent indéfiniment.

— Pas si je peux les en dissuader, dit-il en rangeant enfin son téléphone et la regardant en face. Si nous voulons partir le plus tôt possible, ils devront nous remplacer à la prochaine étape.

N'ayant rien de plus à ajouter, Kendra hocha simplement la tête plutôt que se risquer à bouleverser ce nouvel équilibre entre eux. Elle récupéra ses bijoux et son sac à main tandis que ses inquiétudes concernant son travail, les manigances de sa mère et les addictions de son père convergeaient dans un nœud d'anxiété.

Pourtant, malgré toute son inquiétude, la pensée qui lui revenait sans cesse était la question de Levi : « Qui n'a pas envie de croire que l'amour triomphe de tout ? »

Les mots tournaient en rond dans son esprit.

Hélas, elle savait déjà qu'il n'y croyait pas plus qu'elle.

12

En garant son pick-up devant la maison de Seth Davies cet après-midi-là, Levi eut un mauvais pressentiment.

Mais cette sensation était peut-être due au silence de Kendra depuis leur départ du cottage. Ils avaient pourtant partagé une nuit magique, mais c'était comme si un interrupteur avait été actionné depuis leur réveil, après le message de Jennifer. Il comprenait que Kendra avait une relation difficile avec sa mère, mais elle semblait particulièrement réticente à l'idée de se marier avec lui.

Était-elle fondamentalement anti-mariage ? Ou était-ce juste à cause de lui ? Et pourquoi est-ce que cela l'ennuyait à ce point … ? Plus qu'il ne l'aurait cru ?

Il avait fait de son mieux pour ne pas manifester de l'agacement, mais comment ne pas se sentir un minimum offensé ? Surtout après ce qu'ils avaient partagé ? Non pas qu'il soit intéressé par l'amour et le mariage, et pour cause ! Il allait devoir passer la majeure partie de l'année à tenter de réparer les dégâts causés par les amours désordonnées de son père. Il n'avait donc pas du tout l'intention de faire subir ce genre d'enfer à ses héritiers potentiels.

Mais ça ne signifiait pas que Kendra et lui ne pouvaient pas avoir une liaison.

Kendra, qui avait déjà détaché sa ceinture et qui s'apprêtait à sortir de la voiture, déclara :

— Ce n'est vraiment pas la peine que tu restes.

L'irritation de Levi n'en augmenta que davantage face à la froideur de la jeune femme.

— Oui, tu as été très claire à ce sujet. Mais j'aimerais au moins dire bonjour à ton père et lui souhaiter la bienvenue au sein du conseil d'administration de Gargoyle King, répondit-il d'un ton sec.

Comment les choses avaient-elles pu se détériorer aussi rapidement ?

Il descendit du véhicule et la suivit jusqu'à la porte d'entrée de la petite maison envahie par les mauvaises herbes, en se répétant qu'elle avait toutes les raisons de s'inquiéter pour son père, tout comme il y a trois ans. Sauf qu'il avait mal interprété la situation à l'époque, et que dans ses efforts pour l'aider il avait fait exactement le contraire. Il ne pouvait pas réparer le passé, mais il ne commettrait pas deux fois la même erreur.

Il espérait juste qu'il n'était pas trop tard pour sauver sa relation avec elle. Ils s'entendaient bien. Il devait seulement éviter le piège du mariage qui avait causé tant de mal à sa famille.

— Je suis sûr que papa appréciera, acquiesça Kendra après une longue hésitation.

Elle toqua deux fois à la porte moustiquaire déformée avant de sortir sa clé.

— Papa ? appela-t-elle en entrouvrant la porte.

Devant l'absence de réponse, elle entra d'un pas décidé.

La maison était plongée dans l'obscurité. Les stores étaient tirés et la table de la cuisine était jonchée de boîtes de pizza ouvertes, de bouteilles de vin, de bière et d'alcool. Une odeur de renfermé et de moisi mêlée à quelque chose de plus piquant prenait immédiatement à la gorge.

Il fallut un petit moment aux yeux de Levi pour s'habituer à l'obscurité et distinguer ce que Kendra avait dû repérer un instant avant lui. Elle se précipitait déjà vers le canapé miteux quand Levi y vit son père affalé. Vêtu d'un pantalon de jogging et d'un T-shirt, Seth Davies serrait une bouteille de whisky Gargoyle King dans une main, et dans l'autre, un cadre photo brisé.

Des éclats de verre provenant du cadre dégringolèrent des genoux de Seth quand il chercha à se redresser. Avec ses cheveux clairsemés dressés sur la tête et son regard clignotant, il ressemblait à une chouette. La photo qu'il tenait ressemblait à une vieille photo de mariage.

— Kendra ? dit-il d'une voix rauque comme s'il n'avait pas parlé depuis des jours.

Toujours affalé sur le canapé, il souleva la bouteille de whisky pour montrer l'étiquette : celle-là même qu'il avait conçue avant de vendre l'entreprise à Levi.

— On dirait que je n'aurais pas dû vendre après tout, fit-il remarquer en plissant les yeux sur le libellé de la bouteille comme s'il n'arrivait pas à le lire. Tu n'aurais pas eu alors à te fiancer pour décrocher un emploi à ton vieux père.

Le cœur de Levi se serra à cette remarque qui traduisait un profond regret, même si elle était probablement influencée par l'alcool. Il réalisa alors que Kendra avait dû entendre cela à de nombreuses reprises.

— Papa, je ne suis pas fiancée, le corrigea doucement celle-ci. Tu as obtenu le poste par tes propres mérites. Parce que Gargoyle King était ton idée à la base.

Elle retira une couverture du dossier du canapé et l'enroula autour du cadre cassé afin que personne ne se coupe.

Ses paroles et ses gestes traduisaient une tendresse que Levi ne l'avait encore jamais vue manifester. Son amour pour son père était évident, même si elle devait être dévastée à cet instant.

Levi s'approcha pour lui prendre le verre brisé des mains.

— Comment est-ce que je peux t'aider ?

Il ignorait ce qu'elle comptait faire, mais il voulait être présent à ses côtés.

— J'aimerais l'emmener dans un centre de désintoxication, dit-elle doucement en époussetant le bras du canapé des restes d'éclats de verre. Si tu pouvais m'aider à le faire monter en voiture…

— Bien sûr.

Soulagé de pouvoir se rendre utile, il contourna le canapé pour prendre l'autre bras de Seth et l'aider à se relever.

Celui-ci, qui ne semblait pas remarquer leurs efforts, baissa les yeux sur la bouteille et traça le contour de la gargouille couronnée dessinée dessus.

— Ton logo était superbe, Kendra, bafouilla-t-il. J'espère que ton compagnon sait le rôle que tu as joué dans son succès.

Levi s'immobilisa et intériorisa les mots. Kendra n'avait jamais mentionné cela. Dans quelles proportions aurait-elle pu revendiquer la marque Gargoyle King ? Il avait pourtant toujours été persuadé que Seth Davies était le seul concepteur de la marque et du business plan.

Est-ce que Kendra avait également été impliquée ? Il était sur le point de l'interroger sur son investissement personnel dans le projet, mais elle secoua la tête.

— Laisse ça pour l'instant. S'il te plaît, dit-elle avec un regard d'avertissement impossible à ignorer.

Levi décida de ne pas insister et passa un bras sous les épaules de Seth pour l'aider à se remettre sur pied. Il réserverait ses questions pour plus tard, puisque c'était ce qu'elle voulait.

Mais il n'oublierait pas.

Parce que si ce qu'il craignait était vrai, et que Kendra avait eu un rôle bien plus important qu'il ne le pensait dans le lancement de cette marque, il lui avait fait encore plus de tort en ne la consultant pas au moment de l'achat. Une transaction qui avait conduit Seth à jouer la totalité de la somme, et avait privé Kendra de la reconnaissance qui lui était due pour sa contribution.

Peut-être que cela ne posait pas de problème à Seth d'avoir privé sa fille de sa part légale, mais ce n'était pas le cas de Levi.

L'heure du dîner était largement passée quand Kendra termina d'installer son père au centre de réadaptation. Sur le trajet du retour, elle feuilletait les brochures qui lui avaient été remises. Aucune ne garantissait la « guérison » ; uniquement l'accès aux soins.

Est-ce que son père ferait sa part pour arrêter de boire ?

Elle appuya la tête contre sa vitre en regardant le soleil de fin de journée répandre une lueur dorée sur les collines verdoyantes du Montana où le bétail paissait sereinement. Mais à l'intérieur elle se sentait tout sauf calme.

— Qu'est-ce que tu aimerais manger ? demanda Levi. Tu dois être affamée après avoir passé tout l'après-midi à la clinique.

Il avait pris la direction de l'aérodrome où leur avion devait les emmener vers la prochaine étape de la campagne de bonne volonté. Il ignorait cependant si elle l'accompagnerait quand son père traversait une épreuve pareille ?

Levi, qui ne l'avait pas suivie dans le bureau du conseiller du centre, n'avait pas entendu les explications de Kendra au sujet d'un éventuel « incident déclencheur ». Il ignorait donc à quel point elle se sentait responsable de la série d'événements qui avaient conduit à cette dernière spirale descendante.

— Je n'ai pas faim.

Du bout du doigt, elle écorna le coin de la brochure parlant de soutien familial et emplie de conseils qu'elle connaissait déjà, mais qu'elle n'avait pas suivis. En effet, elle était absente de Silent Spring au moment où son père avait eu besoin d'elle.

— Il faut que je retourne chez mon père. Maintenant.

— Tu es sûre ?

Les sourcils froncés, Levi tapota nerveusement le volant de ses pouces, mais mit quand même son clignotant pour quitter l'autoroute et se diriger vers la maison vide de Seth.

— Certaine. Il faut que je nettoie tout ça.

Elle se souvenait encore du choc ressenti en entrant dans sa maison d'enfance qui sentait le rance, l'alcool et la maladie.

Elle en avait immédiatement compris la signification : que son père lui avait caché durant des mois un problème qui n'avait fait qu'empirer. Il n'aurait pas pu consommer autant d'alcool en quelques semaines s'il n'avait pas augmenté son niveau de tolérance sur une longue période.

— Une équipe de nettoyage pourrait s'en charger...

— Pas aussi bien que moi, le coupa-t-elle sèchement, inquiète et à bout de nerfs. Ça fait trop longtemps que je ferme les yeux sur ses problèmes.

Elle savait pourtant que le remplacement d'une dépendance par une autre était un cas fréquent, mais elle avait choisi de suivre Levi dans cette tournée afin de faire avancer sa carrière. Pire même : elle avait accepté cette tournée en raison de son attirance pour lui. À présent elle récoltait ce qu'elle avait semé, et c'était son père qui en payait le prix.

— Tu crois ça ? demanda gentiment Levi alors qu'il quittait l'avenue principale de Silent Spring pour se diriger vers la maison construite sur un ancien ranch. Ou lui as-tu donné une chance de s'approprier ses problèmes et de prendre ses propres décisions ?

— Je vois que tu as lu la brochure du soutien familial, fit-elle remarquer avec ironie. Peut-être as-tu loupé la partie qui parle de l'importance d'une présence dans la vie d'une personne dépendante pour l'aider à se rétablir ?

Elle n'appréciait pas de recevoir des conseils de la part de la personne même qui avait orchestré le plus grand revers de son père il y a trois ans. Surtout quand ses nerfs étaient encore à vif après la bêtise de sa mère.

— Je l'ai lu aussi, poursuivit Levi, malgré sa frustration croissante. Mais les soignants doivent avant tout prendre soin d'eux, sinon ils ne peuvent pas aider les autres.

La colère l'envahit et explosa avant qu'elle puisse l'empêcher.

— Je m'en souviens, rétorqua-t-elle en se tournant vers lui. Mais penses-tu que t'accompagner à chaque événement m'aide à prendre soin de moi ? Ou est-ce que c'est uniquement bénéfique à toi et à ton entreprise ?

Elle se rendait compte qu'elle était à bout de nerfs et peut-être même injuste, mais ça lui était égal. Levi non plus n'avait pas été juste avec son père et elle.

— Qui, soit dit en passant, est justement celle que tu as arrachée à papa sans jamais m'en parler, ajouta-t-elle.

Son cœur battait furieusement. Elle aurait vraiment dû discuter du sujet avant d'accepter ce travail, mais elle s'était dit qu'elle était une professionnelle et qu'elle saurait gérer.

— Je comprends que tu sois contrariée, dit Levi en se garant devant la demeure. Et tu as de bonnes raisons de l'être. Je ne savais pas que tu t'étais autant investie dans l'entreprise Gargoyle King quand j'ai fait cette offre à ton père.

— Si j'ai travaillé avec lui, c'était parce que j'aimais qu'on passe du temps ensemble. J'ai apprécié de le voir à nouveau s'épanouir sur le plan créatif après toutes ces années frustrantes où il essayait d'écrire un livre.

Elle ne fit aucun geste pour sortir du véhicule car elle voulait aller au bout de cette discussion… avant que les choses n'aillent plus loin entre eux.

De l'autre côté de l'habitacle du pick-up, Levi fixa la maison sombre pendant une longue minute, la mâchoire serrée alors qu'il semblait peser ses mots. Quand il se tourna pour croiser le regard de Kendra, son expression était circonspecte.

— Mais tu te souviens m'avoir dit que tu étais inquiète de voir ton père diriger une entreprise de spiritueux, n'est-ce pas ? De la possibilité qu'il remplace sa dépendance par une autre ? demanda-t-il en posant la main sur l'avant-bras de Kendra.

Ce contact était un réconfort qu'elle se refusait, même si elle mourait d'envie de se laisser aller. Il fallait qu'elle soit forte pour son père… et également pour se protéger elle-même. Elle souleva les brochures et les reposa dans une pile ordonnée sur le tableau de bord.

— Bien sûr que oui. Je m'inquiète pour mon père depuis que je suis au courant de ses problèmes. C'est lié à l'amour que j'ai pour lui, dit-elle en rangeant les brochures dans son sac à main. Mais comprends-moi : j'étais inquiète pour un avenir lointain. Et maintenant, le risque d'une crise s'est transformé en une crise réelle.

— Je n'aurais pas dû aller le voir avant sans t'en parler.

Elle secoua la tête, en colère contre elle-même.

— C'est ma faute. J'aurais dû être ici avec lui. Si j'étais restée auprès de lui, j'aurais peut-être vu ce qui se passait et on n'en serait pas là.

Au lieu de cela, elle avait enchaîné les soirées extravagantes pendant que son père souffrait dans la solitude. Elle s'était comportée comme sa mère.

— Tu es en train de dire que tu regrettes le temps que nous avons passé ensemble ces dernières semaines ?

Des images d'eux deux ensemble défilèrent dans l'esprit de Kendra, lui rappelant à quel point leur relation avait été brûlante et prenante, au point de tout lui faire oublier. À la facilité avec laquelle elle pouvait se perdre dans cet homme.

— Comment ne pas regretter, alors que mon père sera enfermé durant les six prochaines semaines, malade et seul ?

Qu'elle l'ait fait hospitaliser pour son propre bien ne la réconfortait pas le moins du monde. D'autant plus qu'elle avait l'impression que c'était elle qui l'avait poussé à boire. Elle avait beau savoir que son père était l'unique responsable, elle ne pouvait s'empêcher de penser qu'elle aurait dû le surveiller de plus près. Elle aurait alors vu les signes avant-coureurs et l'aurait aidé plus tôt. Si elle n'avait pas fait cette tournée avec Levi, elle n'aurait pas attiré l'attention du photographe, et sa mère n'aurait pas écrit un message sur les réseaux sociaux en parlant de futur mariage.

Et Seth Davies n'aurait pas été dévasté par l'idée fausse que sa fille avait séduit Levi pour lui offrir une place au conseil d'administration de Gargoyle King.

— Ce n'est pas ta faute. Et je suis certain que lorsque tu y réfléchiras plus tard, tu conviendras que ce n'était pas la mienne non plus.

Levi fit une autre tentative pour se rapprocher d'elle et posa sa paume chaude sur son épaule.

— Prends quelques jours de pause de la campagne si tu le

souhaites, mais n'abandonne pas l'excellent travail que nous faisons ensemble.

Travail ?

Le cerveau de Kendra se bloqua sur le mot tandis que son corps se tendait sous sa caresse.

— C'est tout ce que tu penses que nous avons fait ensemble ?

Elle ne voulait même pas entendre sa réponse, mais peut-être qu'il le fallait ? Elle avait besoin d'un rappel tangible que Levi ne voulait rien d'autre qu'une aventure passagère avec une personne qu'il considérait comme un peu plus qu'une collègue.

Il retira sa main.

— Bien sûr qu'il y a plus que le travail entre nous.

Son regard fit le tour du véhicule, comme s'il cherchait une réponse à donner.

— Mais tu ne peux pas nier que nous accomplissons de bonnes choses en équipe…

Elle ne voulait plus en entendre davantage. Se voir reléguée au statut de collègue était plus que suffisant pour la convaincre qu'elle avait encore été une imbécile face à cet homme.

— Je suis contente que tu sois satisfait de mes efforts, dit-elle avec raideur et essayant de rester digne après s'être autant dévoilée. Mais je pense qu'il vaut mieux que ton compte soit géré par un de mes collègues.

— Kendra, ce n'est pas ce que je voulais dire, protesta-t-il, l'expression troublée. Pourquoi ne pas rentrer un moment ? Je te préparerai quelque chose à manger et on pourra en discuter.

Comme si le problème n'était qu'un simple malentendu. Comme s'ils pouvaient tout résoudre par une petite conversation.

— Parler ne changera rien au fait que je suis tombée amoureuse de toi.

Elle ouvrit la portière en grand, mais quelque chose en elle l'empêcha de descendre. Un soupçon d'espoir pervers la poussa à se tourner vers lui pour demander :

— À moins bien sûr que tu n'aies développé des sentiments pour moi, toi aussi ?

Elle vit à son hésitation – à son immobilité soudaine – qu'il n'était pas préparé à la question. Pire même : que ses sentiments n'étaient pas réciproques. Le gouffre entre eux s'élargit en même temps que le dernier espoir de Kendra disparaissait.

De tout ce qu'elle avait subi durant la journée, ce revers était le pire.

— Ce n'est pas grave, dit-elle en levant une main pour l'empêcher de répondre.

Elle se sentait incapable d'entendre la moindre parole sur la belle équipe qu'ils formaient.

— J'ai eu ma réponse. Et j'apprécierais que tu nous laisses tranquilles, mon père et moi. Je veillerai à ce que tu reçoives les coordonnées de ton nouveau chargé de clientèle dans l'heure. Maintenant, si tu veux bien m'excuser, j'ai beaucoup à faire.

Le cœur brisé, elle ne se retourna pas quand Levi l'appela.

Parce qu'elle comprenait – même si lui non – qu'il n'y avait plus rien à dire.

13

Une semaine plus tard, Levi était de retour à Kingsland Ranch après la fin officielle de la tournée de bonne volonté.

Seul.

Il gara sa voiture et récupéra son sac de voyage du siège passager, avant de se diriger vers les marches du perron où régnait un silence total.

Un silence qui semblait plus intense à présent. Il connaissait désormais la sensation d'épanouissement qui accompagnait les journées passées avec quelqu'un de non seulement professionnel et dédié à sa carrière – son égale en affaires –, mais aussi de passionné et généreux en amour. Une personne partageant plaisir et tendresse avec lui. Quelqu'un de bienveillant.

Alors qu'il retirait ses chaussures et posait son sac sur le banc de style colonial de l'entrée, Levi pensa à toutes les fois où il avait failli appeler Kendra cette semaine. Mais que dire de plus à une femme qui lui avait clairement fait savoir qu'elle avait besoin de plus que ce qu'il était capable d'offrir ? Une femme qui méritait bien mieux que sa pauvre déclaration sur le fait qu'ils formaient une bonne équipe.

Dommage qu'il ne sache absolument pas comment être plus qu'un simple coéquipier.

Il ouvrit le réfrigérateur vide, en dehors d'une brique de lait périmée, et se morigéna de ne rien avoir commandé avant de rentrer. Cela faisait des jours qu'il était distrait et incapable de se concentrer sur les événements successifs auxquels il assistait… seul et sans Kendra.

Tout en sachant qu'il l'avait fait souffrir.

L'expression blessée de ses jolis yeux noisette, quand elle lui avait demandé s'il avait développé des sentiments pour elle, le hanterait à jamais. Elle ne pourrait jamais comprendre la raison pour laquelle il évitait soigneusement ce genre de situations : il avait été élevé par Duke Kingsley, qui n'autorisait jamais aucune émotion et qui respectait uniquement le travail et l'effort.

Il claquait la porte du réfrigérateur quand des lumières de phares éclairèrent la cuisine. Le bruit d'un moteur retentit dans l'allée.

Pendant un bref instant, il se demanda si ce n'était pas Kendra qui passait pour voir comment s'était déroulée la tournée. Il ne lui avait pas parlé une seule fois, pas même un SMS, depuis qu'elle avait transmis son compte à l'un de ses collègues. N'était--elle pas curieuse de savoir comment les entreprises Kingsland s'en sortaient ?

Mais il connaissait déjà la réponse. Il avait compris l'aspect définitif de cet adieu en la voyant s'éloigner d'un air décidé. Et compte tenu de son investissement dans cette mission, elle avait probablement déjà remarqué que les marques Kingsland remontaient. La publicité négative s'était calmée, le terrain pollué était en cours de nettoyage, et Levi assurait tout le soutien possible à l'équipe qui y travaillait. Quelques articles positifs dans les médias au sujet des efforts de la famille Kingsley avaient généré une bonne presse.

Levi se dirigea vers la porte d'entrée afin d'accueillir le visiteur, et vit Gavin qui s'approchait, un carton de pizza à la main.

— Bienvenue à la maison, déclara Gavin en lui souriant. Comme j'essaye d'être un meilleur frère, j'ai pensé à apporter une offrande.

Malgré son humeur sombre qui ne l'avait pas quitté de toute la semaine, Levi sentit ses lèvres se courber en un sourire réticent. Après ses années de rébellion et de rodéo, Gavin donnait du sien pour faire à nouveau partie de la famille. Si seulement

Levi pouvait également convaincre Quinton de rester avec eux, ils pourraient ensemble trouver un moyen de localiser Clayton et partager équitablement les parts du ranch.

— Étant donné que je viens juste de rentrer et que j'étais occupé à fixer un frigo vide, ce n'est pas de refus, déclara Levi en ouvrant la porte en grand.

Gavin accrocha son stetson près de la porte et essuya ses bottes avant de se diriger vers la cuisine.

— Je dois avouer que j'ai regardé l'heure de ton arrivée pour venir te poser une question.

Curieux, Levi le suivit et sortit des assiettes des étagères de la cuisine refaite par Isla Mitchell Kingsley – la mère de Gavin –, durant la brève période où elle avait été mariée à Duke.

Ces cinq années avaient été heureuses, ce qui était un miracle car Levi et Quint avaient perdu leur mère dans un tragique accident l'année précédente. Mais Isla avait été si gentille avec eux, et son bébé, Gav, avait distrait les garçons de leur douleur. Comme c'était étrange de penser à Isla en ce moment, alors qu'il disposait les assiettes choisies par elle sur le plan de travail de l'îlot. C'était des assiettes en porcelaine blanche décorée de subtiles fleurs bitterroot – l'humble fleur sauvage emblématique de l'État du Montana. Isla, sa nounou avant d'être sa belle-mère, avait été la dernière à bénéficier de l'affection sans faille de Levi. Son amour, même. Que penserait-elle de sa réponse à Kendra lorsqu'elle l'avait interrogé sur ses sentiments ?

L'une des assiettes tomba lourdement sur le plan de travail, lui rappelant que Gavin avait une question à lui poser.

— Qu'est-ce que tu voulais savoir ? lança-t-il en s'effondrant sur l'un des tabourets de bar en cuir.

Il ne demandait qu'à être distrait de ses pensées sombres.

— J'ai vu votre photo à toi et Kendra pendant le gala Greener Planet, commença Gavin en s'asseyant sur un autre tabouret.

Il souleva le couvercle de la boîte et poussa la pizza vers Levi.

— Celle qui spécule sur vos fiançailles, ajouta-t-il.

Sa poitrine le brûla au souvenir de cette photo et de la nuit inoubliable qui avait suivi avant que leur relation provisoire tombe en poussière. Il en eut aussitôt l'appétit coupé, mais se força à prendre une part de la pizza apportée par Gavin. Par politesse, mais aussi pour ne pas être seul.

— Et donc ? demanda-t-il en poussant la boîte vers Gavin qui se servit deux parts.

— Est-ce que c'est vrai ? Tu envisages de demander à Kendra de t'épouser ?

Une vision de lui et de Kendra ensemble se forma dans sa tête, et lui fit mal.

— Même si j'avais pu être le genre d'homme qu'elle mérite, j'ai perdu toutes mes chances à ce niveau, déclara-t-il avec effort.

— De quoi parles-tu ? demanda Gavin, la pizza à mi-chemin de sa bouche. Qu'est-ce que tu as fait ?

Levi haussa les épaules sans vraiment savoir par où commencer.

— C'est plutôt ce que je n'ai pas fait. Ce que je ne peux pas faire. Je ne sais pas m'y prendre avec les sentiments et les relations, et elle mérite quelqu'un qui en soit capable. Quelqu'un qui soit...

La vision de Kendra avec un autre homme fut comme un coup de poignard dans son ventre. Sa phrase resta inachevée car il refusait de penser au genre de personne qui lui conviendrait.

— Depuis quand tu es nul dans les relations ? demanda Gavin en reposant sa part de pizza. Tu es le seul élément qui maintienne cette famille unie. À mon avis, tu es le seul d'entre nous à savoir gérer tous ces trucs d'émotions.

Levi secoua la tête, pas du tout convaincu.

— Je t'en prie. Tout comme toi, j'ai été formé à l'école de résistance mentale de Duke Kingsley.

Gavin fronça les sourcils.

— Pourtant, quand j'étais en train de m'interroger sur ce qu'il convenait de faire avec Lauryn, qui a été là pour moi ? Qui m'a dit de retrouver mes esprits avant de la perdre ?

— Ce n'est pas parce que je sais reconnaître une femme bourrée de qualités quand j'en vois une que j'aurai plus de succès que papa pour les garder.

Son père qui avait trompé sa première femme et divorcé de la seconde sans rien laisser à ses plus jeunes fils.

— Levi, tu ne lui ressembles en rien. Tu es carrément à l'opposé de notre père, s'exclama Gavin en martelant la table de son doigt. Quand il nous a demandé de faire nos valises, à ma mère et moi, qui a glissé les plus beaux jouets dans les cartons de déménagement pour que je me sente moins rejeté ?

Ce souvenir partagé le réchauffa un peu. Il avait fait de son mieux pour faciliter les choses pour Gav et sa mère. Après le divorce, Levi n'avait pu voir son jeune frère que pendant les vacances. Quant à Isla, Duke lui avait interdit de remettre les pieds à Kingsland.

Celle-ci avait déménagé en Floride pendant que Levi était à l'université, et il regrettait encore de ne pas lui avoir rendu visite une fois qu'il avait été en âge d'agir à sa guise.

— Tu méritais bien plus que ce que papa te donnait, lui rappela Levi, heureux de changer de sujet de conversation. Mais je suis curieux, pourquoi est-ce que tu m'interroges sur ma relation avec Kendra ? Il y a eu d'autres publications sur les réseaux sociaux ?

Quelque chose changea dans l'expression de son frère ; une lueur de joie dans ses yeux marron.

— Je ne voudrais pas te voler la vedette en cas d'annonce de fiançailles, car j'aimerais demander à Lauryn de m'épouser.

Le bonheur qu'il ressentit pour son frère écarta sa propre douleur.

— Je ne pourrais pas être plus heureux pour toi, Gav, dit-il en lui donnant une claque sur les épaules. Félicitations.

Gavin parla alors de la bague qu'il avait spécialement fait faire pour Lauryn, avant de retourner à sa pizza. Levi se força à manger tout en réfléchissant aux propos de Gavin sur le fait qu'il n'avait rien à voir avec leur père, et qu'il était plus doué pour les rapports humains qu'il ne le pensait. D'ailleurs, la vue des fleurs bitterroots au bord de son assiette lui rappela qu'il n'avait pas eu que Duke Kingsley comme modèle.

Certes, sa mère et Isla n'avaient pas été heureuses dans leur union, mais elles lui avaient appris l'altruisme et la générosité.

Un instant plus tard, la question de Gavin le ramena au présent.

— Alors, ça ne te dérange pas ? demanda celui-ci en débarrassant leurs assiettes.

— Les fiançailles ? Bien sûr que non.

— Mais non, frangin, dit Gavin en rinçant les assiettes. Une fête de fiançailles ici. En supposant que Lauryn dise oui, bien sûr. J'aimerais inviter nos amis pour fêter ça ici. Nous n'avons plus eu de grande fête à Kingsland depuis la vente aux enchères de célibataires de Lauryn.

— C'est vrai, et je suis heureux que tu sois attaché à Kingsland. Bien sûr que tu fêteras tes fiançailles ici.

Si seulement il pouvait également convaincre Quinton que tout n'était pas à jeter chez les Kingsley.

— Et ça ne serait pas gênant pour toi que Kendra soit là ? C'est une des meilleures amies de Lauryn, alors...

— Bien sûr que non, le rassura Levi, soudain empli d'espoir à l'idée de revoir Kendra. Elle sera toujours la bienvenue ici. C'est à elle que nous devons la renaissance de notre entreprise.

Quant à lui, il lui devait bien plus que cela.

Il fallait qu'il lui explique pourquoi il n'avait pas pu répondre le jour où elle lui avait demandé ce qu'il ressentait pour elle, et la fête de fiançailles pourrait être sa seule chance.

L'unique occasion de lui expliquer à quel point il avait été dans l'erreur. Car même si elle ne voulait plus de lui, elle méritait de connaître la vérité : qu'il l'aimait de toutes les parties imparfaites de son cœur.

Toutes les fenêtres étaient illuminées à Kingsland Ranch, le soir de la fête de fiançailles. Vêtue d'une courte robe verte en soie que la brise printanière plaquait doucement contre ses jambes, Kendra déambulait le long de la piscine à débordement en s'efforçant de sourire à des invités qu'elle ne connaissait pas. Une musique rock sudiste se diffusait par les haut-parleurs extérieurs, discrètement disposés autour de la piscine et du patio arrière où environ soixante-quinze personnes étaient venues féliciter les futurs mariés. Le shérif Caleb Hamilton, le père de Lauryn et ancien ennemi juré de Gavin Kingsley, tenait sa cour à l'autre bout du patio, près de la pool house, un bras passé autour des épaules de son futur gendre, alors qu'il faisait le récit des courses dragsters de Gavin.

Apparemment ils avaient réussi, par amour pour Lauryn, à mettre leur passé tendu derrière eux. Kendra sentit son cœur meurtri se réchauffer à cette vue. La jeune femme consulta sa montre alors qu'elle se dirigeait vers la table du punch afin de remplir son verre. En tant que future demoiselle d'honneur, avec leur amie Hope Alvarez, Kendra savait qu'elle ne pourrait pas quitter la fête avant un bon moment.

Même si elle était ravie pour Lauryn et Gavin, elle trouvait extrêmement douloureux de devoir faire semblant de sourire lorsque la cause de son cœur brisé était bien en vue. Elle était épuisée par ses nuits blanches à penser à Levi et à la douleur de perdre quelque chose qu'il refusait de voir entre eux. En ce moment, il se tenait sous une pergola couverte de glycine, et était en pleine conversation avec Ellen et Chip Crawford, les anciens parents adoptifs de Lauryn qui possédaient une crèche à Twin Bridges, la ville voisine.

Dix fois durant la soirée, elle avait envisagé d'aller le retrouver pour le féliciter d'avoir réussi sa tournée. Mais c'était au-dessus de ses forces. Elle avait suivi l'affaire sur les réseaux sociaux, même après avoir transmis le dossier à un collègue, et avait noté les signes d'amélioration auprès de l'opinion publique. Bien sûr, le fait que Levi n'ait rien à voir avec son père était un véritable atout. En effet, il faisait tout ce qu'il fallait pour réparer les dégâts écologiques provoqués par Duke, et il semblait se donner beaucoup de mal pour ressouder sa famille.

Du moins en ce qui concernait son frère Gavin.

Elle avait remarqué que Quinton n'était pas resté longtemps à la fête. Kendra avait songé à l'imiter, mais sa loyauté envers son amie l'avait emporté sur sa douleur.

Bref, chaque fois qu'elle songeait à rejoindre Levi pour discuter de manière naturelle, le courage lui manquait. Elle craignait qu'un seul regard de ses yeux incroyablement bleus la ramène à ce jour où il était resté sans voix quand elle lui avait demandé s'il avait des sentiments pour elle.

Après avoir pratiquement vidé son punch d'un seul trait, Kendra se tourna vers le saladier pour se servir cette fois la version non alcoolisée. Si elle pouvait continuer à déambuler dans les jardins en sirotant un verre, elle pourrait survivre à cette soirée sans avoir à parler aux gens.

— Bonsoir, Kendra.

Elle frissonna au son de cette voix profonde et sexy derrière son épaule droite. Son verre à punch glissa de sa main et elle l'aurait peut-être renversé si Levi ne l'avait pas saisi au vol.

— Ouah, fit-il en lui remettant le verre dans la main. Je ne voulais pas te surprendre.

En sentant ses doigts frôler les siens, Kendra eut le souffle coupé. Autour d'eux, quelques personnes applaudirent quand la musique rock passa à de la country.

Les lumières de la piscine se reflétaient dans le beau visage de Levi tandis qu'il la regardait. Les manches de sa chemise blanche impeccablement repassée étaient repliées à mi-hauteur sur ses avant-bras, et le bouton du haut était détaché. Durant le voyage, un pantalon couleur olive et des mocassins en cuir avaient été sa tenue la plus décontractée, mais ce soir il était en famille et non en plein travail. Il avait l'air d'aller bien. Très bien même.

En étant si proche de lui, elle pouvait encore sentir la chaleur de son corps contre le sien et se souvenir de la sensation d'une bien plus grande proximité.

Son cœur se serra à ce souvenir.

— Pas du tout. Je suis juste… incapable de faire semblant d'être naturelle, hésita-t-elle avant de pousser un soupir et secouer la tête. D'accord, je n'ai pas d'excuses. Je suis stressée parce que c'est la soirée de Gavin et Lauryn, et je ne veux pas que les choses soient gênantes entre nous. Et pourtant...

Elle haussa les épaules, impuissante.

— Pourtant, ça l'est.

Levi jeta un coup d'œil autour d'eux. Les amis et les membres de sa famille discutaient dans la joie et la bonne humeur avec de temps en temps des éclats de rire. Puis son attention revint vers elle.

— Tu as des nouvelles de ton père ? Comment va-t-il ?

La déception envahit Kendra en réalisant qu'il souhaitait simplement s'enquérir de l'état de son père. C'était gentil de sa part, mais elle avait espéré autre chose.

— Je ne peux pas lui rendre visite avant la semaine prochaine, mais sa conseillère m'a dit qu'il allait très bien. Apparemment il est très impliqué dans sa guérison.

Kendra espérait que la conseillère ne se trompait pas. En tout cas, elle semblait avoir établi un lien de confiance avec son père.

— J'ai bon espoir, ajouta-t-elle.

— Je suis vraiment content d'entendre ça, répondit-il sincèrement soulagé.

Puis, il désigna un pavillon de jardin avec quelques sièges inoccupés.

— Pouvons-nous en parler en privé une minute ? Là-bas, peut-être, où on s'entendra mieux ?

Kendra sentit son estomac se tordre à cette proposition. Mais ne valait-il pas mieux en finir au plus vite avec cette gêne, s'ils devaient encore se croiser d'ici au mariage ? Par amitié pour Lauryn, elle hocha la tête et posa son verre de punch avant de le suivre.

Elle se répéta qu'elle faisait cela pour le bien de la mariée. C'était plus facile pour sa conscience que d'admettre qu'elle était heureuse de passer quelques minutes en tête à tête avec lui, et d'avoir toute son attention et celle de ses yeux bleus concentrés sur elle.

Lorsqu'ils atteignirent le belvédère, loin des éclairages de la piscine, Levi lui fit signe de s'asseoir sur le canapé gris.

Kendra lissa la fine étoffe de sa robe en soie et s'installa, surprise de voir Levi s'asseoir à côté d'elle, bien plus près qu'elle ne l'aurait cru.

Son pouls s'accéléra et elle s'intima l'ordre de l'ignorer, alors même qu'elle fixait son regard sur lui.

— Je veux m'excuser pour ce qui s'est passé la dernière fois qu'on s'est parlé, commença-t-il avec sincérité et chaleur.

Les joues de Kendra rosirent et l'embarras la saisit en se souvenant de la façon dont elle s'était pratiquement jetée sur lui, alors qu'il était resté... impassible. Silencieux même.

— Ce n'est pas nécessaire, le coupa-t-elle en croisant ses bras autour d'elle dans un geste protecteur. Je préférerais ne pas en reparler en fait. Jamais.

— Mais c'est nécessaire pour moi, poursuivit-il sans l'écouter. Parce que je ne peux pas supporter l'idée de t'avoir donné une si fausse impression de mes sentiments.

— Au contraire...

— Kendra, s'il te plaît, dit-il en posant brièvement une main chaleureuse sur son genou. Laisse-moi juste terminer. Écoute-moi cinq minutes, et je te promets de ne plus jamais en parler si tu ne le souhaites pas.

Ses yeux bleus l'imploraient. Entre ce regard et son contact fugace sur sa peau, elle ne put refuser. Elle se força à se détendre et lui fit signe de continuer, curieuse mais également méfiante.

— D'accord, je t'écoute, dit-elle en entrelaçant ses doigts sur un genou et essayant de ne pas penser à la sensation agréable quand il l'avait touchée à cet endroit.

— Je ne vais pas t'ennuyer avec des explications sur les raisons qui m'ont longtemps fait associer le fait d'être un Kingsley à l'idée d'être quelqu'un de froid. De distant, même. Je ne pense pas avoir jamais considéré cela comme un problème jusque-là, parce que je pensais que ça m'aiderait à ne pas tomber dans les mêmes travers que mon père.

Levi se pencha plus près et posa une main sur l'avant-bras de Kendra.

— Jusqu'à ce que je te rencontre.

Il la caressa doucement, lui rappelant toutes les autres fois où il l'avait touchée. Toutes les autres fois où elle avait eu envie de sentir ses mains sur son corps.

Son cerveau affamé de caresses la détourna presque de ses propos, mais son esprit réussit à saisir la dernière partie.

— Pourquoi jusqu'à moi ?

— Parce que tout à coup j'ai réalisé que je n'étais pas équipé pour me lancer dans une relation, même si j'en mourais d'envie. Alors j'ai cru que je pourrais me contenter d'une aventure.

Son front se plissa et l'inquiétude obscurcit son regard.

— Pourtant, tu méritais bien plus que ça, Kendra. J'ai honte d'avoir essayé de déprécier ce que nous avions en reléguant notre relation au travail ou au sexe, alors que je voulais quelque chose de bien plus profond.

Elle déglutit avec effort en essayant d'assimiler ses paroles.

— Tu voulais plus ? demanda-t-elle en posant ses doigts sur ceux de Levi.

Elle était soudain très intéressée par cette conversation qui avait pris une tournure inattendue et stupéfiante.

Qu'était-il en train de dire ?

Son cœur battait à toute vitesse et avec plus de force, couvrant même le bruit de la musique, des conversations et des rires.

La seule chose qui comptait en cet instant, c'était Levi.

— Je voulais tellement plus, affirma-t-il en prenant ses deux mains dans les siennes. Je voulais plus que tout t'aimer. Peut-être même être aimé de toi un jour.

Elle se figea, emplie d'espoir. Pourtant, elle avait besoin d'être sûre.

— Mais quand je t'ai demandé si tu avais des sentiments pour moi…, commença-t-elle, en essayant de comprendre.

— À ce moment-là, je ne croyais pas pouvoir être le genre d'homme que tu méritais.

Sa voix semblait peinée, et cette émotion se reflétait dans ses yeux, comme une fenêtre sur son âme.

— En toute logique, je sais que les relations amoureuses fonctionnent. Mais j'ai vu mon père détruire toutes les bonnes choses de sa vie, et dans mon esprit, je me disais – en tant qu'héritier – que je finirais par suivre ses traces dans ce domaine, moi aussi.

Elle sentit son cœur se serrer ; pour lui et les sentiments qu'il avait dû éviter dans le passé. Pourtant, comment ne pas se réjouir en même temps, quand cela l'avait peut-être amené à l'aimer, elle ?

— Tu ne ressembles en rien à ton père, affirma-t-elle en rapprochant son front du sien. Je ne le connaissais pas bien, mais à en juger par l'héritage qu'il a laissé, il n'avait rien à voir avec l'homme bon et honorable que tu es.

Derrière eux, la musique était passée à une chanson d'amour country. Des cris et des sifflements s'élevèrent pour réclamer que Gavin et Lauryn dansent ensemble. Mais, sous ce belvédère sombre et retiré, Kendra avait l'impression d'être dans un autre monde, loin de la fête. La brise leur apporta une douce odeur de jasmin en fleur alors que Levi déposait un baiser sur ses lèvres.

— Merci d'avoir dit ça, murmura-t-il contre sa bouche en reculant. Gavin aussi m'a dit quelque chose de similaire qui m'a aidé à en prendre conscience. Depuis, je comptais les heures pour te revoir ici et te dire que si jamais tu consentais à me donner une autre chance, je ferais en sorte que tu ne le regrettes jamais.

Le cœur de Kendra se gonfla de bonheur et elle se laissa emporter par l'émotion, désireuse de le croire. Son amour pour cet homme faisait naître en elle un nouvel espoir et tellement plus encore.

— Je ne peux pas t'imaginer échouer dans quelque chose que tu promets, dit-elle avec un doux sourire.

Elle passa les doigts dans ses cheveux noirs et inclina son visage afin de mieux voir son expression sous le clair de lune.

— Je crois en toi, Levi Kingsley. Et je t'aime.

— Je t'aime plus que je n'aurais jamais pensé être capable d'aimer, jura-t-il en l'enveloppant dans ses bras et l'embrassant jusqu'à ce qu'ils soient tous deux à bout de souffle.

Puis, il la relâcha et sortit un papier plié de sa poche.

— J'aurais dû te donner ça plus tôt, mais j'étais tellement nerveux à l'idée que tu ne veuilles pas m'écouter que j'ai oublié mon discours soigneusement préparé.

Confuse, elle lui prit le papier des mains et le déplia.

— Tu avais préparé un discours ?

— J'ai répété pendant des jours, mais comme tu as semblé sur le point de te refermer quand j'ai parlé de notre dernière conversation, j'ai avancé rapidement jusqu'à la partie la plus importante.

Son sourire penaud était si attachant...

— Mais vas-y, lis-le.

Kendra baissa les yeux sur le papier, et en lut quelques lignes.

— C'est un acte de vente. Pour Gargoyle King ?

— C'est un transfert de propriété puisqu'il n'y a pas d'argent en jeu, expliqua-t-il en montrant le nom de Kendra sur le formulaire, suivi d'une ligne blanche. Je ne savais pas si je devais mettre l'entreprise uniquement à ton nom ou à celui de ton père aussi, mais quoi qu'il en soit, je ne resterai plus propriétaire de Gargoyle King. L'entreprise vous revient de droit.

Abasourdie, elle voulut lui rendre le papier, sans voix devant la beauté de son geste.

— Mais tu l'as déjà payée à mon père. Et tu as investi de ton propre capital...

Levi refusa de reprendre le formulaire et leva les deux mains en l'air.

— Ma décision est prise, Kendra. À tout le moins, toi et ton père pouvez être mes partenaires égaux si vous le souhaitez, mais je refuse de diriger l'entreprise en mon seul nom. Soit c'est à vous, soit nous sommes partenaires.

Kendra baissa les yeux sur le papier, et sentit trois ans de vieux ressentiment fondre comme neige au soleil. Comment avait-elle pu penser du mal de Levi ?

Était-ce possible ? Allaient-ils vraiment pouvoir, son père et elle, assumer des rôles créatifs au sein de l'entreprise qu'ils avaient imaginée ensemble ? Elle l'avait aidé par amour, mais elle avait apprécié chaque minute de travail avec lui.

— Je ne sais pas ce qu'en dira sa conseillère, mais c'est incroyablement gentil de ta part, dit-elle émue en pressant le papier contre sa poitrine, et les yeux emplis de larmes.

Il l'embrassa sur le front et lui caressa les cheveux pendant que la musique se terminait.

— Ce n'est rien de plus que ce que toi et ton père méritez. J'ai un ranch et un bar à gérer, donc je serais heureux d'avoir de l'aide pour cette entreprise en particulier. Surtout si ça t'amène plus souvent à Silent Spring.

Son regard était si plein d'espoir qu'elle en sourit.

— J'ai déjà prévenu mon agence que je comptais déménager ici.

Elle ne referait plus l'erreur de laisser son père seul.

— Je veux être le plus près possible de mon père.

Levi l'attira à lui et la serra avec force. Les invités semblèrent se déplacer à l'autre extrémité de la piscine, et un instant plus tard, Kendra comprit pourquoi. Des feux d'artifice s'élevèrent dans les champs et strièrent le ciel de rouge, d'or et de violet avant de virer au noir.

Des applaudissements et des acclamations retentirent alors que les explosions de lumière illuminaient les cieux.

— Je te veux autant que possible dans ma vie, lui chuchota Levi en la serrant contre lui.

Une joie telle qu'elle ne l'aurait jamais imaginée la submergea alors qu'elle posait sa tête sur son épaule. Sa force et sa chaleur lui rappelèrent qu'elle ne serait plus jamais seule et qu'elle pourrait toujours compter sur cet homme incroyable.

Et l'aimer à jamais.

— On va se rendre très heureux, chuchota-t-elle en retour.

Elle ignorait s'il l'avait entendue, mais elle savait qu'il partageait ses sentiments. Et pour le moment, c'était plus que suffisant.

Épilogue

Un mois plus tard

— *Home sweet home*, s'exclama Levi en passant un bras autour de la taille de Kendra alors qu'ils se tenaient sur les marches de Kingsland Ranch.

Assis près d'eux, son border collie, Gunner, battait de la queue et imitait ses maîtres en regardant la demeure qui appartenait à la famille de Levi depuis des générations. Le ranch sur trois étages avait été rénové au fil des ans, mais était resté fidèle au style originel, avec des porches profonds et de nombreuses lucarnes. Le dernier carton de déménagement de Kendra avait été livré une heure plus tôt, et un pique-nique les attendait sur la terrasse arrière pour fêter l'événement.

— Je veux que tu sois heureuse ici, alors fais tout ce qu'il faut pour te sentir chez toi.

Après avoir terminé la tournée, ils étaient retournés à Silent Spring et s'étaient vus tous les jours. Levi l'avait accompagnée à Denver pour l'aider à régler ses affaires, puis il l'avait aidée à aménager la maison de son père afin de la rendre plus confortable.

Seth Davies avait terminé son séjour en clinique et était de retour chez lui, déterminé rester sobre, et ravi d'avoir sa fille auprès de lui. La jeune femme, qui avait passé les deux dernières semaines sous le même toit que son père, avait semblé intriguée quand Levi avait évoqué l'idée d'emménager à Kingsland.

Alors bien sûr, sa proposition était un peu prématurée, mais il voulait vraiment la convaincre de sauter le pas. Et, pour son plus grand plaisir, elle avait accepté deux jours auparavant. Ne voulant pas passer une minute de plus loin d'elle, il avait pris des déménageurs dès le lendemain.

— Je n'arrive pas à croire que je sois vraiment en train de faire ça, dit-elle en posant sa main sur la joue de Levi.

Gunner se mit à faire des cercles autour d'eux avant de se lancer à la poursuite d'on ne savait quoi dans les buissons.

— Tu es certain d'être prêt à ce que je sois présente dans ta vie, jour après jour, pour un bon moment ?

Levi ne pouvait tout de même pas lui avouer que la bague de fiançailles était déjà en cours de conception chez un bijoutier à New York. Ou qu'il prévoyait de la ramener au Plaza dans trois semaines pour y fêter son anniversaire. Une fois là-bas, il avait prévu de la demander en mariage lors du coucher de soleil, à bord du yacht privé qu'il avait loué pour l'occasion.

Mais pour le moment il se contenta de prendre son visage en coupe et de plonger dans le regard qu'il voulait voir tous les jours pour le restant de sa vie.

— Je n'ai jamais été plus sûr de quoi que ce soit dans ma vie.

En voyant son grand sourire, Levi se sentit réchauffé de l'intérieur. Il ne se lasserait jamais d'être la cause d'une expression heureuse sur ce visage qu'il aimait plus que tout au monde.

— Dans ce cas, je suppose que nous devrions rentrer et profiter de notre première soirée ensemble sous le même toit, dit-elle.

Incapable de résister, à elle ou ses lèvres, Levi était sur le point de l'embrasser quand un bruit de pneus crissant sur le gravier les fit se retourner.

Le pick-up de Quinton se dirigeait vers eux en soulevant de la poussière. Surpris de voir son frère qui préférait habituellement éviter Kingsland Ranch étant donné les mauvais souvenirs qu'il y avait associés, Levi leva la main en guise de salutation.

— On devrait inviter ton frère à dîner, suggéra Kendra alors qu'ils s'avançaient vers le pick-up.

Levi savait déjà que Quinton refuserait.

— Tu peux toujours essayer, lui répondit-il sans grand espoir, même s'il n'aurait pas été contre avoir Kendra pour lui tout seul ce soir.

La vitre conducteur du véhicule argenté s'abaissa quand Quinton s'arrêta près d'eux.

— Bonjour, Kendra. Levi, dit Quinton en retirant son stetson pour le poser sur le siège passager.

Il se pencha alors par la vitre et caressa la tête de Gunner avant de poursuivre :

— Je ne reste pas. Je suis juste passé vous informer que la première phase de nettoyage du site est terminée. Je reviens d'une réunion avec le contremaître, et il a dit qu'ils allaient faire valider les travaux par quelqu'un de l'agence de protection de l'environnement, la semaine prochaine.

Un poids de deux tonnes glissa des épaules de Levi alors que Kendra lui serrait la main.

— C'est une merveilleuse nouvelle. On devrait publier un communiqué de presse et faire savoir au public que nous sommes passés à la phase suivante.

Levi embrassa le haut de sa tête, étonné et reconnaissant d'avoir cette femme incroyable à ses côtés désormais.

— Demain à la première heure, acquiesça-t-il, ne voulant pas compromettre le pique-nique et cette pause bien méritée.

Puis, il se tourna vers Quinton et lui adressa un petit hochement de tête.

— Merci d'être passé nous en informer.

— C'est normal, répondit celui-ci en faisant tambouriner ses pouces sur le volant.

Gunner se mit à aboyer pour lui réclamer d'autres grattouilles, et Quinton se pencha à nouveau par la vitre pour s'exécuter.

— Je voulais aussi savoir si tu pouvais garder Rocco quelques semaines pendant que je serai en Alaska.

— Pour chercher Clayton ?

Levi n'était pas surpris que Quinton soit déterminé à retrouver leur frère disparu. Il savait que Quint était impatient de réparer les torts causés par le testament de leur père à l'égard de Clayton et Gavin.

— Tu n'as pas besoin d'y aller en personne. On peut embaucher un autre détective privé. Quelqu'un de mieux...

— Non. Je préfère y aller, le coupa Quinton avec une détermination calme. J'ai besoin de le faire en personne.

— Bien sûr que je garderai Rocco, acquiesça Levi en serrant Kendra avec un sentiment de bien-être. Gunner sera content d'avoir de la compagnie, et nous aussi.

— Quinton, tu veux te joindre à nous pour le dîner ? demanda Kendra en repoussant une mèche de son front.

Levi ne fut pas surpris de voir son frère la remercier poliment et repartir. Tout en le regardant s'éloigner, il pria que le voyage en Alaska le mène sur la bonne piste.

Mais, pour le moment, il n'avait qu'une chose en tête.

— Es-tu prête à ce que je te fasse franchir le seuil en te portant ? demanda-t-il en ramenant Kendra vers la maison.

Leur maison.

— Mais c'est une tradition réservée aux jeunes mariées, pas à tes aventures passagères, le taquina-t-elle en l'embrassant sur la mâchoire.

Levi l'enlaça et la serra contre lui afin de pouvoir prendre tout son temps pour l'embrasser lentement.

Quand ils se séparèrent, ils étaient tous les deux à bout de souffle.

— C'est peut-être une tradition réservée aux nouvelles

mariées, dit-il finalement en regardant son joli visage. Mais j'ai le sentiment que ce sera de bon augure pour notre avenir si je peux avoir le privilège de te porter à l'intérieur la première fois que nous entrerons ensemble.

Devant la porte, Gunner aboya deux fois, comme pour les presser d'entrer.

— Tu vois ? Même Gunner est d'accord.

Kendra sourit.

— Je pense que Gunner est juste pressé de pique-niquer. Mais puisque je suis tout aussi romantique que toi, Levi Kingsley, je vais dire oui à ce geste extrêmement gentil.

Sans lui laisser le temps de changer d'avis, Levi la souleva, savourant le son de son rire alors qu'il la portait vers leur avenir.

Vous avez aimé ces deux romans ?
Retrouvez prochainement la suite et la fin de la série
« Les héritiers de Kingsland Ranch »
dans votre collection Passions !